Miche

Vendredi
ou Les limbes
du Pacifique

Dossier et notes réalisés par
Marianne Jaeglé

Lecture d'image par
Olivier Tomasini

folioplus
Classiques

Marianne Jaeglé est agrégée de lettres modernes. Pour les éditions Gallimard, elle a rédigé l'accompagnement pédagogique de *La joueuse de go* de Shan Sa (« La bibliothèque Gallimard » n° 150) et *Après moi, Hiroshima* de Franck Pavloff (« La bibliothèque Gallimard » n° 127).

Architecte et licencié de philosophie, **Olivier Tomasini** est responsable de la communication au musée de Grenoble et président de l'association « La maison de la photographie de Grenoble et de l'Isère ». À Grenoble, il a été commissaire de plusieurs expositions de photographies (« William Klein. Figures parfaites, la Nouvelle Vision en France de 1925 à 1945 », « Vues d'architectures, photographies des XIXᵉ et XXᵉ siècles »).

Sommaire

Vendredi
ou Les limbes du Pacifique

Avec la rigueur d'un fil à plomb, le fanal suspendu au pla-
fond de la cabine mesurait par ses oscillations l'ampleur de
la gîte [1] que prenait la Virginie sous une houle de plus en plus
creuse. Le capitaine Pieter Van Deyssel se pencha par-dessus son
ventre pour poser le jeu de tarot [2] devant Robinson.

— Coupez et retournez la première carte, lui dit-il.

Puis il se laissa retomber dans son fauteuil et tira une bouffée
de sa pipe de porcelaine.

— C'est le démiurge [3], commenta-t-il. L'un des trois arcanes
majeurs fondamentaux. Il figure un bateleur debout devant un
établi couvert d'objets hétéroclites. Cela signifie qu'il y a en vous
un organisateur. Il lutte contre un univers en désordre qu'il s'ef-
force de maîtriser avec des moyens de fortune. Il semble y par-
venir, mais n'oublions pas que ce démiurge est aussi bateleur :
son œuvre est illusion, son ordre est illusoire. Malheureusement il
l'ignore. Le scepticisme n'est pas son fort.

Un choc sourd secoua le navire, tandis que le fanal accusait
un angle de quarante-cinq degrés avec le plafond. Une soudaine
auloffée [4] avait amené la Virginie presque en travers du vent, et

1. Inclinaison du navire sous l'influence du vent.
2. Il s'agit ici d'un ensemble de cartes utilisées pour prédire l'avenir.
3. Créateur.
4. Mouvement brusque du bateau.

une lame venait de crouler sur le pont avec un bruit de canon-
nade. Robinson retourna une deuxième carte. On y voyait, souillé
de taches de graisse, un personnage portant couronne et sceptre debout sur un char tiré par deux coursiers.

— Mars, prononça le capitaine. Le petit démiurge a remporté
une victoire apparente sur la nature. Il a triomphé par la force
et impose autour de lui un ordre qui est à son image.

Tassé sur son siège, comme un bouddha, Van Deyssel enveloppa Robinson d'un regard pétillant de malice.

— Un ordre à votre image, répéta-t-il d'un air pensif. Rien
de tel pour percer l'âme d'un homme que de l'imaginer revêtu
d'un pouvoir absolu grâce auquel il peut imposer sa volonté sans
obstacle. Robinson-Roi... Vous avez vingt-deux ans. Vous avez
abandonné... euh... laissé à York une jeune épouse et deux
enfants pour tenter fortune dans le Nouveau Monde à l'exemple de beaucoup de vos compatriotes. Plus tard les vôtres vous
rejoindront. Enfin, si Dieu le veut... Vos cheveux ras, votre barbe
rousse et carrée, votre regard clair, très droit, mais avec je ne sais
quoi de fixe et de limité, votre mise dont l'austérité avoisine l'af-
fectation, tout cela vous classe dans l'heureuse catégorie de ceux
qui n'ont jamais douté de rien. Vous êtes pieux, avare et pur. Le
royaume dont vous seriez le souverain ressemblerait à nos grandes armoires domestiques où les femmes de chez nous rangent
des piles de draps et de nappes immaculées et parfumées par
des sachets de lavande. Ne vous fâchez pas. Ne rougissez pas.
Ce que je vous dis ne serait mortifiant que si vous aviez vingt
ans de plus. En vérité vous avez tout à apprendre. Ne rougissez plus et choisissez une carte... Tiens, que vous disais-je ?
Vous me donnez l'Hermite. Le Guerrier a pris conscience de sa
solitude. Il s'est retiré au fond d'une grotte pour y retrouver sa
source originelle. Mais en s'enfonçant ainsi au sein de la terre,
en accomplissant ce voyage au fond de lui-même, il est devenu
un autre homme. S'il sort jamais de cette retraite, il s'apercevra
que son âme monolithique a subi d'intimes fissures. Retournez,
s'il vous plaît, une autre carte.

Robinson hésita. Ce gros silène néerlandais, tapi dans son matérialisme jouisseur, avait décidément des mots d'une inquiétante résonance. Depuis qu'il avait embarqué à Lima sur la Virginie, Robinson avait réussi à éviter tout tête-à-tête avec ce diable d'homme, ayant été bientôt choqué par son intelligence dissolvante et l'épicurisme cynique qu'il étalait. Il avait fallu cette tempête pour qu'il se trouve en quelque sorte prisonnier dans sa cabine — le seul endroit du navire offrant un reste de confort en pareille occurrence. Le Hollandais paraissait bien décidé à profiter pleinement de cette occasion de se gausser de son naïf passager. Robinson ayant refusé de boire, le tarot avait surgi du tiroir de la table, et Van Deyssel donnait libre cours à sa verve divinatrice — cependant que le vacarme de la tempête retentissait aux oreilles de Robinson comme celui d'un sabbat de sorcières accompagnant le jeu maléfique auquel il était mêlé malgré lui.

— Voilà qui va faire sortir l'Hermite de son trou ! Vénus en personne émerge des eaux et fait ses premiers pas dans vos plates-bandes. Une autre carte, s'il vous plaît ; merci. Arcane sixième : le Sagittaire. Vénus transformée en ange ailé envoie des flèches vers le soleil. Une carte encore. La voici. Malheur ! Vous venez de retourner l'arcane vingt et unième, celui du Chaos ! La bête de la Terre est en lutte avec un monstre de flammes. L'homme que vous voyez, pris entre des forces opposées, est un fou reconnaissable à sa marotte. On le deviendrait à moins. Passez-moi encore une carte. Très bien. Il fallait s'y attendre, c'est Saturne, de l'arcane douzième, figurant un pendu. Mais, voyez-vous, ce qu'il y a de plus significatif dans ce personnage, c'est qu'il est pendu par les pieds. Vous voilà donc la tête en bas, mon pauvre Crusoé ! Dépêchez-vous de me donner la carte suivante. La voici. Arcane quinzième : les Gémeaux. Je me demandais quel allait être le nouvel avatar de notre Vénus métamorphosée en tireur à l'arc. Elle est devenue votre frère jumeau. Les Gémeaux sont figurés attachés par le cou aux pieds de l'Ange bisexué. Retenez bien cela !

Robinson était distrait. Pourtant les gémissements de la coque sous l'assaut des lames ne l'inquiétaient pas outre mesure. Pas plus que les évolutions d'une poignée d'étoiles qui dansaient dans le champ du hublot situé au-dessus de la tête du capitaine. La Virginie — si médiocre voilière par beau temps — était un bâtiment à toute épreuve lorsque survenait un coup dur. Avec sa mâture basse et sans hardiesse, sa panse courte et rebondie qui jaugeait ses deux cent cinquante tonneaux, elle tenait davantage de la marmite ou du baquet que du coursier des mers, et sa lenteur était un sujet de gaieté dans tous les ports du monde où elle avait relâché. Mais ses hommes pouvaient dormir sur leurs deux oreilles au plus noir d'un ouragan pour peu que la côte la plus proche ne constitue pas une menace. À cela s'ajoutait le naturel de son commandant qui n'était pas homme à lutter contre vents et marées et à prendre des risques pour ne pas dévier de sa route.

À la fin de l'après-midi de ce 29 septembre 1759, alors que la Virginie devait se trouver au niveau du 32e parallèle de latitude sud, le baromètre avait accusé une chute verticale tandis que des feux Saint-Elme s'allumaient en aigrettes lumineuses à l'extrémité des mâts et des vergues, annonçant un orage d'une rare violence. L'horizon méridional vers lequel la galiote[1] roulait paresseusement était si noir que lorsque les premières gouttes s'écrasèrent sur le pont, Robinson fut étonné qu'elles fussent incolores. Une nuit de soufre se refermait sur le navire, quand se leva en tempête une brise de nord-ouest au demeurant inégale et variable qui devait osciller entre cinq ou six rhumbs de compas. La paisible Virginie luttait bravement de tous ses faibles moyens contre une houle longue et creuse qui lui mettait le nez dans la plume à chaque battement, mais elle traçait sa route avec une obstination fidèle qui fit venir une larme d'attendrissement à l'œil goguenard de Van Deyssel. Pourtant, lorsque deux heures plus tard une détonation déchirante le précipita sur le

---

1. Navire à voiles aux formes arrondies.

pont pour voir sa misaine[1], éclatée comme un ballon, ne plus offrir au vent qu'une frange de toile déchiquetée, il jugea que l'honneur était bien assez sauf comme cela et qu'il ne serait pas sage de s'obstiner. Il fit mettre à la cape[2] et ordonna au timonier de laisser arriver. Dès lors, on eût dit que la tempête savait gré de son obéissance à la Virginie. Elle filait sans heurts sur une mer bouillonnante dont la fureur paraissait s'être soudain désintéressée d'elle. Ayant fait fermer soigneusement les écoutilles, Van Deyssel consigna l'équipage dans l'entrepont — à l'exception d'un homme et de Tenn, le chien du bord, qui resteraient de quart. Puis il se calfeutra lui-même dans sa cabine, entouré de toutes les consolations de la philosophie hollandaise, fiasque de genièvre, fromage au cumin, galettes de pumpernickel[3] théière lourde comme un pavé, tabac et pipe. Dix jours auparavant, une ligne verte à l'horizon bâbord avait averti l'équipage qu'ayant franchi le tropique du Capricorne il doublait les îles Desventurados. Faisant route vers le sud, le navire aurait dû dès le lendemain entrer dans les eaux des îles Fernández, mais la tempête le chassait vers l'est, en direction de la côte chilienne dont il était encore séparé par cent soixante-dix milles de mer, sans une île ni un récif, à en juger par la carte. Il n'y avait donc aucune inquiétude à avoir.

Un moment couverte par le tumulte, la voix du capitaine s'éleva à nouveau :

— Nous retrouvons le couple des Gémeaux sur le dix-neuvième arcane majeur, l'arcane du Lion. Deux enfants se tiennent par la main devant un mur qui symbolise la Cité solaire. Le dieu-soleil occupe tout le haut de cette lame qui lui est dédiée. Dans la Cité solaire — suspendue entre le temps et l'éternité, entre la vie et la mort — les habitants sont revêtus d'innocence enfantine, ayant accédé à la sexualité solaire qui, plus encore qu'andro-

---

1. Voile principale du mât.
2. Réduire la vitesse.
3. Seigle.

gynique, est circulaire. Un serpent se mordant la queue est la figure de cette érotique close sur elle-même, sans perte ni bavure. C'est le zénith de la perfection humaine, infiniment difficile à conquérir, plus difficile encore à garder. Il semble que vous soyez appelé à vous élever jusque-là. Du moins le tarot égyptien le dit-il. Mes respects, jeune homme ! — Et le capitaine se soulevant sur ses coussins s'inclina devant Robinson en un geste où l'ironie se mêlait au sérieux. — Mais donnez-moi encore une carte, je vous prie. Merci. Ah ! le Capricorne ! C'est la porte de sortie des âmes, autant dire la mort. Ce squelette qui fauche une prairie jonchée de mains, de pieds et de têtes dit assez le sens funeste qui s'attache à cette lame. Précipité du haut de la Cité solaire, vous êtes en grand danger de mort. J'ai hâte et j'ai peur de connaître la carte qui va vous échoir maintenant. Si c'est un signe faible, votre histoire est finie...

Robinson tendit l'oreille. N'avait-il pas entendu une voix humaine et les aboiements d'un chien se mêler au grand orchestre de la mer et du vent déchaînés ? C'était bien difficile de l'affirmer, et peut-être était-il excessivement préoccupé par la pensée de ce matelot attaché là-haut sous l'abri précaire d'un cagnard[1] au milieu de cet enfer inhumain. L'homme était si bien capelé au cabestan[2] qu'il ne pouvait se libérer lui-même pour donner l'alerte. Mais entendrait-on ses appels ? Et n'avait-il pas justement crié tout à l'heure ?

— *Jupiter !* s'exclama le capitaine. *Robinson, vous êtes sauvé, mais, que diable, vous revenez de loin ! Vous couliez à pic, et le dieu du ciel vous vient en aide avec une admirable opportunité. Il s'incarne dans un enfant d'or, issu des entrailles de la terre — comme une pépite arrachée à la mine —, qui vous rend les clés de la Cité solaire.*

Jupiter ? N'était-ce pas ce mot précisément qui perçait à travers les hurlements de la tempête ? *Jupiter ?* Mais non ! Terre !

---

1. Sur un bateau, abri de toile.
2. Attaché au moyen d'un câble au treuil.

L'homme de quart avait crié : Terre ! Et, en effet, que pouvait-il avoir de plus urgent à signaler à bord de ce vaisseau sans maître, sinon l'approche d'une côte inconnue avec ses sables ou ses récifs ?

— *Tout cela peut bien vous paraître un inintelligible galimatias,* commentait Van Deyssel. *Mais telle est justement la sagesse du Tarot qu'il ne nous éclaire jamais sur notre avenir en termes clairs. Imaginez-vous les désordres qu'engendrerait une prévision lucide de l'avenir ? Non, tout au plus nous permet-il de pressentir notre avenir. Le petit discours que je vous ai tenu est en quelque sorte chiffré, et la grille se trouve être votre avenir lui-même. Chaque événement futur de votre vie vous révélera en se produisant la vérité de telle ou telle de mes prédictions. Cette sorte de prophétie n'est point aussi illusoire qu'il peut paraître tout d'abord.*

Le capitaine têta en silence le bec recourbé de sa longue pipe alsacienne. Elle était éteinte. Il sortit de sa poche un canif dont il fit basculer le poinçon et entreprit à l'aide de cet instrument de vider le fourneau de porcelaine dans un coquillage posé sur la table. Robinson n'entendait plus rien d'insolite au milieu de la clameur sauvage des éléments. Le capitaine avait ouvert son barillet à tabac en tirant sur la languette de cuir du disque de bois qui le bouchait. Avec de tendres précautions, il fit glisser sa grande pipe si fragile à l'intérieur d'une cheminée aménagée dans le matelas de tabac qui remplissait le barillet.

— *Ainsi,* expliqua-t-il, *elle est à l'abri des chocs et elle s'imprègne de l'odeur mielleuse de mon Amsterdamer.*

Puis, soudain immobile, il regarda Robinson d'un air sévère.

— *Crusoé,* lui dit-il, *écoutez-moi bien : gardez-vous de la pureté. C'est le vitriol de l'âme.*

C'est alors que le fanal, décrivant un brutal quart de cercle au bout de sa chaîne, alla s'écraser au plafond de la cabine, tandis que le capitaine plongeait tête la première par-dessus la table. Dans l'obscurité pleine de craquements qui l'entourait, Robinson tâtonnait vers la poignée de la porte. Il ne trouva rien, et un courant d'air violent lui apprit qu'il n'y avait plus de porte et qu'il était déjà dans la coursive. Tout son corps souffrait d'angoisse de sentir sous ses pieds la terrifiante immobilité qui avait succédé aux mouvements profonds du navire. Sur le pont vaguement éclairé par la lumière tragique de la pleine lune, il distingua un groupe de matelots qui affalaient une embarcation sur ses bossoirs[1]. Il se dirigeait vers eux quand le plancher se déroba sous lui. On eût dit que mille béliers venaient de heurter à toute volée le flanc bâbord de la galiote. Aussitôt après, une muraille d'eau noire croulait sur le pont et le balayait de bout en bout, emportant tout avec elle, corps et biens.

---

1. Faisaient descendre une chaloupe.

Chapitre I

Une vague déferla, courut sur la grève humide et lécha les pieds de Robinson qui gisait face contre sable. À demi inconscient encore, il se ramassa sur lui-même et rampa de quelques mètres vers la plage. Puis il se laissa rouler sur le dos. Des mouettes noires et blanches tournoyaient en gémissant dans le ciel céruléen[1] où une trame blanchâtre qui s'effilochait vers le levant était tout ce qui restait de la tempête de la veille. Robinson fit un effort pour s'asseoir et éprouva aussitôt une douleur fulgurante à l'épaule gauche. La grève était jonchée de poissons éventrés, de crustacés fracturés et de touffes de varech brunâtre, tel qu'il n'en existe qu'à une certaine profondeur. Au nord et à l'est, l'horizon s'ouvrait librement vers le large, mais à l'ouest il était barré par une falaise rocheuse qui s'avançait dans la mer et semblait s'y prolonger par une chaîne de récifs. C'était là, à deux encablures environ, que se dressait au milieu des brisants la silhouette tragique et ridicule de la *Virginie* dont les mâts mutilés et les haubans flottant dans le vent clamaient silencieusement la détresse.

Lorsque la tempête s'était levée, la galiote du capitaine Van Deyssel devait se trouver — non pas au nord, comme il l'avait cru — mais au nord-est de l'archipel Juan Fernández.

---

1. D'un bleu intense et sombre.

Dès lors, le navire, fuyant sous le vent, avait dû être chassé sur les atterrages[1] de l'île Mas a Tierra, au lieu de dériver librement dans le vide marin de cent soixante-dix milles qui s'étend entre cette île et la côte chilienne. Telle était du moins l'hypothèse la moins défavorable à Robinson, puisque Mas a Tierra, décrite par William Dampier, nourrissait une population d'origine espagnole, assez clairsemée, il est vrai, sur ses quatre-vingt-quinze kilomètres carrés de forêts tropicales et de prairies. Mais il était également possible que le capitaine n'eût commis aucune erreur d'estime et que la *Virginie* se soit brisée sur un îlot inconnu, situé quelque part entre Juan Fernández et le continent américain. Quoi qu'il en soit, il convenait de se mettre à la recherche des éventuels rescapés du naufrage et des habitants de cette terre, si du moins elle était habitée.

Robinson se leva et fit quelques pas. Il n'avait rien de brisé, mais une énorme ecchymose lui broyait l'épaule gauche. Comme il redoutait les rayons du soleil déjà haut dans le ciel, il se coiffa d'une fougère roulée en cornet, plante qui foisonnait à la limite de la plage et de la forêt. Puis il ramassa une branche pour s'en servir de canne, et il s'enfonça dans le taillis d'épineux qui couvrait le pied des promontoires volcaniques du sommet desquels il espérait pouvoir s'orienter.

Peu à peu la forêt s'épaissit. Aux épineux succédèrent des lauriers odoriférants, des cèdres rouges, des pins. Les troncs des arbres morts et pourrissants formaient un tel amoncellement que Robinson tantôt rampait dans des tunnels végétaux, tantôt marchait à plusieurs mètres du sol, comme sur des passerelles naturelles. L'enchevêtrement des lianes et des rameaux l'entourait comme d'un filet gigantesque. Dans le silence écrasant de la forêt, le bruit qu'il faisait en progressant éclatait avec des échos

---

1. Hauts fonds qu'on rencontre avant une côte.

effrayants. Non seulement il n'y avait pas la moindre trace humaine, mais les animaux eux-mêmes semblaient absents de ces cathédrales de verdure qui se succédaient devant ses pas. Aussi songea-t-il à une souche à peine plus bizarre que d'autres lorsqu'il distingua, à une centaine de pas, une silhouette immobile qui ressemblait à celle d'un mouton ou d'un gros chevreuil. Mais peu à peu l'objet se transforma dans la pénombre verte en une sorte de boue sauvage, au poil très long. La tête haute, les oreilles dardées en avant, il le regardait approcher, figé dans une immobilité minérale. Robinson eut un frisson de peur superstitieuse en songeant qu'il allait falloir côtoyer cette bête insolite, à moins de faire demi-tour. Lâchant sa canne trop légère, il ramassa une souche noire et noueuse, assez lourde pour briser l'élan du bouc s'il venait à charger.

Il s'arrêta à deux pas de l'animal. Dans la masse du poil, un grand œil vert fixait sur lui une pupille ovale et sombre. Robinson se rappela que la plupart des quadrupèdes, par la position de leurs yeux, ne peuvent fixer un objet que de façon en quelque sorte borgne, et qu'un taureau qui charge ne voit rien de l'adversaire sur lequel il fonce. De la grosse statue de poil qui obstruait le sentier sortit un ricanement de ventriloque. Sa peur s'ajoutant à son extrême fatigue, une colère soudaine envahit Robinson. Il leva son gourdin et l'abattit de toutes ses forces entre les cornes du bouc. Il y eut un craquement sourd, la bête tomba sur les genoux, puis bascula sur le flanc. C'était le premier être vivant que Robinson avait rencontré sur l'île. Il l'avait tué.

Après plusieurs heures d'escalade, il parvint au pied d'un massif rocheux à la base duquel s'ouvrait la gueule noire d'une grotte. Il s'y engagea et constata qu'elle était de vastes dimensions, et si profonde qu'il ne pouvait songer à l'explorer sur-le-champ. Il ressortit et entreprit de se hisser au sommet du chaos qui semblait être le point culminant de cette terre. De là en effet, il put embrasser tout l'horizon circulaire du regard : la mer était partout. Il se trouvait donc sur un îlot beaucoup plus petit que Mas a Tierra et dépourvu de toute trace d'habitation. Il comprenait maintenant l'étrange comportement du bouc qu'il venait d'assommer : cet animal n'avait jamais vu d'être humain, c'était la curiosité qui l'avait cloué sur place. Robinson était trop épuisé pour mesurer toute l'étendue de son malheur… « Puisque ce n'est pas Mas a Tierra, dit-il simplement, c'est l'île de la Désolation », résumant sa situation par ce baptême impromptu. Mais le jour déclinait. La faim creusait en lui un vide nauséeux. Le désespoir suppose un minimum de répit. En errant sur le sommet de la montagne, il découvrit une espèce d'ananas sauvage, plus petit et moins sucré que ceux de Californie, qu'il découpa en cubes avec son couteau de poche et dont il dîna. Puis il se glissa sous un bloc rocheux et il sombra dans un sommeil sans rêves.

*

Un cèdre gigantesque qui prenait racine aux abords de la grotte s'élevait, bien au-dessus du chaos rocheux, comme le génie tutélaire de l'île. Lorsque Robinson s'éveilla, une faible brise nord-ouest animait ses branches de gestes apaisants. Cette présence végétale le réconforta et lui aurait fait pressentir ce que l'île pouvait pour lui, si toute son attention n'avait été requise et aspirée par la mer. Puisque cette terre n'était pas l'île de Mas a Tierra, il devait s'agir d'un îlot que les cartes ne mentionnaient pas, situé quelque part entre la grande île et la côte chilienne. À l'ouest l'archipel Juan Fernández, à l'est le continent sud-américain se trouvaient à des distances impossibles à déterminer, mais excédant à coup sûr les possibilités d'un homme seul sur un radeau ou une pirogue de fortune. En outre, l'îlot devait se trouver hors de la route régulière des navires, puisqu'il était totalement inconnu.

Cependant que Robinson se faisait ce triste raisonnement, il examinait la configuration de l'île. Toute sa partie occidentale paraissait couverte par l'épaisse toison de la forêt tropicale et se terminer par une falaise rocheuse abrupte sur la mer. Vers le levant, au contraire, on voyait ondoyer une prairie très irriguée qui dégénérait en marécages aux abords d'une côte basse et laguneuse. Seul le nord de l'îlot paraissait abordable. Il était formé d'une vaste baie sablonneuse, encadrée au nord-est par des dunes blondes, au nord-ouest par les récifs où l'on distinguait la coque de la *Virginie,* empalée sur son gros ventre.

Lorsque Robinson commença à redescendre vers le rivage d'où il était parti la veille, il avait subi un premier changement. Il était plus grave — c'est-à-dire plus lourd, plus triste — d'avoir pleinement reconnu et mesuré cette solitude qui allait être son destin pour longtemps peut-être.

Il avait oublié le bouc assommé quand il le découvrit au milieu de la piste qu'il avait suivie la veille. Il fut heureux de retrouver sous sa main, presque par hasard, la souche qu'il avait laissée tomber quelques pas plus loin, car une demi-douzaine de vautours, la tête dans les épaules, le regardaient approcher de leurs petits yeux roses. Le bouc gisait éventré sur les pierres, et le gésier écarlate et dénudé qui saillait en avant du plumage des charognards disait assez que le festin avait commencé.

Robinson s'avança en faisant tournoyer sa lourde trique. Les oiseaux se dispersèrent en courant pesamment sur leurs pattes torses et parvinrent à décoller laborieusement un par un. L'un d'eux tourna dans l'air et, revenant en arrière, largua au passage une fiente verte qui s'écrasa sur un tronc près de Robinson. Pourtant les oiseaux avaient fort proprement travaillé. Seules les entrailles, les viscères et les génitoires du bouc avaient disparu, et il était probable que le reste n'aurait été comestible pour eux qu'après de longs jours de cuisson au soleil. Robinson chargea la dépouille sur ses épaules et continua son chemin.

*

Revenu sur la grève, il découpa un quartier et le fit rôtir suspendu à trois bâtons noués en faisceau au-dessus d'un feu d'eucalyptus. La flamme pétillante le réconforta davantage que la viande musquée et coriace qu'il mâchait en fixant l'horizon. Il décida d'entretenir ce foyer en permanence, autant pour se réchauffer le cœur que pour ménager le briquet à silex qu'il avait retrouvé dans sa poche et pour se signaler à d'éventuels sauveteurs. Au demeurant, rien ne pouvait attirer davantage l'équipage d'un navire passant au large de l'île que l'épave de la *Virginie,* toujours en équilibre sur son roc, évidente et navrante, avec ses filins qui pendaient de ses mâts brisés, mais propre à exciter la convoitise de n'importe quel bourlingueur du monde. Robinson pensait aux armes et aux provisions de toute sorte que contenaient ses flancs et qu'il devrait bien sauver avant qu'une nouvelle tempête ne balayât définitivement l'épave. Si son séjour dans l'île devait se prolonger, sa survie dépendrait de cet héritage à lui légué par ses compagnons dont il ne pouvait plus douter à présent qu'ils fussent tous morts. La sagesse aurait été de procéder sans plus tarder aux opérations de débarquement qui présenteraient d'immenses difficultés pour un homme seul. Pourtant il n'en fit rien, se donnant comme raison que vider la *Virginie,* c'était la rendre plus vulnérable à un coup de vent et compromettre sa meilleure chance de sauvetage. En vérité il éprouvait une insurmontable répugnance pour tout ce qui pouvait ressembler à des travaux d'installation dans l'île. Non seulement il persistait à croire que son séjour ici ne pourrait être de longue durée, mais, par une crainte superstitieuse, il lui semblait qu'en faisant quoi que ce fût pour organiser sa vie sur ces rivages, il renonçait aux chances qu'il avait d'être rapidement recueilli. Tournant le dos obstinément à la terre, il n'avait d'yeux que pour la surface bombée et métallique de la mer d'où viendrait bientôt le salut.

Les jours qui suivirent, il les employa à signaler sa présence par tous les moyens que lui présenta son imagination. À côté du foyer perpétuellement entretenu sur la grève, il entassa des fagots de branchages et une quantité de varech propres à constituer rapidement un foyer fuligineux[1] si une voile venait à pointer à l'horizon. Puis il eut l'idée d'un mât au sommet duquel était posée une perche dont l'extrémité la plus longue touchait le sol. En cas d'alerte, il y fixerait un fagot enflammé puis, tirant sur l'autre extrémité à l'aide d'une liane, il ferait basculer la perche et monter haut dans le ciel le fanal improvisé. Mais il se désintéressa de ce stratagème quand il eut découvert sur la falaise surplombant la baie à l'ouest un eucalyptus mort qui pouvait avoir deux cents pieds de haut et dont le tronc creux formait une longue cheminée ouverte vers le ciel. En y entassant des brindilles et des bûchettes, il pensa pouvoir en peu de temps transformer l'arbre en une gigantesque torche, repérable à plusieurs lieues à la ronde. Il négligea de dresser des signaux qui fussent visibles en son absence, car il ne songeait pas à s'éloigner de ce rivage où dans quelques heures peut-être, demain ou après-demain au plus tard, un navire jetterait l'ancre pour lui.

Il ne faisait aucun effort pour se nourrir, mangeant à tout moment ce qui lui tombait sous la main — coquillages, feuilles de pourpier, racines de fougères, noix de coco, choux palmistes, baies ou œufs d'oiseaux et de tortues. Le troisième jour, il jeta loin de lui et abandonna aux charognards la carcasse du bouc dont l'odeur devenait intoléra-

---

1. Feu chargé de suie, et par conséquent bien visible.

ble. Il regretta bientôt ce geste qui eut pour effet de fixer sur lui l'attention vigilante des sinistres oiseaux. Désormais, où qu'il allât, quoi qu'il fît, un aréopage [1] de têtes chenues et de cous pelés se rassemblait inexorablement à quelque distance. Les oiseaux n'évitaient que paresseusement les pierres ou les bûches dont il les bombardait parfois dans son exaspération, comme si, serviteurs de la mort, ils étaient eux-mêmes immortels.

Il négligeait de tenir le compte des jours qui passaient. Il apprendrait bien de la bouche de ses sauveteurs combien de temps s'était écoulé depuis le naufrage de la *Virginie*. Ainsi ne sut-il jamais précisément au bout de combien de jours, de semaines ou de mois, son inactivité et sa surveillance passive de l'horizon commencèrent à lui peser. La vaste plaine océane légèrement bombée, miroitante et glauque, le fascinait, et il se prit à craindre d'être l'objet d'hallucinations. Il oublia d'abord qu'il n'avait à ses pieds qu'une masse liquide en perpétuel mouvement. Il vit en elle une surface dure et élastique où il n'aurait tenu qu'à lui de s'élancer et de rebondir. Puis, allant plus loin, il se figura qu'il s'agissait du dos de quelque animal fabuleux dont la tête devait se trouver de l'autre côté de l'horizon. Enfin il lui parut tout à coup que l'île, ses rochers, ses forêts n'étaient que la paupière et le sourcil d'un œil immense, bleu et humide, scrutant les profondeurs du ciel. Cette dernière image l'obséda au point qu'il dut renoncer à son attente contemplative. Il se secoua et décida d'entreprendre quelque chose. Pour la première fois, la peur de perdre l'esprit l'avait effleuré de son aile. Elle ne devait plus le quitter.

*

---

1. Groupe, assemblée.

Entreprendre quelque chose ne pouvait avoir qu'un seul sens : construire un bateau de tonnage suffisant pour rallier la côte chilienne occidentale.

Ce jour-là, Robinson décida de surmonter sa répugnance et de faire une incursion dans l'épave de la *Virginie* pour tenter d'en rapporter des instruments et des matériaux utiles à son dessein. Il réunit à l'aide de lianes une douzaine de rondins en un grossier radeau, fort utilisable cependant par calme plat. Une forte perche pouvait lui servir de moyen de propulsion, car l'eau demeurait peu profonde par marée basse jusqu'aux premiers rochers sur lesquels il pouvait ensuite prendre appui. Parvenu à l'ombre monumentale de l'épave, il amarra son radeau sur le fond et entreprit de faire à la nage le tour du bâtiment pour tenter de trouver un moyen d'accès. La coque, qui ne présentait aucune blessure apparente, s'était plantée sur un récif pointu et sans doute constamment immergé qui la portait comme un socle. En somme, si l'équipage, faisant confiance à cette brave *Virginie*, était demeuré dans l'entrepont au lieu de s'exposer sur le pont balayé par les lames, tout le monde aurait eu peut-être la vie sauve. En se hissant à l'aide d'un filin qui pendait d'un écubier [1], Robinson se prenait même à penser qu'il pouvait trouver à bord le capitaine Van Deyssel qu'il avait quitté blessé sans doute, mais vivant et en sécurité dans sa cabine. Dès qu'il eut sauté sur le gaillard d'arrière, encombré par un tel amoncellement de mâts, de vergues, de câbles et de haubans brisés et enchevêtrés qu'il était difficile de s'y frayer un passage, il aperçut le cadavre du matelot de quart, toujours solidement capelé au cabestan, comme un supplicié à son poteau. Le malheureux, disloqué par les chocs terribles qu'il avait reçus sans pouvoir se mettre à l'abri, était mort à son poste après avoir donné vainement l'alerte.

Le même désordre régnait dans les soutes. Du moins

---

1. Ouverture pratiquée à l'avant d'un navire.

l'eau n'y avait-elle pas pénétré, et il trouva, serrées dans des coffres, des provisions de biscuits et de viande séchée dont il consomma tout ce qu'il put en l'absence d'eau douce. Certes, il restait également des dames-jeannes[1] de vin et de genièvre, mais une habitude d'abstinence avait laissé intacte en lui la répulsion qu'éprouve naturellement l'organisme pour les boissons fermentées. La cabine était vide, mais il aperçut le capitaine qui gisait dans l'abri de navigation. Robinson eut un tressaillement de joie lorsqu'il vit le gros homme faire un effort, comme pour se redresser en s'entendant appeler. Ainsi donc la catastrophe avait laissé deux survivants ! À vrai dire la tête de Van Deyssel, qui n'était qu'une masse sanglante et chevelue, pendait en arrière, secouée par les soubresauts étranges qui agitaient le torse. Lorsque la silhouette de Robinson s'encadra dans ce qui demeurait de la porte de la passerelle, le pourpoint maculé du capitaine s'entrouvrit, et un rat énorme s'en échappa, suivi de deux autres bêtes de moindre dimension. Robinson s'éloigna en trébuchant et vomit au milieu des décombres qui jonchaient le plancher.

Il ne s'était pas montré très curieux de la nature du fret que transportait la *Virginie*. Il avait certes posé la question à Van Deyssel peu après son embarquement, mais il n'avait pas insisté lorsque le commandant lui avait répondu par une répugnante plaisanterie. Il s'était fait une spécialité, avait expliqué le gros homme, du fromage de Hollande et du guano[2], ce dernier produit s'apparentant au premier par sa consistance onctueuse, sa couleur jaunâtre et son odeur caséeuse[3]. Aussi Robinson ne fut-il pas autrement surpris en découvrant quarante tonneaux de poudre noire, fortement arrimés au centre de la cale.

---

1. Grandes et grosses bouteilles de verre.
2. Excréments d'oiseaux.
3. Qui évoque le fromage.

Il lui fallut plusieurs jours pour transporter sur son radeau et mener à terre tout cet explosif, car il était interrompu la moitié du temps par la marée haute. Il en profitait alors pour le mettre à l'abri de la pluie sous une couverture de palmes immobilisées par des pierres. Il rapporta également de l'épave deux caisses de biscuits, une longue-vue, deux mousquets à silex, un pistolet à double canon, deux haches, une herminette[1], un marteau, une plane, un ballot d'étoupe et une vaste pièce d'étamine rouge — étoffe de peu de prix destinée à des opérations de troc avec d'éventuels indigènes. Il retrouva dans la cabine du capitaine le fameux barillet d'Amsterdamer, hermétiquement clos, et, à l'intérieur, la grande pipe de porcelaine, intacte malgré sa fragilité dans sa cheminée de tabac. Il chargea aussi sur son radeau une grande quantité de planches arrachées au pont et aux cloisons du navire. Enfin il trouva dans la cabine du second une bible en bon état qu'il emporta enveloppée dans un lambeau de voile pour la protéger.

Dès le lendemain, il entreprit la construction d'une embarcation qu'il baptisa par anticipation l'*Évasion*.

---

1. Hachette.

Chapitre 2

Au nord-ouest de l'île, les falaises s'effondraient sur une crique de sable fin, aisément accessible par une coulée d'éboulis rocheux clairsemés de maigres bruyères. Cette échancrure de la côte était dominée par une clairière d'un acre et demi environ, parfaitement plane, où Robinson mit au jour sous les herbes un tronc de myrte de plus de cent quarante pieds de long, sec, sain et de belle venue dont il pensa faire la pièce maîtresse de l'*Évasion*. Il y transporta les matériaux qu'il avait arrachés à la *Virginie* et décida d'établir son chantier sur ce petit plateau qui présentait l'avantage majeur de dominer l'horizon marin d'où pouvait venir le salut. Enfin l'eucalyptus creux se trouvait à proximité et pourrait être embrasé sans retard en cas d'alerte.

Avant de se mettre au travail, Robinson lut à haute voix quelques pages de la Bible. Élevé dans l'esprit de la secte des Quakers [1] — à laquelle appartenait sa mère —, il n'avait jamais été un grand lecteur des textes sacrés. Mais sa situation extraordinaire et le hasard — qui ressemblait si fort à un décret de la Providence — grâce auquel le Livre des livres lui avait été donné comme seul viatique spirituel le poussaient à chercher dans ces pages vénérables le secours

---

1. Église protestante fondée au XVIIIᵉ siècle, qui prône une grande austérité de mœurs.

moral dont il avait tant besoin. Ce jour-là, il crut trouver dans le chapitre IV de la Genèse — celui qui relate le Déluge et la construction de l'arche par Noé — une allusion évidente au navire de salut qui allait sortir de ses mains.

Après avoir débarrassé de ses hautes herbes et de ses buissons une aire de travail suffisante, il y roula le tronc du myrte et entreprit de l'ébrancher. Puis il l'attaqua à la hache pour lui donner le profil d'une poutre rectangulaire.

Il travaillait lentement et comme à tâtons. Il avait pour seul guide le souvenir des expéditions qu'il faisait encore enfant dans un chantier de construction de barques de pêche établi sur le bord de l'Ouse à York, ainsi que celui de cette yole[1] de promenade que ses frères et lui avaient tenté de confectionner et à laquelle il avait fallu renoncer. Mais il disposait d'un temps indéfini, et il était poussé dans sa tâche par une inéluctable nécessité. Lorsque le découragement menaçait de le gagner, il se comparait à quelque prisonnier limant avec un instrument de fortune les barreaux de sa fenêtre ou creusant de ses ongles un trou dans l'un des murs de sa cellule, et il se jugeait alors favorisé dans son malheur. Il convient d'ajouter qu'ayant négligé de tenir un calendrier depuis le naufrage, il n'avait qu'une idée vague du temps qui s'écoulait. Les jours se superposaient, tous pareils, dans sa mémoire, et il avait le sentiment de recommencer chaque matin la journée de la veille.

Il se souvenait certes des formes à vapeur dans lesquelles les charpentiers de l'Ouse ployaient les membres du futur bateau. Mais il ne pouvait être question pour lui de se procurer ni de construire une étuve avec sa chaudière d'alimentation, et il ne lui restait que la délicate et laborieuse solution d'un assemblage d'éléments chantournés à la hache. Le profilage de l'étrave et de l'étambot s'avéra si difficile qu'il dut même abandonner sa hache et émincer le

---

1. Embarcation légère, canot.

bois par fins copeaux au couteau de poche. Il était obsédé par la crainte de gâter le myrte qui lui avait providentiellement fourni la pièce maîtresse de l'*Évasion*.

Lorsqu'il voyait tourner les charognards au-dessus de l'épave de la *Virginie*, sa conscience le taraudait d'avoir abandonné sans sépulture la dépouille du capitaine et celle du matelot. Il avait toujours repoussé à plus tard l'épouvantable tâche qu'auraient représentée pour un homme seul l'enlèvement et le transport à terre de ces cadavres corpulents et décomposés. Les jeter par-dessus bord aurait risqué d'attirer dans la baie des requins qui n'eussent pas manqué de s'y fixer à demeure dans l'attente d'autres aubaines. C'était bien assez des vautours qu'il avait affriandés par une première imprudence et qui depuis le surveillaient sans relâche. Il se dit enfin que lorsque les oiseaux et les rats auraient fini de nettoyer les cadavres, il serait toujours temps de recueillir les squelettes propres et secs, et de leur donner une tombe décente. S'adressant aux âmes des deux défunts, il leur promit même de leur élever une petite chapelle où il viendrait prier chaque jour. Ses seuls compagnons étaient des morts, il était juste qu'il leur fasse une place de choix dans sa vie.

Malgré toutes ses recherches dans la *Virginie*, il n'avait pu trouver ni une vis ni un clou. Comme il ne disposait pas non plus de vilebrequin, l'assemblage des pièces par chevillage lui était également interdit. Il se résigna à ajointer les pièces par mortaises et tenons, en taillant ces derniers en queues-d'aronde pour plus de solidité. Il eut même l'idée de les durcir à la flamme avant de les engager dans les mortaises, puis de les arroser d'eau de mer pour les faire gonfler et les souder ainsi dans leur logement. Cent fois le bois se fendit sous l'action, soit de la flamme, soit de l'eau, mais il recommençait inlassablement, ne vivant plus que dans une sorte de torpeur de somnambule, au-delà de la fatigue et de l'impatience.

*

De brusques averses et des traînées blanches à l'horizon annoncèrent un changement de temps. Un matin, le ciel, qui paraissait tout aussi pur qu'à l'accoutumée, avait pris cependant une teinte métallique qui l'inquiéta. Le bleu transparent des jours précédents avait tourné au bleu mat et plombé. Bientôt un couvercle de nuages parfaitement homogènes s'appesantit d'un horizon à l'autre, et les premières gouttes mitraillèrent la coque de l'*Évasion*. Robinson voulut d'abord ignorer ce contretemps imprévu, mais il dut bientôt retirer ses vêtements dont la pesanteur trempée gênait ses mouvements. Il les rangea à l'abri dans la partie achevée de la coque. Il s'attarda un moment à regarder l'eau tiède ruisseler sur son corps couvert de croûtes de terre et de crasse qui fondaient en petites rigoles boueuses. Ses toisons rousses, collées en plaques luisantes, s'orientaient selon des lignes de forces qui accentuaient leur animalité. « Un phoque d'or », pensa-t-il avec un vague sourire. Puis il urina, trouvant plaisant d'ajouter sa modeste part au déluge qui noyait tout autour de lui. Il se sentait soudain en vacances, et un accès de gaieté lui fit esquisser un pas de danse lorsqu'il courut, aveuglé par les gouttes et cinglé par les rafales, se réfugier sous le couvert des arbres.

La pluie n'avait pas encore percé les mille toitures superposées des frondaisons sur lesquelles elle tambourinait avec un bruit assourdissant. Une vapeur d'étuve montait du sol et se perdait dans les voûtes feuillues. Robinson s'attendait à tout instant à ce que l'eau perce enfin et l'inonde. Or le sol devenait de plus en plus fangeux sous ses pieds sans qu'une seule goutte d'eau lui soit encore tombée sur la tête ou sur les épaules. Il comprit enfin en s'apercevant qu'un petit torrent dévalait le long de chaque tronc d'arbre dans des gouttières creusées dans l'écorce comme à cette seule fin. Quelques heures plus tard, le soleil couchant, apparu entre l'horizon et la ligne inférieure du plafond de nuages, baigna l'île dans une lumière d'incendie sans que la pluie diminue de violence.

L'élan de gaieté puérile qui avait emporté Robinson était tombé en même temps que se dissipait l'espèce d'ébriété où l'entretenait son travail forcené. Il se sentait sombrer dans un abîme de déréliction, nu et seul, dans ce paysage d'Apocalypse, avec pour toute société deux cadavres pourrissant sur le pont d'une épave. Il ne devait comprendre que plus tard la portée de cette expérience de la nudité qu'il faisait pour la première fois. Certes, ni la température ni un sentiment de quelconque pudeur ne l'obligeaient à porter des vêtements de civilisé. Mais si c'était par routine qu'il les avait conservés jusqu'alors, il éprouvait par son désespoir la valeur de cette armure de laine et de lin dont la société humaine l'enveloppait encore un moment auparavant. La nudité est un luxe que seul l'homme chaudement entouré par la multitude de ses semblables peut s'offrir sans danger. Pour Robinson, aussi longtemps qu'il n'aurait pas changé d'âme, c'était une épreuve d'une meurtrière témérité. Dépouillée de ces pauvres hardes — usées, lacérées, maculées, mais issues de plusieurs millénaires de civilisation et imprégnées d'humanité —, sa chair était offerte vulnérable et blanche au rayonnement des éléments bruts. Le vent, les cactus, les pierres et jusqu'à cette lumière impitoyable cernaient, attaquaient et meurtrissaient cette proie sans défense. Robinson se sentit périr. Une créature humaine avait-elle été jamais soumise à une épreuve aussi cruelle ? Pour la première fois depuis le naufrage, des paroles de révolte contre les décrets de la Providence s'échappèrent de ses lèvres. « Seigneur, murmura-t-il, si tu ne t'es pas complètement détourné de ta créature, si tu ne veux pas qu'elle succombe dans les minutes qui viennent sous le poids de la désolation que tu lui imposes, alors, manifestetoi. Accorde-moi un signe qui atteste ta présence auprès de moi ! » Puis il attendit, les lèvres serrées, semblable au premier homme sous l'Arbre de la Connaissance, quand toute la terre était molle et humide encore après le retrait des eaux. Alors, tandis que le grondement de la pluie redoublait sur les feuillages et que tout semblait vouloir se dissoudre dans la nuée vaporeuse qui montait du sol, il vit se former à l'horizon un arc-en-ciel plus vaste et plus coruscant[1] que la nature seule n'en peut créer. Plus qu'un arc-en-ciel, c'était comme une auréole presque parfaite, dont seul le segment inférieur disparaissait dans les flots, et qui étalait les sept couleurs du spectre avec une admirable vivacité.

L'averse cessa aussi soudainement qu'elle avait commencé. Robinson retrouva avec ses vêtements le sens et l'instance de son travail. Il eut bientôt surmonté cette brève mais instructive défaillance.

*

Il était occupé à tordre un couple à son équerrage exact en pesant sur lui de tout son poids, quand il éprouva le sentiment confus qu'il était observé. Il releva la tête, et son regard croisa celui de Tenn, le chien de la *Virginie,* ce setter-laverack de race médiocre, mais affectueux comme un enfant, qui se trouvait sur le pont avec l'homme de quart au moment du naufrage. L'animal était tombé en arrêt à une dizaine de pas, les oreilles pointées, la patte de devant gauche repliée. Une émotion réchauffa le cœur de Robinson. Il avait la certitude cette fois qu'il n'avait pas seul échappé au naufrage. Il fit quelques pas vers l'animal en prononçant plusieurs fois son nom. Tenn appartenait à une de ces races de chiens qui manifestent un besoin vital, impérieux de la

1. Brillant.

présence humaine, de la voix et de la main humaines. Il était étrange qu'il ne se précipitât pas vers Robinson en gémissant, l'échine tordue et le fouet éperdu. Robinson n'était plus qu'à quelques pieds de lui quand il se mit à battre en retraite, les babines retroussées, avec un grondement de haine. Puis il fit un brusque demi-tour et s'enfuit ventre à terre dans les taillis où il disparut. Malgré sa déception, Robinson conserva de cette rencontre comme une joie rémanente qui l'aida à vivre plusieurs jours. En outre, le comportement incompréhensible de Tenn détourna sa pensée de l'*Évasion* en lui donnant un aliment neuf. Fallait-il croire que les terreurs et les souffrances du naufrage avaient rendu folle la pauvre bête ? Ou bien son chagrin de la mort du commandant était-il si farouche qu'elle ne supportait plus la présence d'un autre homme ? Mais une autre hypothèse se présenta à son esprit et le remplit d'angoisse : peut-être était-il depuis si longtemps déjà dans l'île qu'il était en somme naturel que le chien fût retourné à l'état sauvage. Combien de jours, de semaines, de mois, d'années s'étaient-ils écoulés depuis le naufrage de la *Virginie* ? Robinson était pris de vertige quand il se posait cette question. Il lui semblait alors jeter une pierre dans un puits et attendre vainement que retentisse le bruit de sa chute sur le fond. Il se jura de marquer désormais sur un arbre de l'île une encoche chaque jour, et une croix tous les trente jours. Puis il oublia son propos en se replongeant dans la construction de l'*Évasion*.

Elle prenait figure lentement, celle d'un cotre large, à l'étrave fort peu relevée, un peu lourd, qui devait jauger quatre à cinq tonneaux. Il n'en fallait pas moins pour tenter avec quelques chances de réussite la traversée vers la côte chilienne. Robinson avait opté pour un seul mât qui porterait une voile triangulaire latine permettant d'établir une grande surface vélique, facilement manœuvrable toutefois pour un unique homme d'équipage, et particulièrement adaptée au vent de travers (N.-S.) dont il fallait prévoir la dominance en naviguant cap à l'est. Le mât devait traverser le rouf[1] et aller s'implanter sur la quille de façon à être totalement solidaire de la coque. Avant de procéder à la pose du pont, Robinson passa une dernière fois la main sur la surface interne — lisse et étroitement ajointée — des flancs du bateau, et il imagina avec bonheur les gouttes qui apparaîtraient normalement à tous les joints quand il mettrait à l'eau pour la première fois. Il faudrait attendre plusieurs jours d'immersion pour que, le bois gonflant, la coque devînt étanche. Le pontage supporté par les baux[2] qui reliaient en même temps les deux côtés de la coque demanda à lui seul plusieurs semaines d'un travail acharné, mais il ne pouvait être question d'y renoncer, car le bateau ne devait pas embarquer en cas de mauvais temps, et il fallait que fussent à l'abri les provisions indispensables à la subsistance du passager pendant la traversée.

Dans tous ses travaux, Robinson souffrait cruellement de ne pas posséder de scie. Cet outil — impossible à confectionner avec des moyens de fortune — lui aurait épargné des mois de travail à la hache et au couteau. Un matin il se crut victime de son obsession en entendant à son réveil un bruit qui ne pouvait être interprété que comme celui d'un scieur en action. Parfois le bruit cessait, comme si le scieur avait changé de position, puis il reprenait avec une régularité monotone. Robinson se dégagea doucement du trou de rocher où il avait accoutumé de dormir, et il s'avança à pas de loup vers l'origine du bruit, en s'efforçant de se préparer à l'émotion qu'il éprouverait s'il se trouvait face à face avec un être humain. Il finit par découvrir au pied d'un palmier un crabe gigantesque qui sciait avec ses pinces une noix de coco serrée dans ses pattes. Dans les branches de l'arbre,

---

1. Petit logement généralement situé à l'arrière d'un bateau.
2. Traverse destinée à maintenir l'écartement des murs.

à vingt pieds de haut, un autre crabe s'attaquait à la base des noix pour les faire choir. Les deux crustacés ne parurent nullement incommodés par la survenue du naufragé et poursuivirent tranquillement leur bruyante besogne.

Ce spectacle inspira à Robinson un profond dégoût. Il regagna la clairière de l'*Évasion,* confirmé dans le sentiment que cette terre lui demeurait étrangère, qu'elle était pleine de maléfices, et que son bateau — dont il voyait à travers les genêts la silhouette massive et sympathique — était tout ce qui le rattachait à la vie.

Faute de vernis ou même de goudron pour enduire les flancs de la coque, il entreprit de fabriquer de la glu selon un procédé qu'il avait observé dans les chantiers de l'Ouse. Il dut pour cela raser presque entièrement un petit bois de houx qu'il avait repéré dès le début de son travail près du mât du levant. Pendant quarante-cinq jours, il débarrassa les arbustes de leur première écorce et recueillit l'écorce intérieure en la découpant en lanières. Puis il fit longuement bouillir dans un chaudron cette masse fibreuse et blanchâtre qui se décomposa peu à peu en un liquide épais et visqueux. Il le remit ensuite au feu et le répandit brûlant sur la coque du bateau.

L'*Évasion* était terminée, mais la longue histoire de sa construction demeurait écrite à jamais dans la chair de Robinson. Coupures, brûlures, estafilades, callosités, tavelures indélébiles et bourrelets cicatriciels racontaient la lutte opiniâtre qu'il avait menée si longtemps pour en arriver à ce petit bâtiment trapu et ailé. À défaut de journal de bord, il regarderait son corps quand il voudrait se souvenir.

Il commença à rassembler les provisions qu'il embarquerait avec lui. Mais il abandonna bientôt cette besogne en songeant qu'il convenait d'abord de mettre à l'eau sa nouvelle embarcation pour éprouver sa tenue en mer et assurer son étanchéité. En vérité, une sourde angoisse le retenait, la peur d'un échec, d'un coup inattendu qui réduirait à néant les chances de réussite de l'entreprise sur laquelle il jouait sa vie. Il imaginait l'*Évasion* révélant aux premiers essais quelque vice rédhibitoire[1], un excès de tirant d'eau, par exemple — elle serait peu maniable et les moindres vagues la couvriraient —, ou pas assez, au contraire — elle chavirerait au premier déséquilibre. Dans ses pires cauchemars, à peine avait-elle touché la surface de l'eau qu'elle coulait à pic, comme un lingot de plomb, et lui, le visage plongé dans l'eau, la voyait s'enfoncer en se dandinant dans des profondeurs glauques de plus en plus sombres.

Enfin il se décida à procéder à ce lancement que d'obscurs pressentiments lui faisaient différer depuis si longtemps. Il ne fut pas autrement surpris de l'impossibilité de traîner sur le sable jusqu'à la mer cette coque qui devait peser plus de mille livres. Mais ce premier échec lui révéla la gravité d'un problème auquel il n'avait jamais songé sérieusement. Ce fut l'occasion pour lui de découvrir un aspect important de la métamorphose que son esprit subissait sous l'influence de sa vie solitaire. Le champ de son attention paraissait en même temps s'approfondir et s'étrécir. Il lui devenait de plus en plus difficile de songer à plusieurs choses à la fois, et même de passer d'un sujet de préoccupation à un autre. Il s'avisa ainsi qu'autrui est pour nous un puissant *facteur de distraction,* non seulement parce qu'il nous dérange sans cesse et nous arrache à notre pensée actuelle, mais aussi parce que la seule possibilité de sa survenue jette une vague lueur sur un univers d'objets situés en marge de notre attention, mais capable à tout instant d'en devenir le centre. Cette présence marginale et comme fantomatique des choses dont il ne se préoccupait pas dans l'immédiat s'était peu à peu effacée de l'esprit de Robinson. Il était désormais entouré d'objets soumis à la loi sommaire du tout ou rien, et c'était ainsi qu'absorbé par la construction

---

1. Défaut inacceptable.

de l'*Évasion,* il avait perdu de vue le problème de sa mise à flot. Il convient d'ajouter qu'il avait été fortement obnubilé[1] aussi par l'exemple de l'arche de Noé qui était devenue pour lui comme l'archétype de l'*Évasion.* Construite en pleine terre, loin de tout rivage, l'arche avait attendu que l'eau vînt à elle, tombant du ciel ou accourant du haut des montagnes.

Une panique d'abord maîtrisée, puis vertigineuse, le gagna lorsqu'il échoua également à glisser des rondins sous la quille pour la faire rouler, comme il avait vu faire pour des fûts de colonnes lors de la restauration de la cathédrale d'York. La coque était inébranlable, et Robinson parvint tout juste à défoncer l'un des couples en pesant sur elle avec un pieu qui basculait en levier sur une bûche. Au bout de trois jours d'efforts, la fatigue et la colère lui brouillaient la vue. Il songea alors à un ultime procédé pour parvenir à cette mise à flot. Puisqu'il ne pouvait faire glisser l'*Évasion* jusqu'à la mer, il pourrait peut-être faire monter la mer jusqu'à elle. Il suffisait de creuser à cette fin une sorte de canal qui, partant du rivage, irait en s'approfondissant régulièrement jusqu'à l'aire de construction du bateau. Celui-ci basculerait finalement dans le canal où la marée montante s'engouffrerait chaque jour en bouillonnant. Il se jeta aussitôt au travail. Puis, l'esprit calmé, il évalua la distance du bateau au rivage, et surtout la hauteur à laquelle il se trouvait au-dessus du niveau de la mer. Le canal devrait avoir cent vingt yards de long et s'enfoncer dans la falaise jusqu'à une profondeur de plus de cent pieds. Entreprise gigantesque à laquelle toutes les années qui pouvaient lui rester à vivre dans le meilleur cas ne suffiraient sans doute pas. Il renonça.

*

1. Obsédé.

La vase liquide sur laquelle dansaient des nuages de moustiques était parcourue de remous visqueux lorsqu'un marcassin dont seul émergeait le groin moucheté venait se coller au flanc maternel. Plusieurs hardes de pécaris avaient établi leur souille [1] dans les marécages de la côte orientale de l'île et y demeuraient enfouies pendant les heures les plus chaudes de la journée. Mais tandis que la laie assoupie se confondait tout à fait avec la boue dans son immobilité végétale, sa portée s'agitait et se disputait sans cesse avec des grognements aigus. Comme les rayons du soleil commençaient à devenir obliques, la laie secoua soudain sa torpeur et, d'un effort puissant, elle hissa sa masse ruisselante sur une langue de terre sèche, tandis que les petits tricotaient furieusement des pattes avec des cris stridents pour échapper à la succion de la bourbe. Puis toute la harde s'en fut en file indienne dans un grand bruit de broussailles foulées et de bois cassé.

C'est alors qu'une statue de limon [2] s'anima à son tour et glissa au milieu des joncs. Robinson ne savait plus depuis combien de temps il avait abandonné son dernier haillon aux épines d'un buisson. D'ailleurs il ne craignait plus l'ardeur du soleil, car une croûte d'excréments séchés couvrait son dos, ses flancs et ses cuisses. Sa barbe et ses cheveux se mêlaient, et son visage disparaissait dans cette masse hirsute. Ses mains devenues des moignons crochus ne lui servaient plus qu'à marcher, car il était pris de vertige dès qu'il tentait de se mettre debout. Sa faiblesse, la douceur des sables et des vases de l'île, mais surtout la rupture de quelque petit ressort de son âme faisaient qu'il ne se déplaçait plus qu'en se traînant sur le ventre. Il savait maintenant que l'homme est semblable à ces blessés au cours

1. Bourbier où se vautrent les sangliers.
2. Boue.

d'un tumulte ou d'une émeute qui demeurent debout aussi longtemps que la foule les soutient en les pressant, mais qui glissent à terre dès qu'elle se disperse. La foule de ses frères, qui l'avait entretenu dans l'humain sans qu'il s'en rendît compte, s'était brusquement écartée de lui, et il éprouvait qu'il n'avait pas la force de tenir seul sur ses jambes. Il mangeait, le nez au sol, des choses innommables. Il faisait sous lui et manquait rarement de se rouler dans la molle tiédeur de ses propres déjections. Il se déplaçait de moins en moins, et ses brèves évolutions le ramenaient toujours à la souille. Là il perdait son corps et se délivrait de sa pesanteur dans l'enveloppement humide et chaud de la vase, tandis que les émanations délétères[1] des eaux croupissantes lui obscurcissaient l'esprit. Seuls ses yeux, son nez et sa bouche affleuraient dans le tapis flottant des lentilles d'eau et des œufs de crapaud. Libéré de toutes ses attaches terrestres, il suivait dans une rêverie hébétée des bribes de souvenirs qui, remontant de son passé, dansaient au ciel dans l'entrelacs des feuilles immobiles. Il retrouvait les heures feutrées qu'il avait passées, enfant, tapi au fond du sombre magasin de laines et cotonnades en gros de son père. Les rouleaux de tissu entassés formaient autour de lui comme une forteresse molle qui buvait indistinctement les bruits, les lumières, les chocs et les courants d'air. Dans cette atmosphère confinée flottait une odeur immuable de suint, de poussière et de vernis à laquelle s'ajoutait celle du benjoin dont usait en toute saison le père Crusoé pour combattre un rhume inextinguible. À ce petit homme timide et frileux, toujours perché sur son très haut pupitre ou inclinant ses lorgnons sur un livre de comptes, Robinson pensait ne devoir que ses cheveux rouges, et tenir pour le reste de sa mère, qui était une maîtresse femme. La souille, en lui révélant ses propres facultés de repliement sur lui-

---

1. Malsaines, nuisibles.

même et de démission en face du monde extérieur, lui apprit qu'il était, davantage qu'il n'avait cru, le fils du petit drapier d'York.

Dans ses longues heures de méditations brumeuses, il développait une philosophie qui aurait pu être celle de cet homme effacé. Seul le passé avait une existence et une valeur notables. Le présent ne valait que comme source de souvenirs, fabrique de passé. Il n'importait de vivre que pour augmenter ce précieux capital de passé. Venait enfin la mort : elle n'était elle-même que le moment attendu de jouir de cette mine d'or accumulée. L'éternité nous était donnée afin de reprendre notre vie en profondeur, plus attentivement, plus intelligemment, plus sensuellement qu'il n'était possible de le faire dans la bousculade du présent.

*

Il était en train de brouter une touffe de cresson dans un marigot, lorsqu'il entendit de la musique. Irréelle, mais distincte, c'était une symphonie céleste, un chœur de voix cristallines qu'accompagnaient des accords de harpe et de viole de gambe. Robinson pensa qu'il s'agissait de la musique du ciel, et qu'il n'en avait plus pour longtemps à vivre, à moins qu'il ne fût déjà mort. Mais, en levant la tête, il vit pointer une voile blanche à l'est de l'horizon. Il ne fit qu'un saut jusqu'au chantier de l'*Évasion* où traînaient ses outils et où il eut la chance de retrouver presque aussitôt son briquet. Puis il se précipita vers l'eucalyptus creux. Il enflamma un fagot de branches sèches et le poussa dans la gueule béante qu'ouvrait le tronc au ras du sol. Un torrent de fumée âcre en sortit aussitôt, mais le vaste embrasement qu'il escomptait parut se faire attendre.

D'ailleurs à quoi bon ? Le navire avait mis le cap sur l'île et cinglait droit vers la Baie du Salut. Nul doute qu'il ne mouille à proximité de la plage et qu'une chaloupe ne s'en détache aussitôt. Avec des ricanements de dément, Robinson courait en tous sens à la recherche d'un pantalon et d'une chemise qu'il finit par retrouver sous la coque de l'*Évasion*. Puis il se précipita vers la plage, tout en se griffant le visage pour tenter de le dégager de la crinière compacte qui le couvrait. Sous une bonne brise nord-est, le navire gîtait gracieusement, inclinant toute sa voilure vers les vagues crêtées d'écume. C'était un de ces galions espagnols de jadis, destinés à rapporter à la mère patrie les gemmes et les métaux précieux du Mexique. Et il semblait à Robinson que les œuvres vives [1] que l'on voyait maintenant chaque fois que le flot se creusait au-dessous de la ligne de flottaison étaient en effet de couleur dorée. Il portait grand pavois et, à la pointe du grand mât, claquait une flamme bifide, jaune et noire. À mesure qu'il approchait, Robinson distinguait une foule brillante sur le pont, le château de proue et jusqu'aux tillacs. Il semblait qu'une fête somptueuse y déroulât ses fastes. La musique provenait d'un petit orchestre à cordes et d'un chœur d'enfants en robes blanches groupés sur le gaillard d'arrière. Des couples dansaient noblement autour d'une table chargée de vaisselle d'or et de cristal. Personne ne paraissait voir le naufragé, ni même le rivage qui se trouvait maintenant à moins d'une encablure, et que le navire longeait après avoir viré de bord. Robinson le suivait en courant sur la plage. Il hurlait, agitait les bras, s'arrêtait pour ramasser des galets qu'il lançait dans sa direction. Il tomba, se releva, tomba encore. Le galion arrivait maintenant au niveau des premières dunes. Robinson allait se trouver arrêté par les lagunes qui succédaient à la plage. Il se jeta à l'eau et nagea de toutes ses forces vers le navire dont il ne voyait plus que la masse fessue du château arrière drapée

---

1. Partie de la coque d'un navire qui se trouve au-dessous de la ligne de flottaison.

de brocart. À l'un des sabords[1] pratiqués dans l'encorbel-
lement, une jeune fille était accoudée. Robinson voyait son
visage avec une netteté hallucinante. Très jeune, très tendre, vulnérable, creusé déjà semblait-il, il était cependant
éclairé d'un sourire pâle, sceptique et abandonné. Robinson
connaissait cette enfant. Il en était sûr. Mais qui, qui était-
ce ? Il ouvrit la bouche pour l'appeler. L'eau salée envahit sa
gorge. Un crépuscule glauque l'entoura où il eut encore le
temps de voir la face grimaçante d'une petite raie fuyant à
reculons.

*

Une colonne de flammes le tira de sa torpeur. Comme
il avait froid ! Se pouvait-il que la mer l'eût rejeté pour la
seconde fois sur le même rivage ? Là-haut, sur la Falaise de
l'Occident, l'eucalyptus flambait comme une torche dans la
nuit. Robinson se dirigea en titubant vers cette source de
lumière et de chaleur.

Ainsi ce signal qui devait balayer l'océan et alerter le
reste de l'humanité n'avait réussi à attirer que lui-même, lui
seul, suprême dérision !

Il passa la nuit recroquevillé dans les herbes, le visage
tourné vers la caverne incandescente, traversée de lueurs
fulgurantes, qui s'ouvrait à la base de l'arbre, et il se rapprochait du foyer à mesure que sa chaleur diminuait. Ce
fut aux premières heures de l'aube qu'il parvint à mettre
un nom — un prénom en vérité — sur la jeune fille du
galion. C'était Lucy, sa jeune sœur, morte adolescente il y
avait deux lustres[2]. Ainsi il ne pouvait douter que ce navire
d'un autre siècle fût le produit d'une imagination insane.

---

1. Hublots.
2. Un lustre est une durée de cinq années.

Il se leva et regarda la mer. Cette plaine métallique, clouée déjà par les premières flèches du soleil, avait été sa tentation, son piège, son opium. Peu s'en était fallu qu'après l'avoir avili elle ne le livrât aux ténèbres de sa démence. Il fallait sous peine de mort trouver la force de s'en arracher. L'île était derrière lui, immense et vierge, pleine de promesses limitées et de leçons austères. Il reprendrait en main son destin. Il travaillerait. Il consommerait sans plus rêver ses noces avec son épouse implacable, la solitude.

Tournant le dos au grand large, il s'enfonça dans les éboulis semés de chardons d'argent qui menaient vers le centre de l'île.

Chapitre 3

Robinson consacra les semaines qui suivirent à l'exploration méthodique de l'île et au recensement de ses ressources. Il dénombra les végétaux comestibles, les animaux qui pouvaient lui être de quelque secours, les points d'eau, les abris naturels. Par chance, l'épave de la *Virginie* n'avait pas encore complètement succombé aux violentes intempéries des mois précédents bien que des morceaux entiers de la coque et du pont eussent disparu. Le corps du capitaine et celui du matelot avaient eux aussi été emportés, ce dont Robinson se félicita, non sans éprouver en même temps de vifs remords de conscience. Il leur avait promis une tombe, il en serait quitte pour leur dresser un cénotaphe[1]. Il établit son dépôt général dans la grotte qui s'ouvrait dans le massif rocheux du centre de l'île. Il y transporta tout ce qu'il put arracher à l'épave, et il ne rejetait rien qui fût transportable, car les objets les moins utilisables gardaient à ses yeux la valeur de reliques de la communauté humaine dont il était exilé. Après avoir entreposé les quarante tonneaux de poudre noire au plus profond de la grotte, il y rangea trois coffres de vêtements, cinq sacs de céréales, deux corbeilles de vaisselle et d'argenterie, plusieurs couffins d'objets hétéroclites — chandeliers, éperons, bijoux, loupes, lunettes, canifs,

---

1. Tombeau vide, élevé à la mémoire d'un mort.

cartes marines, miroirs, dés à jouer, cannes, etc. —, divers
récipients à liquide, un coffre d'apparaux — câbles, poulies,
fanaux, épissoirs, lignes, flotteurs, etc. —, enfin un coffret de
pièces d'or et de monnaie d'argent et de cuivre. Les livres
qu'il trouva épars dans les cabines avaient été tellement
gâtés par l'eau de mer et de pluie que le texte imprimé s'en
était effacé, mais il s'avisa qu'en faisant sécher au soleil ces
pages blanches, il pourrait les utiliser pour tenir son journal,
à condition de trouver un liquide pouvant tenir lieu d'encre.
Ce liquide lui fut fourni inopinément par un poisson qui
pullulait alors aux abords de la falaise du Levant. Le diodon,
redouté pour sa mâchoire puissante et dentelée et pour les
dards urticants qui hérissent son corps en cas d'alerte, a la
curieuse faculté de se gonfler à volonté d'air et d'eau jusqu'à devenir rond comme une boule. L'air absorbé s'accu-
mulant dans son ventre, il nage alors sur le dos sans paraître autrement incommodé par cette surprenante posture.
En remuant avec un bâton l'un de ces poissons échoués sur
le sable, Robinson avait remarqué que tout ce qui entrait
en contact avec son ventre flasque ou distendu prenait une
couleur rouge carminée extraordinairement tenace. Ayant
pêché une grande quantité de ces poissons dont il goûtait
la chair, délicate et ferme comme celle du poulet, il exprima
dans un linge la matière fibreuse sécrétée par les pores de
leur ventre et recueillit ainsi une teinture d'odeur fétide,
mais d'un rouge admirable. Il se hâta alors de tailler convenablement une plume de vautour, et il pensa pleurer de joie
en traçant ses premiers mots sur une feuille de papier. Il lui
semblait soudain s'être à demi arraché à l'abîme de bestialité où il avait sombré et faire sa rentrée dans le monde de
l'esprit en accomplissant cet acte sacré : écrire. Dès lors il
ouvrit presque chaque jour son *log-book* [1] pour y consigner,
non les événements petits et grands de sa vie matérielle

---

1. Terme de marine pour désigner un journal de bord.

— il n'en avait cure —, mais ses méditations, l'évolution de sa vie intérieure, ou encore les souvenirs qui lui revenaient de son passé et les réflexions qu'ils lui inspiraient.

Une ère nouvelle débutait pour lui — ou plus précisément, c'était sa vraie vie dans l'île qui commençait après des défaillances dont il avait honte et qu'il s'efforçait d'oublier. C'est pourquoi se décidant enfin à inaugurer un calendrier, il lui importait peu de se trouver dans l'impossibilité d'évaluer le temps qui s'était écoulé depuis le naufrage de la *Virginie*. Celui-ci avait eu lieu le 30 septembre 1759 vers deux heures de la nuit. Entre cette date et le premier jour qu'il marqua d'une encoche sur un fût de pin mort s'insérait une durée indéterminée, indéfinissable, pleine de ténèbres et de sanglots, de telle sorte que Robinson se trouvait coupé du calendrier des hommes, comme il était séparé d'eux par les eaux, et réduit à vivre sur un îlot de temps, comme sur une île dans l'espace.

Il consacra plusieurs jours à dresser une carte de l'île qu'il compléta et enrichit dans la suite au fur et à mesure de ses explorations. Il se résolut enfin à rebaptiser cette terre qu'il avait chargée le premier jour de ce nom lourd comme l'opprobre, « île de la Désolation ». Ayant été frappé en lisant la Bible de l'admirable paradoxe par lequel la religion fait du désespoir le péché sans merci et de l'espérance l'une des trois vertus théologales, il décida que l'île s'appellerait désormais *Speranza,* nom mélodieux et ensoleillé qui évoquait en outre le très profane souvenir d'une ardente Italienne qu'il avait connue jadis quand il était étudiant à l'université d'York. La simplicité et la profondeur de sa dévotion s'accommodaient de ces rapprochements qu'un esprit plus superficiel aurait jugés blasphématoires. Il lui semblait d'ailleurs, en regardant d'une certaine façon la carte de l'île qu'il avait dessinée approximativement, qu'elle pouvait figurer le profil d'un corps féminin sans tête, une femme, oui, assise, les jambes repliées sous elle, dans une

attitude où l'on n'aurait pu démêler ce qu'il y avait de soumission, de peur ou de simple abandon. Cette idée l'effleura,
puis le quitta. Il y reviendrait.

L'examen des sacs de riz, de blé, d'orge et de maïs qu'il
avait sauvés de la *Virginie* lui réserva une lourde déception.
Les souris et les charançons en avaient dévoré une partie
dont il ne restait plus que de la balle mêlée de fientes. Une
autre partie était gâtée par l'eau de pluie et de mer, et rongée de moisissures. Un triage épuisant, effectué grain par
grain, lui permit finalement de sauver, outre le riz — intact
mais impossible à cultiver —, dix gallons de blé, six gallons[1]
d'orge et quatre gallons de maïs. Il s'interdit de consommer
la moindre parcelle du blé. Il voulait le semer, car il attachait
un prix infini au pain, symbole de vie, unique nourriture
citée dans le *Pater,* comme à tout ce qui pouvait encore le
relier à la communauté humaine. Il lui semblait aussi que ce
pain que lui donnerait la terre de Speranza serait la preuve
tangible qu'elle l'avait adopté, comme il avait lui-même
adopté cette île sans nom où le hasard l'avait jeté.

Il brûla quelques acres de prairie sur la côte orientale de
l'île un jour que le vent soufflait de l'ouest, et il entreprit
de labourer la terre et de semer ses trois céréales à l'aide
d'une houe qu'il avait fabriquée avec une plaque de fer provenant de la *Virginie* dans laquelle il avait pu percer un trou
assez large pour y introduire un manche. Il se promit de
donner à cette première moisson le sens d'un jugement
porté par la nature — c'est-à-dire par Dieu — sur le travail
de ses mains.

Parmi les animaux de l'île, les plus utiles seraient à coup
sûr les chèvres et les chevreaux qui s'y trouvaient en grand
nombre, pourvu qu'il parvienne à les domestiquer. Or si
les chevrettes se laissaient assez facilement approcher, elles

---

1. Mesure de contenance utilisée en Grande-Bretagne, équivalant
à peu près à 4 litres.

se défendaient farouchement dès qu'il prétendait porter la main sur elles pour tenter de les traire. Il construisit donc un enclos en liant horizontalement des perches sur des piquets qu'il habilla ensuite de lianes entrelacées. Il y enferma des chevreaux très jeunes qui y attirèrent leurs mères par leurs cris. Robinson libéra ensuite les petits et attendit plusieurs jours que les pis des chèvres les fassent trop souffrir pour qu'elles ne se prêtassent pas à la traite avec empressement. Il avait créé ainsi un début de cheptel dans l'île après avoir ensemencé sa terre. Comme l'humanité de jadis, il était passé du stade de la cueillette et de la chasse à celui de l'agriculture et de l'élevage.

Il s'en fallait pourtant que l'île lui parût désormais comme une terre sauvage qu'il aurait su maîtriser, puis apprivoiser pour en faire un milieu tout humain. Il ne se passait pas de jour que quelque incident surprenant ou sinistre ne ravive l'angoisse qui était née en lui à l'instant où, ayant compris qu'il était le seul survivant du naufrage, il s'était senti orphelin de l'humanité. Le sentiment de sa déréliction[1] assagi par la vue de ses champs labourés, de son enclos à chèvres, de la belle ordonnance de son entrepôt, de la fière allure de son arsenal, lui sauta à la gorge le jour où il surprit un vampire[2] accroupi sur le garrot d'un chevreau qu'il était en train de vider de son sang. Les deux ailes griffues et déchiquetées du monstre couvraient comme d'un manteau de mort la bestiole qui vacillait de faiblesse. Une autre fois, alors qu'il cueillait des coquillages sur des rochers à demi immergés, il reçut un jet d'eau en pleine figure. Un peu étourdi par le choc, il fit quelques pas, mais fut aussitôt arrêté par un second jet qui l'atteignit derechef au visage avec une diabolique précision. Aussitôt la vieille angoisse bien connue et si redoutée lui mordit le foie. Elle ne relâcha son étreinte

---

1. Solitude morale.
2. Grande chauve-souris.

qu'à moitié, lorsqu'il eut découvert dans une anfractuosité de rocher un petit poulpe gris qui avait l'étonnante faculté d'envoyer de l'eau grâce à une manière de siphon dont il pouvait faire varier l'angle de tir.

Il avait fini par se résigner à la surveillance implacable qu'il subissait de la part de son « conseil d'administration », comme il continuait à appeler le groupe de vautours qui paraissaient s'être attachés à sa personne. Où qu'il aille, quoi qu'il fasse, ils étaient là, bossus, goitreux et pelés, guettant — non certes sa propre mort comme il s'en persuadait dans ses moments de dépression, mais tous les débris comestibles qu'il semait dans sa journée. Pourtant, s'il s'était tant bien que mal résigné à leur présence, il souffrait plus difficilement le spectacle de leurs mœurs cruelles et repoussantes. Leurs amours de vieillards lubriques insultaient à sa chasteté forcée. Une tristesse indignée emplissait son cœur lorsqu'il voyait le mâle après quelques sautillements grotesques piétiner lourdement la femelle, puis refermer son bec crochu sur la nuque chauve et sanguine de sa partenaire, tandis que les croupions s'abouchaient en un obscène baiser. Un jour il observa qu'un vautour plus petit et sans doute plus jeune était poursuivi et malmené par plusieurs autres. Ils le harcelaient de coups de bec, de gifles d'ailes, de bourrades, et finalement l'acculèrent contre un rocher. Puis ces brimades cessèrent soudain, comme si la victime venait de crier grâce ou avait fait connaître qu'elle se rendait aux exigences de ses persécuteurs. Alors le petit vautour tendit le cou raidement vers le sol, fit trois pas mécaniques, puis il s'arrêta, secoué de spasmes, et vomit sur les cailloux un déballage de chairs décomposées et à demi digérées, festin solitaire sans doute que ses congénères avaient surpris pour son malheur. Ils se jetèrent sur ces immondices et les dévorèrent en se bousculant.

Ce matin-là, Robinson avait brisé sa houe et laissé échapper sa meilleure chèvre laitière. Cette scène acheva de l'abattre. Pour la première fois depuis des mois, il eut une défaillance et céda à la tentation de la souille. Reprenant le sentier des pécaris qui conduisait aux marécages de la côte orientale, il retrouva la mare boueuse où sa raison avait tant de fois déjà chaviré. Il ôta ses vêtements et se laissa glisser dans la fange liquide.

Dans les vapeurs méphitiques [1] où tournoyaient des nuages de moustiques se desserra peu à peu le cercle des poulpes, des vampires et des vautours qui l'obsédaient. Le temps et l'espace se dissolvaient, et un visage se dessina dans le ciel brouillé, bordé de frondaisons, qui était tout ce qu'il voyait. Il était couché dans une bercelonnette [2] oscillante que surmontait un baldaquin de mousseline. Ses petites mains émergeaient seules des langes d'une blancheur liliale [3] qui l'enveloppaient de la tête aux pieds. Autour de lui une rumeur de paroles et de bruits domestiques composait l'ambiance familière de la maison où il était né. La voix ferme et bien timbrée de sa mère alternait avec le fausset toujours plaintif de son père et les rires de ses frères et sœurs. Il ne comprenait pas ce qui se disait et ne cherchait pas à comprendre. C'est alors que les bouillons brodés s'étaient écartés pour encadrer le fin visage de Lucy, aminci encore par deux lourdes nattes noires dont l'une roula sur son couvre-pied. Une faiblesse d'une déchirante douceur envahit Robinson. Un sourire se dessina sur sa bouche qui affleurait au milieu des herbes pourrissantes et des feuilles de nénuphars. À la commissure de ses lèvres s'était soudé le corps brun d'une petite sangsue.

*

---

1. Puantes et parfois toxiques.
2. Petit berceau.
3. De lis.

Log-book. — Chaque homme a sa pente funeste. La mienne descend vers la souille. C'est là que me chasse Speranza quand elle devient mauvaise et me montre son visage de brute. La souille est ma défaite, mon vice. Ma victoire, c'est l'ordre moral que je dois imposer à Speranza contre son ordre naturel qui n'est que l'autre nom du désordre absolu. Je sais maintenant qu'il ne peut être seulement question ici de survivre. Survivre, c'est mourir. Il faut patiemment et sans relâche construire, organiser, ordonner. Chaque arrêt est un pas en arrière, un pas vers la souille.

Les circonstances extraordinaires où je me trouve justifient, je pense, bien des changements de point de vue, notamment sur les choses morales et religieuses. Je lis chaque jour la Bible. Chaque jour aussi je prête pieusement l'oreille à la source de sagesse qui parle en moi, comme en chaque homme. Je suis parfois effrayé de la nouveauté de ce que je découvre et que j'accepte cependant, car aucune tradition ne doit prévaloir sur la voix de l'Esprit Saint qui est en nous.

Ainsi le vice et la vertu. Mon éducation m'avait montré dans le vice un excès, une opulence, une débauche, un débordement ostentatoire auxquels la vertu opposait l'humilité, l'effacement, l'abnégation. Je vois bien que cette sorte de morale est pour moi un luxe qui me tuerait si je prétendais m'y conformer. Ma situation me dicte de mettre du *plus* dans la vertu et du *moins* dans le vice, et d'appeler vertu le courage, la force, l'affirmation de moi-même, la domination sur les choses. Et vice le renoncement, l'abandon, la résignation, bref la souille. C'est sans doute revenir par-delà le christianisme à une vision antique de la sagesse humaine, et substituer la *virtus* à la *vertu*. Mais le fond d'un certain christianisme est le refus radical de la nature et des choses, ce refus que je n'ai que trop pratiqué à l'égard de Speranza, et qui a failli causer ma perte. Je ne triompherai de la déchéance que dans la mesure au contraire où je saurai accepter mon île et me faire accepter par elle.

*

À mesure que la rancœur que lui avait laissée l'échec de l'*Évasion* s'estompait en lui, Robinson songeait de plus en plus aux avantages qu'il tirerait d'une embarcation modeste grâce à laquelle il pourrait notamment explorer les rivages de l'île inaccessibles de l'intérieur. Il entreprit donc de creuser une pirogue monoxyle[1] dans un tronc de pin. Travail à la hache, lent et monotone, qu'il effectua méthodiquement, à certaines heures de la journée, sans la fièvre qui avait entouré la construction de l'*Évasion*. Il avait tout d'abord songé à faire un feu sous la partie du tronc qu'il voulait attaquer, mais il craignit de le calciner dans sa totalité, et il se contenta de répandre des braises dans la cavité commencée. Enfin il abandonna tout recours à la flamme. Convenablement évidée, sculptée, profilée, poncée au sable fin, l'embarcation était assez légère pour qu'il puisse l'élever à bout de bras au-dessus de sa tête et la transporter en s'en couvrant les épaules comme d'un vaste capuchon de bois. Ce fut une fête pour lui de la voir pour la première fois danser sur les vagues, comme un poulain dans une prairie. Il avait taillé une paire de pagaies simples, ayant tout à fait renoncé à la voile par un parti pris de restriction qui lui venait du souvenir de la trop ambitieuse *Évasion*. Il effectua dès lors sur le pourtour de l'île une série d'expéditions qui achevèrent de lui faire connaître son domaine, mais qui lui

---

1. Faite d'une seule pièce de bois.

firent sentir, mieux que toutes ses expériences précéden-
tes, la solitude absolue qui le cernait.

*

Log-book. — La solitude n'est pas une situation immuable
   où je me trouverais plongé depuis le naufrage de la
   Virginie. C'est un milieu corrosif qui agit sur moi lentement, mais sans relâche et dans un sens purement des-
   tructif. Le premier jour, je transitais entre deux sociétés humaines également imaginaires : l'équipage disparu
   et les habitants de l'île, car je la croyais peuplée. J'étais
   encore tout chaud de mes contacts avec mes compagnons de bord. Je poursuivais imaginairement le dialogue interrompu par la catastrophe. Et puis l'île s'est
   révélée déserte. J'avançai dans un paysage sans âme qui
   vive. Derrière moi, le groupe de mes malheureux compagnons s'enfonçait dans la nuit. Leurs voix s'étaient
   tues depuis longtemps, quand la mienne commençait
   seulement à se fatiguer de son soliloque [1]. Dès lors je
   suis avec une horrible fascination le processus de *déshumanisation* dont je sens en moi l'inexorable travail.
      Je sais maintenant que chaque homme porte en lui
   — et comme au-dessus de lui — un fragile et complexe échafaudage d'habitudes, réponses, réflexes,
   mécanismes, préoccupations, rêves et implications qui
   s'est formé et continue à se transformer par les attou-
   chements perpétuels de ses semblables. Privée de sève,
   cette délicate efflorescence s'étiole et se désagrège.
   Autrui, pièce maîtresse de mon univers... Je mesure
   chaque jour ce que je lui devais en enregistrant de
   nouvelles fissures dans mon édifice personnel. Je sais

---

1. Discours qu'une personne seule se tient à elle-même.

ce que je risquerais en perdant l'usage de la parole, et
je combats de toute l'ardeur de mon angoisse cette
suprême déchéance. Mais mes relations avec les choses
se trouvent elles-mêmes dénaturées par ma solitude.
Lorsqu'un peintre ou un graveur introduit des personnages dans un paysage ou à proximité d'un monument,
ce n'est pas par goût de l'accessoire. Les personnages
donnent l'échelle et, ce qui importe davantage encore,
ils constituent des *points de vue possibles* qui ajoutent
au point de vue réel de l'observateur d'indispensables
virtualités.

À Speranza, il n'y a qu'un point de vue, le mien,
dépouillé de toute virtualité. Et ce dépouillement ne
s'est pas fait en un jour. Au début, par un automatisme
inconscient, je projetais des observateurs possibles
— des paramètres — au sommet des collines, derrière tel rocher ou dans les branches de tel arbre. L'île
se trouvait ainsi quadrillée par un réseau d'interpola-
tions et d'extrapolations qui la différenciait et la douait
d'intelligibilité. Ainsi fait tout homme normal dans une
situation normale. Je n'ai pris conscience de cette fonction — comme de bien d'autres — qu'à mesure qu'elle
se dégradait en moi. Aujourd'hui, c'est chose faite. Ma
vision de l'île est réduite à elle-même. Ce que je n'en
vois pas est un *inconnu absolu*. Partout où je ne suis pas
actuellement règne une nuit insondable. Je constate
d'ailleurs en écrivant ces lignes que l'expérience qu'elles tentent de restituer non seulement est sans précédent, mais contrarie dans leur essence même les mots
que j'emploie. Le langage relève en effet d'une façon
fondamentale de cet univers *peuplé* où les autres sont
comme autant de phares créant autour d'eux un îlot
lumineux à l'intérieur duquel tout est — sinon connu
— du moins connaissable. Les phares ont disparu de
mon champ. Nourrie par ma fantaisie, leur lumière est

encore longtemps parvenue jusqu'à moi. Maintenant, c'en est fait, les ténèbres m'environnent.

Et ma solitude n'attaque pas que l'intelligibilité des choses. Elle mine jusqu'au fondement même de leur existence. De plus en plus, je suis assailli de doutes sur la véracité du témoignage de mes sens. Je sais maintenant que la terre sur laquelle mes deux pieds appuient aurait besoin pour ne pas vaciller que d'autres que moi la foulent. Contre l'illusion d'optique, le mirage, l'hallucination, le rêve éveillé, le fantasme, le délire, le trouble de l'audition... le rempart le plus sûr, c'est notre frère, notre voisin, notre ami ou notre ennemi, mais quelqu'un, grands dieux, quelqu'un !

P.-S. — Hier, en traversant le petit bois qui précède les prairies de la côte sud-est, j'ai été frappé en plein visage par une odeur qui m'a ramené brutalement — presque douloureusement — à la maison, dans le vestibule où mon père accueillait ses clients, mais le lundi matin, jour précisément où il ne recevait pas et où ma mère aidée de notre voisine en profitait pour astiquer le plancher. L'évocation était si puissante et si incongrue que j'ai douté une fois de plus de ma raison. J'ai lutté un moment contre l'invasion d'un souvenir d'une impérieuse douceur, puis je me suis laissé couler dans mon passé, ce musée désert, ce mort vernissé comme un sarcophage qui m'appelle avec tant de séduisante tendresse. Enfin l'illusion a desserré son étreinte. En divaguant dans le bois, j'ai découvert quelques pieds de térébinthes, arbustes conifères dont l'écorce éclatée par la chaleur transsudait une résine ambrée dont l'odeur puissante contenait tous les lundis matin de mon enfance.

*

Parce que c'était mardi — ainsi le voulait son emploi du temps —, Robinson ce matin-là glanait, sur la grève fraîchement découverte par le jusant, des espèces de clams à la chair un peu ferme mais savoureuse qu'il pouvait conserver toute la semaine dans une jarre remplie d'eau de mer. La tête protégée par le chapeau rond des marins britanniques, les pieds dans des sabots de bois également réglementaires, il était vêtu d'une culotte, qui lui laissait les mollets à l'air, et d'une ample chemise de lin. Le soleil dont sa peau blanche de rouquin ne supportait pas la morsure était obnubilé par un tapis de nuages frisés comme de l'astrakan, et il avait pu laisser à la grotte le parasol de palmes dont il se séparait rarement. Comme la mer était basse, il avait traversé des jonchées régulières de coquillages concassés, des bancs de vase et des mares peu profondes, et il avait suffisamment de recul pour embrasser d'un regard la masse verte, blonde et noire de Speranza. En l'absence de tout autre interlocuteur, il poursuivait avec elle un long, lent et profond dialogue où ses gestes, ses actes et ses entreprises constituaient autant de questions auxquelles l'île répondait par le bonheur ou l'échec qui les sanctionnaient. Il ne doutait plus que tout se jouait désormais sur ses relations avec elle et sur la réussite de son organisation. Il avait toujours l'oreille tendue vers les messages qui ne cessaient d'émaner d'elle sous mille formes, tantôt chiffrés, tantôt symboliques.

Il s'approcha d'un rocher couvert d'algues qu'entourait un miroir d'eau limpide. Il s'amusait d'un petit crabe follement téméraire qui dressait vers lui ses deux pinces inégales, comme un spadassin son glaive et son épée, lorsqu'il fut frappé comme par la foudre en apercevant l'empreinte d'un pied nu. Il n'aurait pas été autrement surpris de retrouver sa propre trace dans le sable ou la vase, encore qu'il ait renoncé depuis fort longtemps à marcher sans sabots. Mais l'empreinte qu'il avait sous les yeux était *enfoncée dans la*

roche même. S'agissait-il de celle d'un autre homme ? Ou
bien était-il depuis si longtemps dans l'île qu'une empreinte
de son pied dans la vase avait eu le temps de se pétrifier par
l'effet des concrétions calcaires ? Il retira son sabot droit et
plaça son pied nu dans la cavité à demi remplie d'eau de mer.
C'était cela, exactement. Son pied entrait dans ce moule de
pierre, comme dans un brodequin usé et familier. Il ne pouvait y avoir de confusion, ce cachet séculaire [1] — celui du
pied d'Adam prenant possession du Jardin, celui de Vénus
sortant des eaux — c'était aussi la signature personnelle,
inimitable de Robinson, imprimée dans la roche même, et
donc indélébile, éternelle. Speranza — comme une de ces
vaches à demi sauvages de la prairie argentine, marquées
pourtant au fer rouge — portait désormais le sceau de son
Seigneur et Maître.

*

Le maïs dépérit complètement, et les pièces de terre où
Robinson l'avait semé reprirent leur ancien aspect de prairies incultes. Mais l'orge et le blé prospéraient, et Robinson
éprouvait la première joie que lui eût donnée Speranza
— mais combien douce et profonde ! — en caressant de la
main les tiges adolescentes d'un vert tendre et bleuté. Il lui
fallut une grande force de caractère pour se retenir d'extir-
per les herbes parasitaires qui salissaient çà et là son beau
tapis de céréales, mais il ne pouvait enfreindre la parole
évangélique qui commande de ne pas séparer le bon grain
de l'ivraie avant la moisson. Il se consolait en rêvant aux
miches dorées qu'il ferait bientôt glisser du four en tunnel
creusé dans la roche friable de la paroi occidentale de la
grotte. Une petite saison de pluies le fit trembler quelques

---

1. Qui a plusieurs siècles.

jours pour ses épis qui croulèrent par pans entiers, alourdis, gorgés d'eau. Mais le soleil brilla de nouveau et ils se redressèrent, balançant leurs aigrettes dans le vent, comme une armée de petits chevaux cabrés leurs plumets de tête.

Lorsque fut venu le temps de la moisson, Robinson s'avisa que des quelques outils qu'il possédait, le moins impropre à tenir lieu de faux ou de faucille serait ce vieux sabre d'abordage qui décorait la cabine du commandant et qu'il avait rapporté avec les autres épaves. Il voulut d'abord procéder méthodiquement à la fauchaison en rassemblant et soutenant avec une baguette recourbée l'andain[1] qu'il abattait d'un coup de sabre. Mais à manier cette arme héroïque, une étrange ardeur le gagna et, abandonnant toute règle, il avançait en la faisant tournoyer avec des rugissements furieux. Peu d'épis furent gâtés par ce traitement, mais il fallut renoncer à tirer un quelconque parti de la paille.

*

Log-book. — Cette journée de fauchaison qui aurait dû célébrer les premiers fruits de mon travail et de la fécondité de Speranza a ressemblé davantage au combat d'un forcené contre le vide. Ah ! comme je suis loin encore de cette vie parfaite où chaque geste serait commandé par une loi d'économie et d'harmonie ! Je me suis laissé emporter comme un enfant par une fougue désordonnée et je n'ai rien retrouvé dans ce travail de l'allègre satisfaction que me donnait la fenaison à laquelle je participais jadis dans la belle campagne de *West-Riding*. La qualité du rythme, le balancement des deux bras de droite à gauche — et le corps fait

---

1. Étendue qu'un faucheur peut faucher d'un seul coup de faux.

contrepoids par un mouvement inverse de gauche à droite — la lame qui s'enfonce dans la masse de fleurs, d'ombelles et de tigelles, tranche net toute cette matière graminée et la dépose proprement à ma gauche, la fraîcheur puissante qui émane des sucs, sèves et laits éjaculés — tout cela composait un bonheur simple dont je m'enivrais sans remords. La lame fouettée par le fusil de pierre rose était assez malléable pour que le fil se plie *visiblement* dans un sens, puis dans l'autre. La prairie était une masse qu'il fallait attaquer, entamer, réduire méthodiquement en tournant autour pas à pas. Mais cette masse était finement composée, amas d'univers vivants et minuscules, cosmos végétal où la matière est totalement exténuée par la forme. Cette composition fine de la prairie européenne est tout l'opposé de la nature amorphe et sans différence que je remue ici. La nature tropicale est puissante, mais fruste, simple et pauvre, comme son ciel bleu. Quand retrouverai-je hélas les charmes brouillés de nos ciels pâles, les exquises nuances de gris de la brume rampant sur les vases de l'Ouse ?

*

Ayant égrené ses épis en les battant au fléau dans une voile pliée en deux, il vanna son grain en le faisant couler d'une calebasse dans une autre, en plein air, un jour de vent vif. La balle et les menus déchets voltigeaient au loin. Il aimait ce travail de purification, simple mais non pas fastidieux, pour les symboles spirituels qu'il évoquait. Son âme s'élevait vers Dieu et le suppliait de faire voltiger au loin les pensées frivoles dont il était plein pour ne laisser en lui que les lourdes semences de la parole de sagesse. À la fin il constata avec fierté que sa récolte se montait à trente

gallons de blé et vingt gallons d'orge. Il avait préparé pour
faire sa farine un mortier et un pilon — un tronc évidé et
une forte branche étranglée à mi-hauteur — et le four était
garni pour la première cuisson. C'est alors que sur une inspiration subite il prit la décision de ne rien consommer de
cette première récolte.

*

Log-book. — Je me faisais une fête de ce premier pain qui
sortirait de la terre de Speranza, de mon four, de mes
mains. Ce sera pour plus tard. Plus tard... Que de promesses dans ces deux simples mots ! Ce qui m'est
apparu tout à coup avec une évidence impérieuse,
c'est la nécessité de lutter contre le temps, c'est-à-dire
d'emprisonner le temps. Dans la mesure où je vis au
jour le jour, je me laisse aller, le temps me glisse entre
les doigts, je perds mon temps, je me perds. Au fond
tout le problème dans cette île pourrait se traduire en
termes de temps, et ce n'est pas un hasard si — partant du plus bas — j'ai commencé par vivre ici comme
hors du temps. En restaurant mon calendrier, j'ai repris
possession de moi-même. Il faut faire davantage désormais. Rien de cette première récolte de blé et d'orge
ne doit s'engloutir dans le présent. Elle doit être tout
entière comme un ressort tourné vers l'avenir. J'en
ferai donc deux parts : la première sera semée dès
demain, la seconde constituera une réserve de sécurité — car il faut envisager que la promesse du grain
enterré ne soit pas tenue.

   J'obéirai désormais à la règle suivante : toute production est création, et donc bonne. Toute consommation est destruction, et donc mauvaise. En vérité
ma situation ici est assez semblable à celle de mes

compatriotes qui débarquent chaque jour par navires entiers sur les côtes du Nouveau Monde. Eux aussi doivent se plier à une morale de l'accumulation. Pour eux aussi perdre son temps est un crime, thésauriser du temps est la vertu cardinale. Thésauriser[1] ! Voici qu'à nouveau la misère de ma solitude m'est rappelée ! Pour moi semer est bien, récolter est bien. Mais le mal commence lorsque je mouds le grain et cuis la pâte, car alors je travaille pour moi seul. Le colon américain peut sans remords poursuivre jusqu'à son terme le processus de la panification, car il *vendra* son pain, et l'argent qu'il entassera dans son coffre sera du temps et du travail thésaurisés. Quant à moi, hélas, ma misérable solitude me prive des bienfaits de l'argent dont je ne manque pourtant pas !

Je mesure aujourd'hui la folie et la méchanceté de ceux qui calomnient cette institution divine : l'argent ! L'argent spiritualise tout ce qu'il touche en lui apportant une dimension à la fois rationnelle — mesurable — et universelle — puisqu'un bien monnayé devient virtuellement accessible à tous les hommes.

La vénalité est une vertu cardinale. L'homme vénal sait faire taire ses instincts meurtriers et asociaux — sentiment de l'honneur, amour-propre, patriotisme, ambition politique, fanatisme religieux, racisme — pour ne laisser parler que sa propension à la coopération, son goût des échanges fructueux, son sens de la solidarité humaine. Il faut prendre à la lettre l'expression l'*âge d'or*, et je vois bien que l'humanité y parviendrait vite si elle n'était menée que par des hommes vénaux. Malheureusement ce sont presque toujours des hommes désintéressés qui font l'histoire, et alors le feu détruit tout, le sang coule à flots. Les gras marchands

---

1. Amasser, accumuler.

de Venise nous donnent l'exemple du bonheur fastueux que connaît un État mené par la seule loi du lucre, tandis que les loups efflanqués de l'Inquisition espagnole nous montrent de quelles infamies sont capables des hommes qui ont perdu le goût des biens matériels. Les Huns se seraient vite arrêtés dans leur déferlement s'ils avaient su profiter des richesses qu'ils avaient conquises. Alourdis par leurs acquisitions, ils se seraient établis pour mieux en jouir, et les choses auraient repris leur cours naturel. Mais c'étaient des brutes désintéressées. Ils méprisaient l'or. Et ils se ruaient en avant, brûlant tout sur leur passage.

*

Dès lors Robinson s'appliqua à vivre de rien tout en travaillant à une exploitation intense des ressources de l'île. Il défricha et ensemença des hectares entiers de prairies et de forêts, repiqua tout un champ de navets, de raves et d'oseille, espèces qui végétaient sporadiquement dans le Sud, protégea contre les oiseaux et les insectes des plantations de palmiers à choux, installa vingt ruches que les premières abeilles commencèrent à coloniser, creusa au bord du littoral des viviers d'eau douce et d'eau de mer dans lesquels il élevait des brèmes, des anges de mer, des cavaliers et même des écrevisses de mer. Il constitua d'énormes provisions de fruits secs, de viande fumée, de poissons salés et de petits fromages durs et friables comme de la craie, mais d'une conservation indéfinie. Il découvrit enfin un procédé pour produire une sorte de sucre grâce auquel il put faire des confitures et des conserves de fruits confits. Il s'agissait d'un palmier dont le tronc, plus gros au centre qu'à la base et au sommet, pleurait une sève extraordinairement sucrée. Il abattit un de ces arbres, coupa les feuilles qui le couronnaient, et aussitôt la sève se mit à sourdre à l'extrémité supérieure. Elle coula ainsi des mois entiers, mais il fallait que Robinson enlevât chaque matin une nouvelle tranche du tronc dont les pores avaient tendance à se boucher. Ce seul arbre lui donna quatre-vingt-dix gallons de mélasse qui se solidifia peu à peu en un énorme gâteau.

C'est en ce temps-là que Tenn, le setter-laverack de la *Virginie,* jaillit d'un buisson et se précipita vers lui, éperdu d'amitié et de tendresse.

*

Log-book. — Tenn, mon fidèle compagnon de traversée, m'est revenu. Impossible d'exprimer la joie que contient cette simple phrase. Je ne saurai jamais où, ni comment il a vécu depuis le naufrage, du moins je crois comprendre ce qui le tenait éloigné de moi. Alors que je construisais comme un fou l'*Évasion*, il avait surgi devant moi, pour fuir aussitôt avec des grondements furieux. Je m'étais demandé dans mon aveuglement si les terreurs du naufrage suivies d'une longue période de solitude dans une nature hostile ne l'avaient pas ramené à l'état sauvage. Incroyable suffisance ! Le sauvage de nous deux, c'était moi, et je ne doute pas que ce fut mon air farouche et mon visage égaré qui rebutèrent la pauvre bête, demeurée plus profondément civilisée que moi-même. Il ne manque pas d'exemples de chiens obligés, presque malgré eux, d'abandonner un maître qui sombre dans le vice, la déchéance ou la folie, et on n'en connaît pas qui accepteraient que leur maître mangeât dans la même écuelle qu'eux. Le retour de Tenn me comble parce qu'il atteste et récompense ma victoire sur les forces dissolvantes qui m'entraînaient vers l'abîme. Le chien est le compagnon naturel de l'homme, non de la créature nauséabonde et dégénérée que le malheur, l'arrachant à l'humain, peut faire de lui. Je lirai désormais dans ses bons yeux noisette si j'ai su me tenir à hauteur d'homme, malgré l'horrible destin qui me ploie vers le sol.

*

Mais Robinson ne devait recouvrer pleinement son humanité qu'en se donnant un abri qui soit autre chose que le fond d'une grotte ou un auvent de feuilles. Ayant désormais pour compagnon le plus *domestique* des animaux, il se devait de se construire une maison, si profonde est parfois la sagesse que recouvre une simple parenté verbale.

Il la situa à l'entrée de la grotte qui contenait toutes ses richesses et qui se trouvait au point le plus élevé de l'île. Il creusa d'abord un fossé rectangulaire de trois pieds de profondeur qu'il meubla d'un lit de galets recouverts eux-mêmes d'une couche de sable blanc. Sur ce soubassement parfaitement stérile et perméable, il éleva des cloisons en superposant des troncs de palmiers assujettis par des entailles angulaires. Les squames et le crin végétal comblaient les interstices entre les troncs. Sur une légère charpente de perches à double versant, il jeta une vannerie de roseaux sur laquelle il disposa ensuite des feuilles de figuiers-caoutchouc en écailles, comme des ardoises. Il revêtit la surface extérieure des murs d'un mortier d'argile mouillée et de paille hachée. Un dallage de pierres plates et irrégulières, assemblées comme les pièces d'un puzzle, recouvrit le sol sablonneux. Des peaux de biques et des nattes de jonc, quelques meubles en osier, la vaisselle et les fanaux sauvés de la *Virginie,* la longue-vue, le sabre et l'un des fusils suspendus au mur créèrent une atmosphère confortable et même intime dont Robinson ne se lassait pas de s'imprégner. De l'extérieur cette première demeure avait un air surprenant d'isba tropicale, à la fois fruste et soignée, fragile par sa toiture et massive par ses murs, où Robinson se plut à retrouver les contradictions de sa propre situation. Il était sensible en outre à l'inutilité pratique de cette villa, à la fonction capitale, mais surtout morale, qu'il lui attribuait. Il décida bientôt de n'y accomplir aucune tâche utilitaire — pas même sa cuisine — de la décorer avec une patience minutieuse et de n'y dormir que le samedi soir, continuant les autres jours à user d'une sorte de grabat de plumes et de poils dont il avait bourré un enfoncement de la paroi rocheuse de la grotte. Peu à peu cette maison devint pour lui comme une sorte de *musée de l'humain* où il n'entrait pas sans éprouver le sentiment d'accomplir un acte solennel. Il prit même l'habitude, ayant déballé les vêtements contenus dans les coffres de la *Virginie* (et certains étaient fort beaux), de ne pénétrer dans ces lieux qu'en habit, haut-de-chausses, bas et souliers, comme s'il rendait visite à ce qu'il y avait de meilleur en lui-même.

Il s'avisa plus tard que le soleil n'était visible de l'intérieur de la villa qu'à certaines heures du jour et qu'il serait judicieux d'y installer une horloge ou une machine propre à mesurer le temps à tout moment. Après quelques tâtonnements, il choisit de confectionner une manière de clepsydre[1] assez primitive. C'était simplement une bonbonne de verre transparent dont il avait percé le cul d'un petit trou par où l'eau fuyait goutte à goutte dans un bac de cuivre posé sur le sol. La bonbonne mettait exactement vingt-quatre heures à se vider dans le bac, et Robinson avait strié ses flancs de vingt-quatre cercles parallèles marqués chacun d'un chiffre romain. Ainsi le niveau du liquide donnait

---

1. Appareil servant à mesurer le temps au moyen de l'écoulement d'un liquide.

l'heure à tout moment. Cette clepsydre fut pour Robinson la source d'un immense réconfort. Lorsqu'il entendait — le jour ou la nuit — le bruit régulier des gouttes tombant dans le bassin, il avait le sentiment orgueilleux que le temps ne glissait plus malgré lui dans un abîme obscur, mais qu'il se trouvait désormais régularisé, maîtrisé, bref domestiqué lui aussi, comme toute l'île allait le devenir, peu à peu, par la force d'âme d'un seul homme.

*

Log-book. — Désormais, que je veille ou que je dorme, que j'écrive ou que je fasse la cuisine, mon temps est sous-tendu par un tic-tac machinal, objectif, irréfutable, exact, contrôlable. Comme j'ai faim de ces épithètes qui définissent autant de victoires sur les forces du mal ! Je veux, j'exige que tout autour de moi soit dorénavant mesuré, prouvé, certifié, mathématique, rationnel. Il faudra procéder à l'arpentage de l'île, établir l'image réduite de la projection horizontale de toutes ses terres, consigner ces données dans un cadastre. Je voudrais que chaque plante fût étiquetée, chaque oiseau bagué, chaque mammifère marqué au feu. Je n'aurai de cesse que cette île opaque, impénétrable, pleine de sourdes fermentations et de remous maléfiques, ne soit métamorphosée en une construction abstraite, transparente, intelligible jusqu'à l'os !

Mais aurai-je la force de mener à bien cette tâche formidable ? Cette dose massive de rationalité que je veux administrer à Speranza, en trouverai-je la ressource en moi-même ? Le bruit régulier de la clepsydre qui me berçait il y a un instant encore d'une musique studieuse et rassurante comme celle du métronome évoque tout à coup une image tout opposée qui m'ef-

fraie : celle de la pierre la plus dure inexorablement
entamée par la chute inlassable d'une goutte d'eau. Il
est inutile de se le dissimuler : tout mon édifice céré-
bral chancelle. Et le délabrement du langage est l'effet
le plus évident de cette érosion.

J'ai beau parler sans cesse à haute voix, ne jamais
laisser passer une réflexion, une idée sans aussitôt la
proférer à l'adresse des arbres ou des nuages, je vois
de jour en jour s'effondrer des pans entiers de la cita-
delle verbale dans laquelle notre pensée s'abrite et se
meut familièrement, comme la taupe dans son réseau
de galeries. Des points fixes sur lesquels la pensée
prend appui pour progresser — comme on marche
sur les pierres émergeant du lit d'un torrent — s'ef-
fritent, s'enfoncent. Il me vient des doutes sur le sens
des mots qui ne désignent pas des choses concrètes.
Je ne puis plus parler qu'*à la lettre*. La métaphore, la
litote et l'hyperbole me demandent un effort d'attention démesuré dont l'effet inattendu est de faire ressortir tout ce qu'il y a d'absurde et de convenu dans
ces figures de rhétorique. Je conçois que ce processus dont je suis le théâtre serait pain béni pour un
grammairien ou un philologue vivant en société : pour
moi, c'est un luxe à la fois inutile et meurtrier. Telle,
par exemple, cette notion de *profondeur* dont je n'avais
jamais songé à scruter l'usage qu'on en fait dans des
expressions comme « un esprit profond », « un amour
profond »... Étrange parti pris cependant qui valorise
aveuglément la profondeur aux dépens de la superficie et qui veut que « superficiel » signifie non pas « de
vaste dimension », mais de « peu de profondeur », tandis que « profond » signifie au contraire « de grande
profondeur » et non pas « de faible superficie ». Et
pourtant un sentiment comme l'amour se mesure bien
mieux il me semble — si tant est qu'il se mesure — à

l'importance de sa superficie qu'à son degré de profondeur. Car je mesure mon amour pour une femme au fait que j'aime également ses mains, ses yeux, sa démarche, ses vêtements habituels, ses objets familiers, ceux qu'elle n'a fait que toucher, les paysages où je l'ai vue évoluer, la mer où elle s'est baignée… Tout cela, c'est bien de la superficie, il me semble ! Au lieu qu'un sentiment médiocre vise directement — *en profondeur* — le sexe même et laisse tout le reste dans une pénombre indifférente.

Un mécanisme analogue — qui grince depuis peu quand ma pensée veut en user — valorise l'intériorité aux dépens de l'extériorité. Les êtres seraient des trésors enfermés dans une écorce sans valeur, et plus loin on s'enfoncerait en eux, plus grandes seraient les richesses auxquelles on accéderait. Et s'il n'y avait pas de trésors ? Et si la statue était *pleine,* d'une plénitude monotone, homogène, comme celle d'une poupée de son ? Je sais bien, moi, à qui plus personne ne vient prêter un visage et des secrets — que je ne suis qu'un trou noir au milieu de Speranza, un point de vue sur Speranza — un point, c'est-à-dire rien. Je pense que l'âme ne commence à avoir un contenu notable qu'au-delà du rideau de peau qui sépare l'intérieur de l'extérieur, et qu'elle s'enrichit indéfiniment à mesure qu'elle s'annexe des cercles plus vastes autour du point-moi. Robinson n'est infiniment riche que lorsqu'il coïncide avec Speranza tout entière.

*

Dès le lendemain Robinson jeta les bases d'un *Conservatoire des Poids et Mesures.* Il l'édifia en forme de pavillon, mais dans les matériaux les plus réfractaires qu'il put trouver : blocs de granit et parpaings de latérite. Il y exposa sur une sorte d'autel — comme autant d'idoles — et contre les murs — comme les armes de la panoplie de la raison — les étalons du pouce, du pied, du yard, de la verge, de l'encablure, de la pinte, du picotin, du boisseau, du gallon, du grain, de la drachme, de l'once avoirdupois et de la livre avoirdupois[1].

_____

1. Anciennes unités de mesure.

Chapitre 4

Le jour 1000 de son calendrier, Robinson revêtit son habit de cérémonie et s'enferma dans sa villa. Il se plaça devant un pupitre qu'il avait imaginé et fabriqué pour pouvoir écrire debout, dans une attitude de respect et de vigilance. Puis ouvrant le plus grand des livres lavés qu'il avait trouvés dans la *Virginie*, il écrivit :

CHARTE DE L'ÎLE DE SPERANZA COMMENCÉE LE 1000ᵉ JOUR DU CALENDRIER LOCAL

ARTICLE PREMIER. — *En vertu de l'inspiration de l'Esprit Saint perçue et obéie conformément à l'enseignement du Vénéré Ami George Fox, le sujet de S.M. George II, Robinson Crusoé, né à York le 19 décembre 1737, est nommé Gouverneur de l'île de Speranza située dans l'océan Pacifique entre les îles Juan Fernández et la côte occidentale du Chili. En cette qualité, il a tout pouvoir pour légiférer et exécuter sur l'ensemble du territoire insulaire et de ses eaux territoriales dans le sens et selon les voies que lui dictera la Lumière intérieure.*

ARTICLE II. — *Les habitants de l'île sont tenus, pour autant qu'ils pensent, de le faire à haute et intelligible voix.*

Scolie[1]. — *Perdre la faculté de la parole par défaut d'usage est l'une des plus humiliantes calamités qui me menacent. Déjà j'éprouve, quand je tente de discourir à haute voix, un certain embarras de langue, comme après un excès de vin. Il importe donc désormais que le discours intérieur que nous nous tenons aussi longtemps que nous demeurons conscients parvienne jusqu'à mes lèvres pour les modeler sans cesse. C'est d'ailleurs sa pente naturelle, et il faut une particulière vigilance de l'attention pour le retenir avant qu'il ne s'exprime, comme le montre l'exemple des enfants, et des vieillards qui parlent seuls par faiblesse d'esprit.*

ARTICLE III. — *Il est interdit de faire ses besoins naturels ailleurs que dans les lieux prévus à cet usage.*

Scolie. — *Il est certain que la place de cette disposition à l'article III de la Charte pourra surprendre. Mais c'est que le Gouverneur légifère au fur et à mesure que telle nécessité ou telle autre se fait sentir, et dans le relâchement qui menace les habitants de l'île, il est urgent de leur imposer une petite discipline à l'un des endroits de leur vie qui les rapprochent le plus de la bestialité.*

ARTICLE IV. — *Le vendredi est jeûné.*

ARTICLE V. — *Le dimanche est chômé. À dix-neuf heures le samedi, tout travail doit cesser dans l'île, et les habitants doivent revêtir leurs meilleurs vêtements pour le dîner. Le dimanche matin à dix heures, une méditation religieuse sur un texte des Saintes Écritures les réunira dans le Temple.*

ARTICLE VI. — *Seul le Gouverneur est autorisé à pétuner[2]. Encore ne doit-il le faire que chaque semaine le dimanche après-midi ce mois-ci, puis toutes les deux semaines le mois prochain, une seule fois dans le mois d'après, enfin un mois sur deux seulement dans la suite.*

Scolie. — *J'ai découvert depuis peu seulement l'usage et l'agrément de la pipe de porcelaine de feu Van Deyssel.*

---

1. Remarque complémentaire.
2. Fumer ou priser du tabac.

Malheureusement la provision de tabac contenue dans le barillet
n'aura qu'un temps. Il importe donc de la prolonger autant que
possible, et de ne pas contracter une habitude dont l'insatisfac-
tion serait plus tard une source de souffrance.

Robinson se recueillit un moment. Puis ayant refermé le
livre de la Charte, il ouvrit un autre volume — également
vierge — et inscrivit en capitales sur la page de garde :

CODE PÉNAL DE L'ÎLE DE SPERANZA COMMENCÉ
LE 1000ᵉ JOUR DU CALENDRIER LOCAL

Il tourna la page, réfléchit longuement et écrivit enfin :

ARTICLE PREMIER. — *Les manquements à la Charte sont*
passibles de deux peines : jours de jeûne, jours de fosse.

Scolie. — *Ce sont les deux seules peines applicables actuellement, les*
châtiments corporels et la peine de mort impliquant une augmentation
de la population insulaire. La fosse est située dans la prairie, à mi-chemin
des contreforts rocheux et des premiers marécages. Elle est exposée de
telle sorte que le soleil y darde ses rayons pendant les six heures les plus
chaudes de la journée.

ARTICLE II. — *Tout séjour dans la souille est interdit. Les*
contrevenants seront punis d'un séjour de durée double dans
la fosse.

Scolie. — *La fosse apparaît ainsi comme l'antithèse — et*
donc en un certain sens comme l'antidote — de la souille. Cet
article du Code pénal illustre subtilement le principe selon lequel
un fauteur doit être puni par où il a péché.

ARTICLE III. — *Quiconque a pollué l'île de ses excréments*
sera puni d'un jour de jeûne.

Scolie. — *Nouvelle illustration du principe de la correspon-*
dance subtile entre la faute et la peine.

ARTICLE IV. — ...

Robinson s'accorda un moment de méditation avant de déterminer les peines frappant l'outrage public à la pudeur sur le territoire insulaire et ses eaux territoriales. Il fit quelques pas en direction de la porte qu'il ouvrit, comme pour se montrer à ses sujets. Le moutonnement des frondaisons de la grande forêt tropicale déferlait vers la mer qui se confondait plus loin avec le ciel. Parce qu'il était roux comme un renard, sa mère l'avait voué dès sa plus petite enfance aux vêtements verts, et elle lui avait inculqué la méfiance du bleu qui ne s'accordait, disait-elle, ni à la rouille de ses cheveux ni à la teinte de ses vêtements. Or rien ne chantait pour l'heure plus harmonieusement que cette mer de feuillages contre la toile océane tendue jusqu'au ciel. Le soleil, la mer, la forêt, l'azur, le monde entier étaient frappés d'une telle immobilité que le cours du temps aurait paru suspendu sans le tic-tac mouillé de la clepsydre. « S'il est une circonstance privilégiée, pensa Robinson, où l'Esprit Saint doit manifester sa descente en moi, législateur de Speranza, ce doit être un jour comme celui-ci, une minute comme celle-ci. Une langue de feu dansant au-dessus de ma tête ou une colonne de fumée montant toute droite vers le zénith ne devraient-elles pas attester que je suis le temple de Dieu ? »

Comme il prononçait ces mots à haute voix — conformément à l'article II de la Charte — il vit s'élever derrière le rideau forestier un mince filet de fumée blanche qui semblait partir de la Baie du Salut. Croyant que sa prière était exaucée, il tomba à genoux en murmurant une oraison jaculatoire. Après quoi un doute se fit dans son esprit. Il se releva et il alla décrocher du mur un mousquet, une poire à poudre, une bourse de balles et la longue-vue. Puis il siffla Tenn, et il s'enfonça dans l'épaisseur du taillis en évitant la voie directe qu'il avait tracée du rivage à la grotte.

Ils étaient une quarantaine qui faisaient cercle debout

autour d'un feu d'où montait un torrent de fumée lourde, épaisse, laiteuse, d'une consistance anormale. Trois longues pirogues à flotteur et balancier étaient déhalées sur le sable. C'étaient des embarcations d'un type courant dans tout le Pacifique, d'une remarquable tenue de mer malgré leur étroitesse et la faiblesse de leur tirant d'eau. Quant aux hommes qui entouraient le foyer, Robinson reconnut à la longue-vue des Indiens *costinos*[1] de la redoutable peuplade des Araucaniens[2], habitants d'une partie du Chili moyen et méridional qui, après avoir tenu en échec les envahisseurs incas, avaient infligé de sanglantes défaites aux conquistadores espagnols. Petits, trapus, ces hommes étaient vêtus d'un grossier tablier de cuir. Leur visage large, aux yeux extraordinairement écartés, était rendu plus étrange encore par l'habitude qu'ils avaient de s'épiler complètement les sourcils, et par la chevelure abondante, noire, moirée, superbement entretenue qu'ils secouaient fièrement à toute occasion. Robinson les connaissait par de fréquents voyages à Temuco, leur capitale chilienne. Il savait que si un nouveau conflit avec les Espagnols avait éclaté, aucun homme blanc ne trouverait grâce à leurs yeux.

Avaient-ils effectué l'énorme traversée des côtes chiliennes à Speranza ? La valeur traditionnelle des navigateurs costinos rendait cet exploit vraisemblable, mais il était plus probable que l'une ou l'autre des îles Juan Fernández avait été colonisée par eux — et c'était une chance que Robinson n'eût pas été jeté entre leurs mains, car il eût été à coup sûr massacré ou, pour le moins, réduit en esclavage.

Grâce à des récits qu'il avait entendus en Araucanie, il devinait le sens de la cérémonie qui se déroulait actuellement sur le rivage. Une femme décharnée et échevelée, chancelant à l'intérieur du cercle formé par les hommes,

---

1. Vivant près des côtes.
2. L'Araucanie est l'ancien nom du Chili central.

s'approchait du feu, y jetait une poignée de poudre et respirait avidement les lourdes volutes blanches qui s'élevaient aussitôt. Puis, comme soulevée par cette inhalation, elle se tournait vers les Indiens immobiles et semblait les passer en revue, pas à pas, avec de brusques arrêts devant l'un ou l'autre. Ensuite elle revenait près du foyer, et le manège recommençait, si bien que Robinson se demandait si la sorcière n'allait pas s'écrouler asphyxiée avant l'achèvement du rite. Mais non, le dramatique dénouement se produisit tout à coup. La silhouette haillonneuse tendait le bras vers l'un des hommes. Sa bouche grande ouverte devait proférer des malédictions que Robinson n'entendait pas. L'Indien désigné par la voyante comme responsable d'un mal quelconque dont la communauté devait souffrir — épidémie ou sécheresse — se jeta à plat ventre sur le sol, secoué de grands frissons. L'un des Indiens marcha vers lui. Sa machette fit d'abord voler le tablier du misérable, puis elle s'abattit sur lui à coups réguliers, détachant sa tête, puis ses bras et ses jambes. Enfin les six morceaux de la victime furent portés dans le brasier, tandis que la sorcière, accroupie, recroquevillée sur le sable, priait, dormait, vomissait ou pissait.

Les Indiens avaient rompu le cercle et se désintéressaient du feu dont la fumée était devenue noire. Ils entourèrent leurs embarcations, et six d'entre eux en sortirent des outres et se dirigèrent vers la forêt. Robinson battit en retraite précipitamment sans perdre de vue toutefois ces hommes qui envahissaient son domaine. S'ils venaient à découvrir quelque trace de son établissement dans l'île, les deux équipages pourraient se lancer à sa recherche, et il en réchapperait difficilement. Mais heureusement le premier point d'eau étant à la lisière de la forêt, les Indiens n'eurent pas à s'enfoncer bien avant dans l'île. Ils remplirent leurs outres qu'ils portaient à deux, suspendues à une perche, et se dirigèrent vers les pirogues où leurs compagnons avaient pris place. La sorcière était prostrée sur une sorte de siège d'apparat placé à l'arrière d'un des deux bateaux.

Lorsqu'ils eurent disparu derrière les falaises occidentales de la baie, Robinson s'approcha du bûcher. On y distinguait encore les restes calcinés de la victime expiatoire. Ainsi, pensa-t-il, ces hommes frustes appliquaient-ils inconsciemment et avec leur cruauté naturelle la parole de l'Évangile : *« Si ton œil droit est pour toi une occasion de chute, arrache-le et jette-le loin de toi, car mieux vaut pour toi qu'un seul de tes membres périsse et que ton corps tout entier ne soit pas jeté dans la géhenne* [1]. *Et si ta main droite est pour toi une occasion de chute, coupe-la et jette-la loin de toi... »* Mais la charité n'était-elle pas d'accord avec l'économie pour recommander plutôt de soigner l'œil gangrené et de purifier le membre de la communauté devenu une cause de scandale pour tous ?

Et ce fut empli de doutes que le Gouverneur de Speranza regagna sa résidence.

*

ARTICLE VII. — *L'île de Speranza est déclarée place fortifiée. Elle est placée sous le commandement du Gouverneur qui prend grade de général. Le couvre-feu est obligatoire une heure après le coucher du soleil.*

ARTICLE VIII. — *Le cérémonial dominical est étendu aux jours ouvrables.*

Scolie. — *Toute augmentation de la pression de l'événement brut doit être compensée par un renforcement correspondant de l'étiquette. Cela se passe de commentaire.*

Robinson reposa sa plume de vautour et regarda autour de lui. Devant sa villa résidentielle et les bâtiments du

---

1. Enfer

Pavillon des Poids et Mesures, du Palais de Justice et du Temple se dressait maintenant une enceinte crénelée édifiée avec le déblai d'un fossé de douze pieds de profondeur et de dix pieds de large qui courait d'une paroi à l'autre de la grotte en un vaste demi-cercle. Les deux mousquets à silex et le pistolet à double canon étaient posés — chargés — sur le bord des trois créneaux du centre. En cas d'attaque, Robinson pourrait faire croire aux assaillants qu'il n'était pas le seul défenseur de la place. Le sabre d'abordage et la hache se trouvaient également à portée d'usage, mais il était peu probable qu'on en vînt jamais à un corps à corps, car l'approche du mur était semée de pièges. C'était d'abord une série d'entonnoirs disposés en quinconce au fond desquels dardait un pieu à la pointe durcie au feu, et que recouvraient des touffes d'herbes posées sur une mince claie de joncs. Ensuite Robinson avait enfoui dans le sol à l'issue — formant clairière — de la piste provenant de la baie — là où normalement d'éventuels assaillants se rassembleraient pour se consulter avant d'aller plus avant — un tonneau de poudre qu'un cordon d'étoupe permettait de faire exploser à distance. Enfin la passerelle qui franchissait le fossé était, bien entendu, amovible de l'intérieur.

Ces travaux de fortifications et l'état d'alerte où le maintenait la peur d'un retour des Araucaniens entretenaient Robinson dans une excitation tonique dont il ressentait le bienfait moral et physique. Il éprouvait une fois de plus que, contre les effets dissolvants de l'absence d'autrui, construire, organiser et légiférer étaient des remèdes souverains. Jamais il ne s'était senti aussi éloigné de la souille. Chaque soir, avant le couvre-feu, il faisait une ronde, accompagné de Tenn, qui paraissait avoir compris la nature du danger qui le menaçait. Puis on procédait à la « fermeture » de la forteresse. Des blocs de pierre étaient roulés à des emplacements calculés afin que d'éventuels assaillants fussent obligés de se diriger vers les entonnoirs. Le « pont-levis » était retiré, on barricadait toutes les issues, et l'heure du couvre-feu était sonnée. Puis Robinson préparait le dîner, dressait la table de la résidence et se retirait dans la grotte. Il en ressortait quelques minutes plus tard, lavé, parfumé, peigné, la barbe taillée, vêtu de son habit de cérémonie. Enfin, à la lueur d'un candélabre sur lequel flambait un buisson de baguettes enduites de résine, il dînait lentement sous la surveillance respectueuse et passionnée de Tenn.

À cette période d'activité militaire intense succéda une brève saison de pluies diluviennes qui l'obligèrent à de pénibles travaux de consolidation et de réfection de ses établissements. Puis ce fut à nouveau la récolte des céréales. Elle fut si riche qu'il fallut aménager en silo une grotte secondaire prenant son point de départ à l'intérieur même de la grotte principale, mais si étroite et d'un accès si malaisé que Robinson avait renoncé jusque-là à l'utiliser. Cette fois il ne se refusa pas la joie de se faire du pain. Il réserva une petite partie de sa récolte à cet usage, et alluma enfin le four qu'il tenait prêt depuis si longtemps. Ce fut pour lui une expérience bouleversante dont il mesura certes la gravité, mais dont tous les aspects ne lui apparurent que plus tard. Une fois de plus, il replongeait ainsi dans l'élément à la fois matériel et spirituel de la communauté humaine perdue. Mais si cette première panification le faisait remonter, par toute sa signification mystique et universelle, aux sources de l'humain, elle comportait aussi dans son ambiguïté des implications tout individuelles celles-là — cachées, intimes, enfouies parmi les secrets honteux de sa petite enfance — et promises par là même à un épanouissement imprévu dans sa sphère solitaire.

*

Log-book. — En pétrissant ma pâte pour la première fois ce matin, j'ai fait renaître en moi des images oblitérées par le tumulte de la vie, mais que mon isolement contribue à exhumer. Je pouvais avoir dix ans quand mon père me demanda quel métier je souhaitais exercer plus tard. Sans hésiter je lui répondis : boulanger. Il me regarda avec gravité et hocha lentement la tête d'un air d'affectueuse approbation. Nul doute que dans son esprit cet humble métier était revêtu d'une sorte de dignité sacrée par tous les symboles qui s'attachent au pain, nourriture par excellence du corps, mais aussi de l'esprit selon la tradition chrétienne — qu'il récusait certes par fidélité à l'enseignement quaker, mais tout en respectant son caractère vénérable.

Pour moi, il s'agissait de bien autre chose, mais je me souciais peu à l'époque d'expliciter la signification du prestige dont brillait la boulange à mes yeux. Chaque matin, en allant à l'école, je passais devant un certain soupirail dont l'haleine chaude, maternelle et comme charnelle m'avait frappé la première fois, et me retenait depuis, longuement accroché aux barreaux qui le fermaient. Dehors c'était la noirceur humide du petit jour, la rue boueuse, avec au bout l'école hostile et les maîtres brutaux. À l'intérieur de la caverne dorée qui m'aspirait, je voyais un mitron — le torse nu et le visage poudrés « à frimas » — pétrir à pleins bras la masse blonde de la pâte. J'ai toujours préféré les matières aux formes. Palper et humer sont pour moi des modes d'appréhension plus émouvants et plus pénétrants que voir et entendre. Je pense que ce trait ne parle pas en faveur de la qualité de mon âme, mais je le confesse bien humblement. Pour moi la couleur n'est qu'une promesse de dureté ou de douceur, la forme n'est que l'annonce d'une souplesse ou d'une raideur entre mes mains. Or je ne concevais rien de plus onctueux ni de

plus accueillant que ce grand corps sans tête, tiède et
lascif, qui s'abandonnait au fond du pétrin aux étreintes
d'un homme à demi nu. Je le sais maintenant, j'imaginais d'étranges épousailles entre la miche et le mitron,
et je rêvais même d'un levain d'un genre nouveau qui
donnerait au pain une saveur musquée et comme un
fumet de printemps.

*

Ainsi, pour Robinson, l'organisation frénétique de l'île
allait de pair avec le libre et d'abord timide épanouissement de tendances à demi inconscientes. Et il semblait bien
en effet que tout cet échafaudage artificiel et extérieur
— branlant, mais sans cesse fiévreusement perfectionné —
n'avait pour raison d'être que de protéger la formation d'un
homme nouveau qui ne serait viable que plus tard. Mais cela,
Robinson ne le reconnaissait pas encore pleinement, et il se
désolait des imperfections de son système. En effet, l'observation de la Charte et du Code pénal, la purge des peines
qu'il s'infligeait, le respect d'un emploi du temps rigoureux
qui ne lui laissait aucun répit, le cérémonial qui entourait les
actes majeurs de sa vie, tout ce corset de conventions et de
prescriptions qu'il s'imposait pour ne pas tomber ne l'empêchait pas de ressentir avec angoisse la présence sauvage
et indomptée de la nature tropicale et, à l'intérieur, le travail
d'érosion de la solitude sur son âme d'homme civilisé. Il
avait beau s'interdire certains sentiments, certaines conclusions instinctives, il tombait sans cesse dans des supersti-
tions ou des perplexités qui ébranlaient l'édifice dans lequel
il s'efforçait de s'enfermer.

C'est ainsi qu'il ne pouvait se défendre d'attribuer une
signification fatidique aux cris du cheucau. Cet oiseau toujours profondément dissimulé dans les taillis — invisible

mais souvent à portée de la main — faisait éclater à son oreille deux cris dont l'un promettait à n'en pas douter le bonheur, tandis que l'autre résonnait comme l'annonce déchirante d'une calamité prochaine. Robinson en était arrivé à redouter comme la mort ce cri de désolation, mais il ne pouvait s'empêcher de s'aventurer dans les halliers sombres et humides qu'affectionnent ces oiseaux, le cœur à l'avance broyé par leur noir présage.

Il lui arrivait aussi de plus en plus souvent de soupçonner ses sens de le tromper, et de considérer telle ou telle perception comme nulle parce qu'entachée d'un doute impossible à lever. Ou alors, il refaisait inlassablement telle expérience qui lui paraissait insolite, suspecte, contradictoire. En approchant en pirogue du rivage sud-ouest de l'île, par exemple, il fut frappé de la rumeur assourdissante de cris d'oiseaux et de crissements d'insectes qui parvenait jusqu'à lui comme portée par des vagues successives. Or ayant abordé, et s'étant enfoncé sous les arbres, il se trouva plongé dans un silence qui le remplit de stupeur inquiète. La rumeur de la faune ne s'entendait-elle que de l'extérieur et d'une certaine distance de la forêt, ou bien était-ce sa présence qui provoquait ce silence ? Il reprit sa pirogue, s'éloigna, revint, aborda, recommença, énervé, épuisé, sans pouvoir trancher.

Il y avait aussi ces dunes de sable grossier au nord-est d'où semblait sortir lorsqu'il s'y aventurait une sorte de mugissement profond, abyssal et comme tellurique qui le glaçait d'horreur, ne fût-ce que par l'impossibilité d'en déterminer la provenance. Certes il avait entendu parler au Chili d'une colline appelée *El Bramador* — la bramante — parce que du sable mis en mouvement par les pas d'un marcheur émane comme un grondement caverneux.

Mais se souvenait-il vraiment de cette anecdote, ou bien l'avait-il inventée inconsciemment dans le seul but de calmer son angoisse ? Il ne pouvait le dire, et avec une obstina-

tion maniaque, il marchait dans les dunes, la bouche grande
ouverte pour mieux entendre, selon une recette de marin.

                                    *

Log-book. — Trois heures du matin. Lumineuse insomnie. Je
   déambule dans les galeries humides de la grotte. Enfant,
   je me serais évanoui d'horreur en voyant ces ombres,
   ces fuites de perspectives voûtées, en entendant le
   bruit d'une goutte d'eau s'écraser sur une dalle. La solitude est un vin fort. Insupportable à l'enfant, elle eni-
   vre d'une joie âpre l'homme qui a su maîtriser, quand il
   s'y adonne, les battements de son cœur de lièvre. Ne
   serait-ce pas que Speranza couronne un destin qui s'est
   dessiné dès mes premières années ? La solitude et moi,
   nous nous sommes rencontrés lors de mes longues
   promenades méditatives sur les bords de l'Ouse, et
   aussi quand je m'enfermais jalousement dans la librairie
   de mon père avec une provision de chandelles pour
   tenir la nuit, ou encore lorsque je refusai à Londres
   d'user des lettres de recommandation qui m'auraient
   introduit chez des amis de ma famille. Et je suis entré
   en solitude, comme on entre tout naturellement en
   religion après une enfance trop dévote, la nuit où la
   Virginie a achevé sa carrière sur les récifs de Speranza.
   Elle m'attendait depuis l'origine des temps sur ces rivages, la solitude, avec son compagnon obligé, le silence...
   Ici je suis devenu peu à peu une manière de spécia-
   liste du silence, des silences, devrais-je dire. De tout
   mon être tendu comme une grande oreille, j'appré-
   cie la *qualité particulière* du silence où je baigne. Il y
   a des silences aériens et parfumés comme des nuits
   de juin en Angleterre, d'autres ont la consistance glauque de la souille, d'autres encore sont durs et sono-

res comme l'ébène. J'en arrive à sonder la profondeur sépulcrale du silence nocturne de la grotte avec une volupté vaguement nauséeuse qui m'inspire quelque inquiétude. Déjà le jour, je n'ai pas pour me retenir à la vie une femme, des enfants, des amis, des ennemis, des serviteurs, des clients qui sont comme autant d'ancres fichées en terre. Pourquoi faut-il qu'au cœur de la nuit je me laisse de surcroît couler si loin, si profond dans le noir ? Il se pourrait bien qu'un jour, je disparaisse sans trace, comme aspiré par le néant que j'aurais fait naître autour de moi.

*

Les silos de grain qui se multipliaient d'année en année posèrent bientôt de graves problèmes de protection contre les rats. Les rongeurs paraissaient proliférer dans l'exacte proportion où les céréales s'accumulaient, et Robinson ne manquait pas d'admirer cette adaptation d'une espèce animale aux richesses du milieu, à l'opposé de l'espèce humaine qui s'accroît, au contraire, d'autant plus que les ressources dont elle dispose sont plus pauvres. Mais puisqu'il entendait ne pas cesser d'entasser récolte sur récolte aussi longtemps qu'il en aurait la force, il fallait sévir contre les parasites.

Certains champignons blancs à pois rouges devaient être vénéneux, car plusieurs chevreaux étaient morts après en avoir brouté des fragments mêlés à l'herbe. Robinson en fit une décoction dans laquelle il fit tremper des grains de blé. Puis il répandit ses grains empoisonnés sur les passages habituels des rats. Ils s'en régalèrent impunément. Il construisit alors des cages dans lesquelles la bête tombait par une trappe. Mais il en aurait fallu des milliers, et en outre quel n'était pas son dégoût de se sentir fixé par les petits yeux intelligents et haineux de ces bêtes quand il enfonçait leur cage dans la rivière ! La solitude l'avait rendu infiniment vulnérable à tout ce qui pouvait ressembler à la manifestation d'un sentiment hostile à son égard, fût-ce de la part de la plus méprisable des bestioles. L'armure d'indifférence et d'ignorance réciproques dont les hommes se protègent dans leurs rapports entre eux avait disparu, comme un cal fond peu à peu dans une main devenue oisive.

Un jour il assista au duel furieux que se livraient deux rats. Aveugles et sourdes à tout ce qui les entourait, les deux bêtes nouées roulaient sur le sol avec des miaulements rageurs. Finalement elles s'entr'égorgèrent et moururent sans desserrer leur étreinte. En comparant les deux cadavres, Robinson s'avisa qu'ils appartenaient à deux variétés bien différentes : l'un très noir, rond et pelé, était semblable en tous points à ceux qu'il avait accoutumé de pourchasser sur tous les navires où il s'était trouvé. L'autre gris, plus allongé et de poil plus fourni, sorte de campagnol rustique, se voyait dans une partie de la prairie qu'il paraissait avoir colonisée. Nul doute que cette seconde espèce fût indigène, tandis que la première provenant de l'épave de la *Virginie* avait crû et multiplié grâce aux récoltes de céréales. Les deux espèces paraissaient avoir leurs ressources et leurs domaines respectifs. Robinson s'en assura en lâchant un soir dans la prairie un rat noir capturé dans la grotte. Longtemps les herbes frémissantes trahirent seules le tracé d'une course invisible et nombreuse. Puis la chasse se circonscrit et le sable se mit à voler au pied d'une dune. Quand Robinson arriva, il ne restait de son ancien prisonnier que des touffes de poil noir et des membres déchiquetés. Alors il répandit deux sacs de grain dans la prairie après avoir semé une mince traînée depuis la grotte jusque-là. Ce lourd sacrifice risquait d'être inutile. Il ne le fut pas. Dès la nuit, les noirs vinrent en foule récupérer ce qu'ils considéraient peut-être comme leur bien. La bataille éclata. Sur plusieurs acres de prairie une tempête paraissait soulever d'innombrables et minuscules geysers de sable. Les couples de lutteurs roulaient comme des boulets vivants, tandis qu'un piaillement innombrable montait du sol, comme d'une cour de récréation infernale. Sous la lumière livide de la lune, la plaine avait l'air de bouillir en exhalant des plaintes d'enfant.

L'issue du combat était prévisible. Un animal qui se bat sur le territoire de son adversaire a toujours le dessous. Ce jour-là, tous les rats noirs périrent.

*

Log-book. — Cette nuit, mon bras droit tendu hors de ma couche s'engourdit, « meurt ». Je le saisis entre le pouce et l'index de ma main gauche et je soulève cette chose étrangère, cette masse de chair énorme et pesante, ce lourd et gras membre d'autrui soudé à mon corps par erreur. Je rêve ainsi de manipuler tout mon cadavre, de m'émerveiller de son poids mort, de m'abîmer dans ce paradoxe : *une chose qui est moi.* Mais est-elle bien moi ? Je sens remuer en moi le souvenir d'une vieille émotion que me donnait enfant un vitrail de notre église figurant le martyre de saint Denis : décapité sur les degrés d'un temple, le corps se penche et saisit sa propre tête dans ses deux grandes mains, il la ramasse… Or ce que j'admirais ce n'était justement pas cette preuve de prodigieuse vitalité. Dans mon enfantine piété, cette merveille me paraissait la moindre des choses, et d'ailleurs j'avais vu des canards s'envoler sans tête. Non, le vrai miracle, c'était qu'étant débarrassé de sa tête, saint Denis allât la chercher dans le ruisseau où elle avait roulé, et qu'il la saisît avec tant d'attention, de tendresse, d'affectueuse sollicitude. Ah, par exemple, si l'on m'avait décapité, ce n'est pas moi qui aurais couru après cette tête dont les cheveux roux et les taches de son faisaient mon malheur ! Comme je les récusais passionnément, ce chef flamboyant, ces longs bras maigres, ces jambes de cigogne et ce corps blanc comme une oie plumée, fourré çà et là d'une écume de duvet rosâtre ! Cette antipathie vigoureuse m'a préparé à une vision de moi-même qui n'a pris toute son ampleur qu'à Speranza. Depuis quelque temps en effet je m'exerce à cette opération qui consiste à arracher de moi successivement les uns après les autres tous mes attributs — je dis bien *tous* — comme les pelures successives d'un oignon. Ce faisant, je constitue loin de moi un individu qui a nom Crusoé, prénom Robinson, qui mesure six pieds, etc. Je le vois vivre et évoluer dans l'île sans plus profiter de ses heures, ni pâtir de ses malheurs. Qui *je* ? La question est loin d'être oiseuse. Elle n'est même pas insoluble. *Car si ce n'est lui, c'est donc Speranza.* Il y a désormais un *je* volant qui va se poser tantôt sur l'homme, tantôt sur l'île, et qui fait de moi tour à tour l'un ou l'autre.

Ce que je viens d'écrire, n'est-ce pas cela que l'on appelle « philosophie » ? Quelle étrange métamorphose ne suis-je pas en train de subir pour que moi, le plus positif, le moins spéculatif des hommes, j'en arrive non seulement à me poser de pareils problèmes, mais, apparemment du moins, à les résoudre ! Il faudra y revenir.

*

Cette antipathie pour son propre visage et aussi une éducation hostile à toute complaisance l'avaient longtemps tenu à l'écart du miroir provenant de la *Virginie* qu'il avait suspendu au mur extérieur le moins accessible de la

Résidence. L'attention vigilante qu'il portait désormais à sa propre évolution l'y ramena un matin — et il sortit même son siège habituel pour scruter plus à loisir la seule face humaine qu'il lui fût donné de voir.

Aucun changement notable n'avait altéré ses traits, et pourtant il se reconnut à peine. Un seul mot se présenta à son esprit : *défiguré*. « Je suis défiguré », prononça-t-il à haute voix, tandis que le désespoir lui serrait le cœur. C'était vainement qu'il cherchait, dans la bassesse de la bouche, la matité du regard ou l'aridité du front — ces défauts qu'il se connaissait depuis toujours —, l'explication de la disgrâce ténébreuse du masque qui le fixait à travers les taches d'humidité du miroir. C'était à la fois plus général et plus profond, une certaine dureté, quelque chose de mort qu'il avait jadis remarqué sur le visage d'un prisonnier libéré après des années de cachot sans lumière. On aurait dit qu'un hiver d'une rigueur impitoyable fût passé sur cette figure familière, effaçant toutes ses nuances, pétrifiant tous ses frémissements, simplifiant son expression jusqu'à la grossièreté. Ah, certes, cette barbe carrée qui l'encadrait d'une oreille à l'autre n'avait rien de la douceur floue et soyeuse de celle du Nazaréen[1]. C'était bien à l'Ancien Testament et à sa justice sommaire qu'elle ressortissait, ainsi d'ailleurs que ce regard trop franc dont la violence mosaïque effrayait.

Narcisse d'un genre nouveau, abîmé de tristesse, recru de dégoût de soi, il médita longuement en tête à tête avec lui-même. Il comprit que notre visage est cette partie de notre chair que modèle et remodèle, réchauffe et anime sans cesse la présence de nos semblables. Un homme que vient de quitter quelqu'un avec qui il a eu une conversation animée : son visage garde quelque temps une vivacité rémanente[2] qui ne s'éteint que peu à peu et dont la

---

1. Allusion à Jésus (originaire de Nazareth).
2. Persistante.

survenue d'un autre interlocuteur fera rejaillir la flamme.
« Un visage éteint. Un degré d'extinction sans doute jamais
atteint encore dans l'espèce humaine. » Robinson avait prononcé ces mots à haute voix. Or sa face en proférant ces
paroles lourdes comme des pierres n'avait pas davantage
bougé qu'une corne de brume ou un cor de chasse. Il s'efforça à quelque pensée gaie et tâcha de sourire. Impossible.
En vérité il y avait quelque chose de gelé dans son visage
et il aurait fallu de longues et joyeuses retrouvailles avec
les siens pour provoquer un dégel. Seul le sourire d'un ami
aurait pu lui rendre le sourire...

Il s'arracha à l'horrible fascination du miroir et regarda
autour de lui. N'avait-il pas tout ce qu'il lui fallait sur cette
île ? Il pouvait étancher sa soif et apaiser sa faim, pourvoir
à sa sécurité et même à son confort, et la Bible était là
pour satisfaire ses exigences spirituelles. Mais qui donc, par
la simple vertu d'un sourire, ferait jamais fondre cette glace
qui paralysait son visage ? Ses yeux s'abaissèrent alors vers
Tenn, assis par terre à sa droite qui levait son museau vers
lui. Robinson avait-il une hallucination ? *Tenn souriait à son
maître.* D'un seul côté de sa gueule, sa lèvre noire, finement
dentelée se soulevait et découvrait une double rangée de
crocs. En même temps il inclinait drôlement la tête sur le
côté, et on aurait dit que ses yeux noisette se plissaient
ironiquement. Robinson saisit à deux mains la grosse tête
velue, et son regard se voila d'émotion. Une chaleur oubliée
colorait ses joues et un frémissement imperceptible faisait
trembler les commissures de ses lèvres. C'était comme sur
les bords de l'Ouse, quand le premier souffle de mars faisait pressentir les prochains tressaillements du printemps.
Tenn faisait toujours sa grimace et Robinson le regardait
passionnément afin de recouvrer la plus douce des facultés humaines. Désormais ce fut comme un jeu entre eux.
Tout à coup Robinson interrompait son travail, sa chasse,
son cheminement sur la grève ou dans les bois — ou bien

il allumait une torche résineuse au milieu de la nuit — et son visage qui n'était plus qu'à demi mort fixait Tenn d'une certaine façon. Et le chien lui souriait, la tête inclinée, et son sourire de chien se reflétait de jour en jour plus distinctement sur le visage humain de son maître.

*

L'aube était déjà rose, mais le grand concert des oiseaux et des insectes n'avait pas encore commencé. Pas un souffle d'air n'animait les palmes qui festonnaient la porte grande ouverte de la Résidence. Robinson ouvrit les yeux beaucoup plus tard qu'à l'accoutumée. Il s'en rendit compte aussitôt, mais sa conscience morale dormant sans doute encore, il ne songea pas à s'en faire grief. Il imagina, comme en panorama, toute la journée qui l'attendait à la porte. Il y aurait d'abord la toilette, puis la lecture de la Bible devant le lutrin, ensuite le salut aux couleurs et l'« ouverture » de la forteresse. Il ferait basculer la passerelle par-dessus le fossé et dégagerait les issues obstruées par les quartiers de roche. La matinée serait consacrée au cheptel. Les biques marquées B 13, L 24, G 2 et Z 17 devaient être menées au bouc. Robinson n'imaginait pas sans dégoût la hâte indécente avec laquelle ces diablesses accouraient sur leurs jambes sèches empêtrées dans leurs mamelles vers l'enclos des mâles. Pour le reste, il les laisserait forniquer à leur aise toute la matinée. Il y aurait lieu aussi de visiter la garenne artificielle qu'il essayait d'établir. C'était une combe sablonneuse, semée de bruyères et de genêts qu'il avait entourée d'une murette de pierres sèches et où il cultivait des navets sauvages, de la luzerne vierge et un carré d'avoine pour y retenir une colonie d'agoutis, sorte de lièvres dorés aux oreilles courtes, dont il n'avait pu tuer que de rares exemplaires depuis le début de son séjour à Speranza. Il faudrait encore avant le déjeuner remettre à niveau ses trois viviers d'eau douce que la saison sèche éprouvait dangereusement. Ensuite il mangerait sur le pouce, et il revêtirait son grand uniforme de général, car un après-midi surchargé d'obligations officielles l'attendait : mise à jour du recensement des tortues de mer, présidence de la commission législative de la Charte et du Code pénal, enfin inauguration d'un pont de lianes audacieusement jeté par-dessus un ravin de cent pieds de profondeur en pleine forêt tropicale.

Robinson se demandait avec accablement s'il trouverait en outre le temps d'achever la gloriette [1] de fougères arborescentes qu'il avait commencée de construire à la lisière de la forêt bordant le rivage de la baie et qui serait à la fois un excellent gabion d'affût pour surveiller la mer et une retraite d'ombre verte d'une exquise fraîcheur aux heures les plus chaudes de la journée, quand il comprit soudain la cause de son éveil tardif : il avait oublié de regarnir la clepsydre la veille, et elle venait de s'arrêter. À vrai dire le silence insolite qui régnait dans la pièce venait de lui être révélé par le bruit de la dernière goutte tombant dans le bassin de cuivre. En tournant la tête, il constata que la goutte suivante apparaissait timidement sous la bonbonne vide, s'étirait, adoptait un profil piriforme, hésitait puis, comme découragée, reprenait sa forme sphérique, remontait même vers sa source, renonçant décidément à tomber, et même amorçant une inversion du cours du temps.

Robinson s'étendit voluptueusement sur sa couche. C'était la première fois depuis des mois que le rythme obsédant des gouttes s'écrasant une à une dans le bac cessait de commander ses moindres gestes avec une rigueur de métronome. Le temps était suspendu. Robinson était en vacances. Il s'assit au bord de sa couche. Tenn vint poser amoureusement son museau sur son genou. Ainsi donc la

1. Construction légère sur laquelle on fait grimper des plantes.

toute-puissance de Robinson sur l'île — fille de son absolue solitude — allait jusqu'à une maîtrise du temps ! Il supputait avec ravissement qu'il ne tenait qu'à lui désormais de boucher la clepsydre, et ainsi de suspendre le vol des heures...

Il se leva et alla s'encadrer dans la porte. L'éblouissement heureux qui l'enveloppa le fit chanceler et l'obligea à s'appuyer de l'épaule au chambranle. Plus tard, réfléchissant sur cette sorte d'extase qui l'avait saisi et cherchant à lui donner un nom, il l'appela un *moment d'innocence*. Il avait d'abord cru que l'arrêt de la clepsydre n'avait fait que desserrer les mailles de son emploi du temps et suspendre l'urgence de ses travaux. Or il s'apercevait que cette pause était moins son fait que celui de l'île tout entière. On aurait dit que cessant soudain de s'incliner les unes vers les autres dans le sens de leur usage — et de leur usure — les choses étaient retombées chacune de son essence, épanouissaient tous leurs attributs, existaient pour elles-mêmes, naïvement, sans chercher d'autre justification que leur propre perfection. Une grande douceur tombait du ciel, comme si Dieu s'était avisé dans un soudain élan de tendresse de bénir toutes ses créatures. Il y avait quelque chose d'heureux suspendu dans l'air, et, pendant un bref instant d'indicible allégresse, Robinson crut découvrir une *autre île* derrière celle où il peinait solitairement depuis si longtemps, plus fraîche, plus chaude, plus fraternelle, et que lui masquait ordinairement la médiocrité de ses préoccupations.

Découverte merveilleuse : il était donc possible d'échapper à l'implacable discipline de l'emploi du temps et des cérémonies sans pour autant retomber dans la souille ! Il était possible de *changer* sans déchoir. Il pouvait rompre l'équilibre si laborieusement acquis, et s'élever, au lieu de dégénérer à nouveau. Indiscutablement il venait de gravir un degré dans la métamorphose qui travaillait le plus secret de lui-même. Mais ce n'était qu'un éclair passager. La larve avait pressenti dans une brève extase qu'elle volerait un jour. Enivrante, mais passagère vision !

Désormais il recourut souvent à l'arrêt de la clepsydre pour se livrer à des expériences qui dégageraient peut-être un jour le Robinson nouveau de la chrysalide où il dormait encore. Mais son heure n'était pas encore venue. L'*autre île* ne sortit plus du brouillard rose de l'aurore, comme ce matin mémorable. Patiemment il ramassa sa vieille défroque et reprit le jeu où il l'avait laissé, oubliant dans l'enchaînement des menues tâches et de son étiquette qu'il avait pu aspirer à autre chose.

*

Log-book. — Je ne suis guère versé en philosophie, mais les longues méditations où je suis réduit par force, et surtout l'espèce de délabrement de certains de mes mécanismes mentaux, due à la privation de toute société, m'amènent à quelques conclusions touchant l'antique problème de la connaissance. Il me semble en un mot que la présence d'autrui — et son introduction inaperçue dans toutes les théories — est une cause grave de confusion et d'obscurité dans la relation du connaissant et du connu. Non pas qu'autrui n'ait à jouer un rôle éminent dans cette relation, mais il faudrait que cela fût en son temps et en pleine lumière seulement, et non de façon intempestive et comme à la dérobée.

Dans une pièce obscure, une chandelle promenée çà et là éclaire certains objets et en laisse d'autres dans la nuit. Ils émergent des ténèbres illuminés un moment, puis ils se fondent à nouveau dans le noir. Or qu'ils soient ou non éclairés ne change rien, ni à leur nature ni à leur existence. Tels ils étaient avant le passage sur eux du faisceau lumineux, tels ils seront encore pendant et après ce passage.

Telle est l'image que nous nous faisons toujours à

peu près de l'acte de connaissance, la chandelle figurant le sujet connaissant, les objets éclairés représentant tout le connu. Or voici ce que m'a appris ma solitude : ce schéma ne concerne que la connaissance des choses *par autrui*, c'est-à-dire un secteur étroit et particulier du problème de la connaissance. Un étranger introduit dans ma maison, découvrant certains objets, les observant, puis se détournant d'eux pour s'intéresser à autre chose, voilà ce qui correspond précisément au mythe de la chandelle promenée dans une pièce obscure. Le problème général de la connaissance doit être posé à un stade antérieur et plus fondamental, car pour qu'on puisse parler d'un étranger s'introduisant dans ma maison et furetant parmi les choses qui s'y trouvent, il faut que je sois là, embrassant ma chambre du regard et observant le manège de l'intrus.

Il y a ainsi deux problèmes de la connaissance, ou plutôt deux connaissances qu'il importe de distinguer d'un coup d'épée, et que j'aurais sans doute continué à confondre sans le destin extraordinaire qui me donne une vue absolument neuve des choses : la connaissance *par autrui* et la connaissance *par moi-même*. En mélangeant les deux sous prétexte qu'autrui est un *autre moi*, on n'aboutit à rien. Or c'est bien ce qu'on fait quand on se figure le sujet connaissant comme un individu quelconque entrant dans une pièce et voyant, touchant, sentant, bref connaissant les objets qui s'y trouvent. Car cet individu, c'est autrui, mais ces objets, c'est moi — observateur de toute la scène — qui les connais. Pour poser correctement le problème, il faut donc décrire la situation non d'autrui pénétrant dans la pièce, mais de moi-même parlant et voyant. Ce que je vais tenter.

Une première constatation s'impose lorsqu'on s'efforce de décrire le moi sans l'assimiler à autrui, c'est qu'il n'existe que de façon intermittente et somme toute assez rare. Sa présence correspond à un mode de connaissance secondaire et comme réflexif. Que se passe-t-il en effet de façon primaire et immédiate ? Eh bien, les objets sont tous là, brillants au soleil ou tapis dans l'ombre, rugueux ou moelleux, lourds ou légers, ils sont connus, goûtés, pesés, et même cuits, rabotés, pliés, etc., sans que moi qui connais, goûte, pèse, cuis, etc., n'existe en aucune manière, si l'acte de réflexion qui me fait surgir n'est pas accompli — et il l'est en fait rarement. Dans l'état primaire de la connaissance, la conscience que j'ai d'un objet est cet objet même, l'objet est connu, senti, etc., sans personne qui connaisse, sente, etc. Il ne faut pas parler ici d'une chandelle projetant un faisceau lumineux sur les choses. À cette image il convient d'en substituer une autre : celle d'objets phosphorescents par eux-mêmes, sans rien d'extérieur qui les éclaire.

Il y a à ce stade naïf, primaire et comme primesautier qui est notre mode d'existence ordinaire une solitude heureuse du connu, une virginité des choses qui possèdent toutes en elles-mêmes — comme autant d'attributs de leur essence intime — couleur, odeur, saveur et forme. Alors Robinson *est* Speranza. Il n'a conscience de lui-même qu'à travers les frondaisons des myrtes où le soleil darde une poignée de flèches, il ne se connaît que dans l'écume de la vague glissant sur le sable blond.

Et tout à coup un déclic se produit. Le sujet s'arrache à l'objet en le dépouillant d'une partie de sa couleur et de son poids. Quelque chose a craqué dans le monde et tout un pan des choses s'écroule en devenant *moi*. Chaque objet est disqualifié au profit d'un sujet correspondant. La lumière devient œil, et elle n'existe plus comme telle : elle n'est plus qu'excitation de la rétine.

L'odeur devient narine — et le monde lui-même s'avère inodore. La musique du vent dans les palétuviers est réfutée : ce n'était qu'un ébranlement de tympan. À la fin le monde tout entier se résorbe dans mon âme qui est l'âme même de Speranza, arrachée à l'île, laquelle alors se meurt sous mon regard sceptique.

Une convulsion a eu lieu. Un objet a brusquement été dégradé en sujet. C'est sans doute qu'il le méritait, car tout ce mécanisme a un sens. Nœud de contradiction, foyer de discorde, il a été éliminé du corps de l'île, éjecté, rebuté. Le déclic correspond à un processus de rationalisation du monde. Le monde cherche sa propre rationalité, et ce faisant il évacue ce déchet, le sujet.

Un jour un galion espagnol cinglait vers Speranza. Quoi de plus vraisemblable ? Mais il y a plus d'un siècle que les derniers galions ont disparu de la surface des océans. Mais il y avait une fête à bord. Mais le navire, au lieu de mouiller et d'affaler une chaloupe, longea le rivage comme s'il s'en était trouvé à mille lieues. Mais une jeune fille en vêtements surannés me regardait du château de poupe, et cette jeune fille était ma sœur, morte depuis deux lustres… Tant d'insanités n'étaient pas viables. Le déclic s'est produit, et le galion a été débouté de ses prétentions à l'existence. Il est devenu l'hallucination de Robinson. Il s'est résorbé dans ce sujet : un Robinson hagard, en proie à une fièvre cérébrale.

Un jour je marchais dans la forêt. À une centaine de pas une souche se dressait au milieu du sentier. Une souche étrange, velue, aurait-on dit, ayant vaguement le profil d'un animal. Et puis la souche a remué. Mais c'était absurde, une souche ne remue pas ! Et puis la souche s'est transformée en bouc. Mais comment une souche pourrait-elle se transformer en bouc ? Il fallait que le déclic eût lieu. Il a eu lieu. La souche a disparu définitivement et même *rétroactivement*. Il y avait toujours eu un bouc. Mais la souche ? Elle était devenue une illusion d'optique, la vue défectueuse de Robinson.

Le sujet est un objet disqualifié. Mon œil est le cadavre de la lumière, de la couleur. Mon nez est tout ce qui reste des odeurs quand leur irréalité a été démontrée. Ma main réfute la chose tenue. Dès lors le problème de la connaissance naît d'un *anachronisme*. Il implique la simultanéité du sujet et de l'objet dont il voudrait éclairer les mystérieux rapports. Or le sujet et l'objet ne peuvent coexister, puisqu'ils sont la même chose, d'abord intégrée au monde réel, puis jetée au rebut. Robinson est l'excrément personnel de Speranza.

Cette formule épineuse me comble d'une sombre satisfaction. C'est qu'elle me montre la voie étroite et escarpée du salut, d'un certain salut en tout cas, celui d'une île féconde et harmonieuse, parfaitement cultivée et administrée, forte de l'équilibre de tous ses attributs, allant droit son chemin, sans moi, parce que si proche de moi que, même comme pur regard, c'en serait encore trop de moi et qu'il faudrait me réduire à cette phosphorescence intime qui fait que chaque chose serait connue, sans personne qui connaisse, consciente, sans que personne ait conscience... Ô subtil et pur équilibre, si fragile, si précieux !

*

Mais il était impatient de quitter ces rêveries et ces spéculations et de fouler le sol ferme de Speranza. Il crut un jour avoir trouvé une voie d'accès concrète à l'intimité la plus secrète de l'île.

Chapitre 5

Située au centre de l'île au pied du cèdre géant, ouverte comme un gigantesque soupirail à la base du chaos rocheux, la grotte avait toujours revêtu une importance fondamentale aux yeux de Robinson. Mais elle n'avait longtemps été pour lui que le coffre-fort où il amassait avarement ce qu'il avait de plus précieux au monde : ses récoltes de céréales, ses conserves de fruits et de viandes, plus profondément ses coffres de vêtements, ses outils, ses armes, son or, enfin en dernier lieu, dans le fond le plus reculé, ses tonneaux de poudre noire qui auraient suffi à faire sauter toute l'île. Bien qu'il eût cessé depuis longtemps d'user de ses armes à feu pour chasser, Robinson restait très attaché à cette foudre en puissance qu'il ne dépendait que de lui de déchaîner et où il puisait le réconfort d'un pouvoir supérieur. Sur ce trône détonant, il asseyait sa souveraineté jupitérienne sur l'île et ses habitants.

Mais depuis quelques semaines, la grotte se chargeait d'une signification nouvelle pour lui. Dans sa vie seconde — celle qui commençait lorsque, ayant déposé ses attributs de gouverneur-général-administrateur, il arrêtait la clepsydre — Speranza n'était plus un domaine à gérer, mais une *personne*, de nature indiscutablement féminine, vers laquelle l'inclinaient aussi bien ses spéculations philosophiques que les besoins nouveaux de son cœur et de sa chair. Dès lors il se demandait confusément si la grotte était la bouche, l'œil ou quelque autre orifice naturel de ce grand corps, et si son exploration poussée à son terme ne le conduirait pas dans quelque repli caché répondant à quelques-unes des questions qu'il se posait.

Au-delà de la poudrière le tunnel se poursuivait par un boyau en pente raide où il ne s'était jamais engagé avant ce qu'il appellerait plus tard sa *période tellurique*. L'entreprise présentait, il est vrai, une difficulté majeure, celle de l'éclairage.

S'avancer dans ces profondeurs avec à la main une torche de bois résineux — et il ne disposait de rien d'autre —, c'était courir un risque redoutable par la proximité des tonneaux de poudre dont il n'était même pas sûr que le contenu ne se fût pas quelque peu répandu sur le sol. C'était aussi saturer de fumées irrespirables l'air raréfié et immobile de la grotte. Ayant dû abandonner également le projet de percer une cheminée d'aération et d'éclairage au fond de la grotte, il ne lui restait plus qu'à *assumer l'obscurité*, c'est-à-dire à se plier docilement aux exigences du milieu qu'il voulait conquérir, une idée qui ne se serait certes pas présentée à son esprit quelques semaines plus tôt. Ayant pris conscience de la métamorphose où il était engagé, il était prêt maintenant à s'imposer les plus rudes conversions pour répondre à ce qui était peut-être une vocation nouvelle.

Il tenta d'abord tout superficiellement de *s'habituer* à l'obscurité pour pouvoir progresser à tâtons dans les profondeurs de la grotte. Mais il comprit que ce propos était vain et qu'une préparation plus radicale s'imposait. Il fallait dépasser l'alternative lumière-obscurité dans laquelle l'homme est communément enfermé, et accéder au monde des aveugles qui est complet, parfait, certes moins commode à habiter que celui des voyants, mais non pas amputé de toute sa partie lumineuse et plongé dans des ténèbres sinistres, comme l'imaginent ceux qui ont des yeux. L'œil qui crée la lumière invente aussi l'obscurité, mais celui qui n'a pas d'yeux ignore l'une et l'autre, et ne souffre pas de l'absence de la première. Pour approcher cet état, il n'était que de rester immobile très longtemps dans le noir, ce que fit Robinson, entouré de galettes de maïs et de pichets de lait de chèvre.

Le calme le plus absolu régnait autour de lui. Aucun bruit ne parvenait jusqu'au fond de la grotte. Pourtant il savait déjà que l'expérience promettait de réussir, car il ne se sentait nullement séparé de Speranza. Au contraire, il vivait intensément avec elle. Accroupi contre la roche, les yeux grands ouverts dans les ténèbres, il voyait le blanc déferlement des vagues sur toutes les grèves de l'île, le geste bénisseur d'un palmier caressé par le vent, l'éclair rouge d'un colibri dans le ciel vert. Il sentait sur tous les atterrages la fraîcheur mouillée de la grève que venait de découvrir le jusant. Un bernard-l'ermite en profitait pour prendre l'air sur le pas de sa coquille. Une mouette à tête noire se mettait tout à coup en perte de vitesse pour piquer sur un chétodon tapi dans les algues rouges que le ressac revêtait toutes ensemble de leur envers brun. La solitude de Robinson était vaincue d'étrange manière — non pas *latéralement*, — par abords et côtoiements, comme quand on se trouve dans une foule ou avec un ami — mais de façon *centrale*, nucléaire, en quelque sorte. Il devait se trouver à proximité du *foyer* de Speranza d'où partaient en étoile toutes les terminaisons nerveuses de ce grand corps, et vers lequel affluaient toutes les informations venues de la superficie. Ainsi dans certaines cathédrales y a-t-il souvent un point d'où l'on entend, par le jeu des ondes sonores et de leurs interférences, les moindres bruits, qu'ils proviennent de l'abside, du chœur, du jubé ou de la nef.

Le soleil déclinait lentement vers l'horizon. Au ras de l'amoncellement rocheux couronnant l'île, la grotte ouvrait sa gueule noire qui s'arrondissait comme un gros œil étonné, braqué sur le large. Dans peu de temps la trajectoire du soleil le placerait dans l'axe exact du tunnel. Le fond de la grotte se trouverait-il éclairé ? Pour combien de temps ? Robinson ne tarderait pas à le savoir, et sans pouvoir se donner aucune raison il attachait une grande importance à cette rencontre.

L'événement fut si rapide qu'il se demanda s'il n'avait pas été victime d'une illusion d'optique. Un simple phosphène avait peut-être fulguré derrière ses paupières, ou bien était-ce vraiment un éclair qui avait traversé l'obscurité sans la blesser ? Il avait attendu le lever d'un rideau, une aurore triomphante. Cela n'avait été qu'un coup d'épingle de lumière dans la masse ténébreuse où il baignait. Le tunnel devait être plus long ou moins rectiligne qu'il n'avait cru. Mais qu'importait ? Les deux regards s'étaient heurtés, le regard lumineux et le regard ténébreux. Une flèche solaire avait percé l'âme tellurique de Speranza.

Le lendemain le même éclair se produisit, puis douze heures passèrent de nouveau. L'obscurité *tenait* toujours, bien qu'elle eût tout à fait cessé de créer autour de lui ce léger vertige qui fait chanceler le marcheur privé de points de repaire visuels. Il était dans le ventre de Speranza comme un poisson dans l'eau, mais il n'accédait pas pour autant à cet au-delà de la lumière et de l'obscurité dans lequel il pressentait le premier seuil de l'au-delà absolu. Peut-être fallait-il se soumettre à un jeûne purificateur ? D'ailleurs il ne lui restait plus qu'un peu de lait. Il se recueillit vingt-quatre heures encore. Puis il se leva et sans hésitation ni peur, mais pénétré de la gravité solennelle de son entreprise, il se dirigea vers le fond du boyau. Il n'eut pas à errer longtemps pour trouver ce qu'il cherchait : l'orifice d'une cheminée verticale et fort étroite. Il fit aussitôt quelques tentatives sans succès pour s'y laisser glisser. Les parois étaient polies comme de la chair, mais l'orifice était si resserré qu'il y demeurait prisonnier à mi-corps. Il se dévêtit tout à fait, puis se frotta le corps avec le lait qui lui restait. Alors il plongea, tête la première, dans le goulot, et cette fois il y glissa lentement mais régulièrement, comme le bol alimentaire dans l'œsophage. Après une chute très douce qui dura quelques instants ou quelques siècles, il se reçut à bout de bras dans une manière de crypte exiguë où il ne pouvait se tenir debout qu'à condition de laisser sa tête dans l'arrivée du boyau. Il se livra à une minutieuse palpation du caveau où il se trouvait. Le sol était dur, lisse, étrangement tiède, mais les parois présentaient de surprenantes irrégularités. Il y avait des tétons lapidifiés, des verrues calcaires, des champignons marmoréens, des éponges pétrifiées. Plus loin la surface de la pierre se couvrait d'un tapis de papilles frisées qui devenaient de plus en plus drues et épaisses à mesure qu'on approchait d'une grosse fleur minérale, une sorte de concrétion de gypse, assez semblable en plus composé aux roses de sable qui se rencontrent dans certains déserts. Il en émanait un parfum humide et ferrugineux, d'une réconfortante acidité, avec une trace d'amertume sucrée évoquant la sève du figuier. Mais ce qui retint Robinson plus que toute autre chose, ce fut un alvéole profond de cinq pieds environ qu'il découvrit dans le coin le plus reculé de la crypte. L'intérieur en était parfaitement poli, mais curieusement tourmenté, comme le fond d'un moule destiné à informer une chose fort complexe. Cette chose, Robinson s'en doutait, c'était son propre corps, et après de nombreux essais, il finit par trouver en effet la position — recroquevillé sur lui-même, les genoux remontés au menton, les mollets croisés, les mains posées sur les pieds — qui lui assurait une insertion si exacte dans l'alvéole qu'il oublia les limites de son corps aussitôt qu'il l'eut adoptée.

Il était suspendu dans une éternité heureuse. Speranza était un fruit mûrissant au soleil dont l'amande nue et blanche, recouverte par mille épaisseurs d'écorce, d'écale et de pelures s'appelait Robinson. Quelle n'était pas sa paix, logé ainsi au plus secret de l'intimité rocheuse de cette île inconnue ! Y avait-il jamais eu un naufrage sur ses rives, un rescapé de ce naufrage, un administrateur qui couvrit sa terre de moissons et fit multiplier les troupeaux dans ses prairies ? Ou bien ces péripéties n'étaient-elles pas plutôt le rêve sans consistance de la petite larve molle tapie de toute éternité dans cette énorme urne de pierre ? Qu'était-il, sinon l'âme même de Speranza ? Il se souvint de poupées gigognes emboîtées les unes dans les autres : elles étaient toutes creuses et se dévissaient en grinçant, sauf la dernière, la plus petite, seule pleine et lourde et qui était le noyau et la justification de toutes les autres.

Peut-être s'endormit-il. Il n'aurait su le dire. Aussi bien la différence entre la veille et le sommeil était-elle très effacée dans l'état d'*inexistence* où il se trouvait. Chaque fois qu'il demandait à sa mémoire de faire un effort pour tenter d'évaluer le temps écoulé depuis sa descente dans la grotte, c'était toujours l'image de la clepsydre *arrêtée* qui se présentait avec une insistance monotone à son esprit. Il nota que l'éclair lumineux marquant le passage du soleil dans l'axe de la grotte eut lieu encore une fois, et c'est un peu après que se produisit un changement qui le surprit, bien qu'il s'attendît depuis longtemps à quelque chose de ce genre : tout à coup *l'obscurité changea de signe*. Le noir où il baignait vira au blanc. Désormais c'était dans des ténèbres blanches qu'il flottait, comme un caillot de crème dans un bol de lait. Aussi bien n'avait-il pas dû frotter de lait son grand corps blanc pour pouvoir accéder à cette profondeur ?

À ce degré de profondeur la nature féminine de Speranza se chargeait de tous les attributs de la maternité. Et comme l'affaiblissement des limites de l'espace et du temps permettait à Robinson de plonger comme jamais encore dans le monde endormi de son enfance, il était hanté par sa mère. Il se croyait dans les bras de sa mère, femme forte, âme d'ex-

ception, mais peu communicative et étrangère aux effusions
sentimentales. Il ne se souvenait pas qu'elle eût embrassé
une seule fois ses cinq frères et sœurs et lui-même. Et pourtant cette femme était tout le contraire d'un monstre de
sécheresse. Pour tout ce qui ne concernait pas ses enfants,
c'était même une femme ordinaire. Il l'avait vue pleurer de
joie en retrouvant un bijou de famille qui était demeuré
introuvable pendant un lustre. Il l'avait vue perdre la tête le
jour où leur père s'était effondré sous le coup d'une crise
cardiaque. Mais dès qu'il s'agissait de ses enfants, elle devenait une femme *inspirée*, au sens le plus élevé du mot. Très
attachée, comme le père, à la secte des Quakers, elle rejetait
l'autorité des textes sacrés aussi bien que celle de l'Église
papiste. Au grand scandale de ses voisins, elle considérait la
Bible comme un livre dicté par Dieu certes, mais écrit de
main humaine et grandement défiguré par les vicissitudes de
l'histoire et les injures du temps. Combien plus pure et plus
vivante que ces grimoires venus du fond des siècles était la
source de sagesse qu'elle sentait jaillir au fond d'elle-même !
Là, Dieu parlait directement à sa créature. Là, l'Esprit Saint
lui dispensait sa lumière surnaturelle. Or sa vocation de
mère se confondait pour elle avec cette foi paisible. Son attitude à l'égard de ses enfants avait quelque chose d'*infaillible*
qui les réchauffait plus que toutes les démonstrations. Elle
ne les avait pas embrassés une seule fois, mais ils lisaient
dans son regard qu'elle savait tout d'eux, qu'elle éprouvait
leurs joies et leurs peines plus fortement encore qu'eux-
mêmes, et qu'elle disposait pour les servir humblement d'un
inépuisable trésor de douceur, de lucidité et de courage. En
visite chez des voisines, ses enfants étaient effrayés par les
alternances de colères et d'effusions, de gifles et de baisers
que ces femmes criardes et surmenées dispensaient à leur
progéniture. Toujours égale à elle-même, leur mère avait
imperturbablement le mot ou le geste qui pouvait le mieux
apaiser ou réjouir ses petits.

Un jour que le père était absent de la maison, le feu se déclara dans le magasin du rez-de-chaussée. Elle se trouvait au premier étage avec les enfants. L'incendie se propagea avec une rapidité effrayante dans cette maison de bois plusieurs fois séculaire. Robinson n'avait que quelques semaines, sa sœur aînée pouvait avoir neuf ans. Le petit drapier revenu en hâte était agenouillé dans la rue, devant le brasier, et il suppliait Dieu pour que toute sa famille fût partie en promenade, quand il vit son épouse émerger tranquillement d'un torrent de flammes et de fumée : tel un arbre ployant sous l'excès de ses fruits, elle portait ses six enfants indemnes sur ses épaules, dans ses bras, sur son dos, pendus à son tablier. Or c'était sous cet aspect que Robinson revivait le souvenir de sa mère, pilier de vérité et de bonté, terre accueillante et ferme, refuge de ses terreurs et de ses chagrins. Il avait retrouvé au fond de l'alvéole quelque chose de cette tendresse impeccable et sèche, de cette sollicitude infaillible et sans effusions inutiles. Il voyait les mains de sa mère, ces grandes mains qui jamais ne caressaient ni ne frappaient, si fortes, si fermes, aux proportions si harmonieuses qu'elles ressemblaient à deux anges, un fraternel couple d'anges œuvrant ensemble selon l'esprit. Elles pétrissaient une pâte onctueuse et blanche, car on était à la veille de l'Épiphanie. Les enfants se partageraient le lendemain une galette d'épeautre où une fève se dissimulait dans une anfractuosité de croûte. Il était cette pâte molle saisie dans une poigne de pierre toute-puissante. Il était cette fève, prise dans la chair massive et inébranlable de Speranza.

L'éclair se répercuta encore jusqu'aux tréfonds où il flottait de plus en plus désincarné par le jeûne. Or dans cette nuit lactée son effet parut *inversé* à Robinson : pendant une fraction de seconde la blancheur ambiante noircit, puis retrouva aussitôt sa pureté neigeuse. On aurait dit qu'une vague d'encre avait déferlé dans la gueule de la grotte pour refluer instantanément sans laisser la moindre trace.

Robinson eut le pressentiment qu'il fallait rompre le charme s'il voulait jamais revoir le jour. La vie et la mort étaient si proches l'une de l'autre dans ces lieux livides qu'il devait suffire d'un instant d'inattention, d'un relâchement de la volonté de survivre pour qu'un glissement fatal se produisît d'un bord à l'autre. Il s'arracha à l'alvéole. Il n'était vraiment ni ankylosé ni affaibli, mais allégé plutôt et comme spiritualisé. Il se hissa sans peine par la cheminée où il flotta comme un ludion. Parvenu au fond de la grotte, il retrouva à tâtons ses vêtements qu'il roula en boule sous son bras, sans prendre le temps de se rhabiller. L'obscurité lactée persistait autour de lui, ce qui ne laissait pas de l'inquiéter. Serait-il devenu aveugle pendant son long séjour souterrain ? Il progressait en titubant vers l'orifice quand une épée de feu le frappa soudain au visage. Une douleur fulgurante lui dévora les yeux. Il couvrit son visage de ses mains.

Le soleil de midi faisait vibrer l'air autour des rochers. C'était l'heure où les lézards eux-mêmes cherchent l'ombre. Robinson s'avançait à demi courbé, grelottant de froid et serrant l'une contre l'autre ses cuisses humides de lait caillé. Sa déréliction au milieu de ce paysage de ronces et de silex coupants l'écrasait d'horreur et de honte. Il était nu et blanc. Sa peau se granulait en chair de poule, comme celle d'un hérisson apeuré qui aurait perdu ses piquants. Son sexe humilié avait fondu. Entre ses doigts filtraient des petits sanglots, aigus comme des cris de souris.

Il progressa tant bien que mal vers la résidence, guidé par Tenn qui dansait autour de lui, tout heureux de l'avoir retrouvé, mais déconcerté par sa métamorphose. Dans la pénombre lénifiante de la maison, son premier soin fut de remettre en marche la clepsydre.

*

Log-book. — Cette descente et ce séjour dans le sein de Speranza, je suis encore bien loin de pouvoir en apprécier justement la valeur. Est-ce un bien, est-ce un mal ? Ce serait tout un procès à instruire pour lequel il me manque encore les pièces capitales. Certes le souvenir de la souille me donne des inquiétudes : la grotte a une indiscutable parenté avec elle. Mais le mal n'a-t-il pas toujours été le singe du bien ? Lucifer imite Dieu à sa manière qui est grimace. La grotte est-elle un nouvel et plus séduisant avatar de la souille, ou bien sa négation ? Il est certain que, comme la souille, elle suscite autour de moi les fantômes de mon passé, et la rêverie rétrospective où elle me plonge n'est guère compatible avec la lutte quotidienne que je mène pour maintenir Speranza au plus haut degré possible de civilisation. Mais tandis que la souille me faisait hanter principalement ma sœur Lucy, être éphémère et tendre — morbide en un mot —, c'est à la haute et sévère figure de ma mère que me voue la grotte. Prestigieux patronage ! Je serais assez porté à croire que cette grande âme voulant venir en aide au plus menacé de ses enfants n'a eu d'autre ressource que de s'incarner dans Speranza elle-même pour mieux me porter et me nourrir. Certes l'épreuve est rude, et plus encore le retour à la lumière que l'ensevelissement dans les ténèbres. Mais je suis tenté de reconnaître dans cette bénéfique discipline la manière de ma mère qui ne concevait pas de progrès qui ne soit précédé — et comme payé — par un effort douloureux. Et comme je me sens conforté par cette retraite ! Ma vie repose désormais sur un socle d'une admirable solidité, ancré au cœur même de la roche et en prise directe avec les énergies qui y sommeillent. Il y avait toujours eu auparavant en moi quelque chose de flottant, de mal équilibré qui était source de nausée et d'angoisse. Je me consolais en rêvant d'une maison, de *la* maison que j'aurais pour finir mes jours — et je l'imaginais montée en blocs de granite, massive, inébranlable, assumée par des fondations formidables. Je ne fais plus ce rêve. Je n'en ai plus besoin.

Il est écrit qu'on n'entre pas dans le Royaume des Cieux si l'on ne se fait pas semblable à un petit enfant. Jamais parole d'Évangile ne s'est appliquée plus littéralement. La grotte ne m'apporte pas seulement le fondement imperturbable sur lequel je peux désormais asseoir ma pauvre vie. Elle est un retour vers l'innocence perdue que chaque homme pleure secrètement. Elle réunit miraculeusement la paix des douces ténèbres matricielles et la paix sépulcrale, l'en deçà et l'au-delà de la vie.

*

Robinson effectua encore plusieurs retraites dans l'alvéole, mais il en fut détourné par la moisson et la fenaison qui ne pouvaient attendre. Elles furent d'un rapport si médiocre qu'il s'en alarma. Sans doute son ravitaillement et la subsistance de ses troupeaux n'étaient pas menacés, l'île étant exploitée pour assurer la vie de toute une population. Mais un déséquilibre se faisait sentir dans les relations d'une subtile sensibilité qu'il entretenait avec Speranza. Il lui semblait que les forces nouvelles qui gonflaient ses muscles, cette allégresse printanière qui lui faisait entonner un hymne d'action de grâce en s'éveillant chaque matin, toute cette verdeur heureuse qu'il puisait au fond de la grotte étaient prélevées sur les ressources vitales de Speranza et diminuaient dangereusement son énergie intime. Les pluies généreuses, qui bénissaient habituellement la terre après le grand effort des moissons, demeurèrent en suspens dans un ciel plombé, strié d'éclairs, toujours menaçant, mais avare et aride. Quelques acres de pourpiers qui fournissaient une salade juteuse et grasse séchèrent sur pied avant d'arriver à maturité. Plusieurs chèvres mirent bas des chevreaux morts. Un jour Robinson vit s'élever un nuage de poussière sur le passage d'une harde de pécaris au milieu des marécages de la côte orientale. Il en conclut aussitôt que la souille avait dû disparaître, et il en éprouva une profonde satisfaction. Mais les deux sources où il avait accoutumé de puiser son eau douce tarirent, et il fallut désormais s'avancer très avant dans la forêt pour trouver un point d'eau encore vif.

Cette dernière source suintait petitement d'un mamelon de terre qui s'élevait dans une clairière au milieu des arbres, comme si l'île avait écarté sa robe de forêt en cet endroit. Robinson était ailé de joie violente quand il se hâtait, porté par l'assouvissement anticipé, vers le mince filet d'eau. Lorsqu'il collait ses lèvres avides au trou pour sucer activement le liquide vital, il vagissait de reconnaissance, et derrière ses paupières abaissées, il voyait flamber la promesse de Moïse :

Enfants d'Israël, je vous ferai entrer dans une terre ruisselante de lait et de miel.

Pourtant il ne pouvait plus se dissimuler que s'il ruisselait intérieurement de lait et de miel, Speranza s'épuisait au contraire dans cette vocation maternelle monstrueuse qu'il lui imposait.

*

Log-book. — La cause est entendue. Hier je me suis enseveli à nouveau dans l'alvéole. Ce sera la dernière fois, car je reconnais mon erreur. Cette nuit dans le demi-sommeil où je végétais, ma semence s'est échappée, et je n'ai eu que le temps de couvrir de ma main, pour la protéger, l'étroite anfractuosité — large de deux doigts à peine — qui se creuse tout au fond de l'alvéole et qui doit être le plus intime, le sein du sein de Speranza. La parole de l'évangéliste m'est revenue à l'esprit, mais avec un sens menaçant cette fois : *Nul, s'il n'est semblable à un petit enfant...* Par quelle aberration ai-je pu me prévaloir de l'innocence d'un petit enfant ? Je suis un homme dans la force de l'âge et je me dois d'assumer virilement mon destin. Les forces que je puisais au sein de Speranza étaient le dangereux salaire d'une régression vers les sources de moi-même. J'y trouvais, certes, la paix et l'allégresse, mais j'écrasais de mon poids d'homme ma terre nourricière. Enceinte de moi-même, Speranza ne pouvait plus produire, comme le flux menstruel se tarit chez la future mère. Plus gravement encore, j'allais la souiller de ma semence. Levain vivant, quel horrible mûrissement n'aurait-il pas provoqué dans ce four gigantesque, la grotte ! Je vois Speranza tout entière gonfler comme une brioche, boursoufler ses formes à la surface de la mer, crever enfin pour vomir quelque monstre incestueux !

Au péril de mon âme, de ma vie et de l'intégrité de Speranza, j'ai exploré la voie de la terre maternelle. Plus tard peut-être, quand la sénilité aura stérilisé mon corps et desséché ma virilité, je redescendrai dans l'alvéole. Mais ce sera pour n'en plus remonter. Ainsi j'aurai donné à ma dépouille la plus tendre, la plus maternelle des sépultures.

*

La clepsydre reprit son tic-tac, et l'activité dévorante de Robinson emplit à nouveau le ciel et la terre de Speranza. Il mûrissait un vaste dessein dont l'entreprise l'avait fait reculer jusqu'à ce jour : transformer en rizières les marécages de la côte orientale de l'île. Il n'avait jamais osé toucher au sac de riz hérité de la *Virginie*. Le consommer sans espoir de fructification, dissiper en jouissance éphémère ce capital dans lequel dormaient peut-être des siècles de récoltes, c'était un crime — le crime par excellence — qu'il ne pouvait commettre, qu'il n'aurait même pas pu *physiquement* mener à son terme, car pas une cuillerée de la céréale assassinée n'aurait pu être avalée ou digérée par son gosier ou son estomac scandalisés.

Mais la culture du riz de marécage implique la possibilité de noyer et d'assécher à volonté les rizières et donc la construction d'un système d'étangs collecteurs, de digues, de barrages et de vannes. Travaux gigantesques pour un homme seul, surchargé de surcroît par ses autres cultures, ses élevages et ses obligations officielles. Pendant des mois la clepsydre ne s'arrêta plus, mais le journal régulièrement tenu attestait le cheminement d'une méditation sur la vie, la mort et le sexe qui n'était elle-même que le reflet superficiel d'une métamorphose de son être profond.

*

Log-book. — Je sais maintenant que si la présence d'autrui est un élément fondamental de l'individu humain, il n'en est pas pour autant irremplaçable. Nécessaire certes, mais pas indispensable, comme disent d'eux-mêmes avec humilité les Amis de George Fox, autrui peut être suppléé par celui auquel les circonstances le refusent. Remplacer du *donné* par du *construit*, problème général, problème humain par excellence, s'il est vrai que ce qui distingue l'homme de l'animal, c'est qu'il ne peut attendre que de sa propre industrie tout ce que la nature donne gratuitement à l'animal — sa robe, ses armes, sa pitance. Isolé sur mon île, je pouvais m'effondrer au niveau de l'animalité en ne construisant pas — ce que j'ai commencé par faire au demeurant — ou au contraire devenir une manière de surhomme en construisant d'autant plus que la société ne le faisait plus pour moi. Donc j'ai construit, et je continue de construire, mais en vérité l'œuvre se poursuit, sur deux plans différents et *en des sens opposés*. Car si, à la surface de l'île, je poursuis mon œuvre de civilisation — cultures, élevages, édifices, administration, lois, etc. — copiée sur la société humaine, et donc en quelque sorte *rétrospective*, je me sens le théâtre d'une évolution plus radicale qui substitue aux ruines que la solitude crée en moi des solutions originales, toutes plus ou moins provisoires et comme tâtonnantes, mais qui ressemblent de moins en moins au modèle humain dont elles étaient parties. Pour en finir avec l'opposition de ces deux plans, il ne me semble pas possible que leur divergence croissante puisse s'aggraver indéfiniment. Il viendra fatalement un temps où un Robinson de plus en plus *déshumanisé* ne pourra plus être le gouverneur et l'architecte d'une cité de plus en plus *humanisée*. Déjà je surprends des passages à vide dans mon activité extérieure. Il m'arrive de travailler sans croire vraiment à ce que je fais, et la qualité et la quantité de mon travail ne s'en ressentent même pas. Au contraire, il y a dans certains efforts une ivresse de répétition qui a tout à gagner à une désertion de l'esprit : on travaille pour travailler sans penser au but poursuivi. Et pourtant on ne creuse pas indéfiniment un édifice par l'intérieur sans qu'il finisse par s'effondrer. Il est probable qu'un moment viendra où l'île administrée et cultivée cessera complètement de m'intéresser. Alors elle aura perdu son seul habitant…

Mais alors pourquoi attendre ? Pourquoi ne pas décider que ce jour est venu ? Pourquoi ? Parce que dans l'état actuel de mon âme, ce serait fatalement retomber dans la souille. Il y a en moi un cosmos en gestation. Mais un cosmos en gestation, cela s'appelle un chaos. Contre ce chaos, l'île *administrée* — de plus en plus administrée, car en cette matière on ne reste debout qu'en avançant — est mon seul refuge, ma seule sauvegarde. Elle m'a sauvé. Elle me sauve encore chaque jour. Cependant le cosmos peut se chercher. Telle ou telle partie du chaos s'ordonne provisoirement. Par exemple, j'avais cru trouver dans la grotte une formule viable. C'était une erreur, mais l'expérience a été utile. Il y en aura d'autres. Je ne sais où va me mener cette création continuée de moi-même. Si je le savais, c'est qu'elle serait achevée, accomplie et définitive.

Ainsi le désir. C'est un torrent que la nature et la société ont emprisonné dans un bief, dans un moulin, dans une machine pour l'asservir à une fin dont par lui-même il n'a cure : la perpétuation de l'espèce.

J'ai perdu mon bief, mon moulin, ma machine. En même temps que toute la construction sociale, tombée en ruine en moi d'année en année, a disparu l'échafaudage d'institutions et de mythes qui permet au désir de *prendre corps*, au double sens du mot, c'est-à-dire de se donner une forme définie et de fondre sur un corps féminin. Or c'est trop peu dire que mon désir n'est plus canalisé vers les fins de l'espèce. Il ne sait même plus à qui s'en prendre ! Longtemps ma mémoire était encore assez nourrie pour fournir à mon imagination des créatures désirables bien qu'inexistantes. Maintenant, c'est fini. Mes souvenirs sont exsangues. Ce ne sont plus que cosses vides et desséchées. Je prononce : femme, seins, cuisses, cuisses écartelées par mon désir. Rien. La magie de ces mots

ne joue plus. Des sons, *flatus vocis*. Est-ce à dire que
mon désir est mort lui-même d'inanition ? Tant s'en
faut ! Je sens toujours murmurer en moi cette fontaine
de vie, mais elle est devenue totalement disponible.
Au lieu de s'engager docilement dans le lit préparé à
l'avance par la société, elle déborde de tous côtés et
ruisselle en étoile, cherchant comme à tâtons une voie,
la bonne voie où elle se rassemblera et roulera unanime vers un objet.

*

C'est ainsi que Robinson observait avec un intérêt passionné les mœurs nuptiales des animaux qui l'entouraient.
Il s'était détourné dès le début des chèvres et des vautours — et d'une façon générale des mammifères et des
oiseaux — dont les amours lui paraissaient la caricature
hideuse des amours humaines. Mais les insectes avaient
droit à toute son attention. Il savait que certains d'entre
eux, attirés par le nectar des fleurs, se couvrent le corps du
pollen des fleurs mâles et le transportent involontairement
jusqu'aux pistils des fleurs femelles. Le perfectionnement à
ce système qu'il observa à la loupe chez *l'aristoloche syphon*
le plongea dans l'émerveillement. À peine l'insecte s'est-
il enfoncé dans cette belle fleur cordiforme qu'un déclic
referme sur lui une partie de la corolle. Le voilà prisonnier
pour un instant du réceptacle le plus capiteusement féminin
qui soit. La petite brute velue se débat furieusement pour
se dégager, et, ce faisant, elle s'inonde de pollen. Aussitôt
un nouveau déclic lui rend la liberté, et il s'envole, poudré
à frimas, pour se faire prendre ailleurs, fidèle et inconscient
serviteur des amours florales.

Cette insémination à distance, inventée par des époux
végétaux cruellement séparés, lui semblait d'une émou-

vante et suprême élégance, et il se prenait à rêver de quelque oiseau fantastique qui s'enduirait de la semence du Gouverneur de Speranza et volerait jusqu'à York féconder sa femme esseulée. Mais il réfléchit que, depuis si longtemps sans nouvelles, elle avait dû entrer en veuvage — et peut-être même en était-elle sortie déjà et remariée.

Ses rêveries prirent un autre cours. Il était intrigué par le manège d'un hyménoptère mâle qui ne visitait qu'une certaine variété d'orchidée[1] sans paraître se soucier le moins du monde de butiner. Il passa de longues heures, la loupe à la main, à essayer de déchiffrer le comportement de la bestiole. Il découvrit d'abord que la fleur reproduisait exactement en matière végétale l'abdomen de la femelle de cet insecte au point de présenter une sorte de vagin qui devait très probablement dégager l'odeur aphrodisiaque spécifique, propre à attirer et à séduire l'amoureux. L'insecte ne butinait pas la fleur, il la *lutinait*, puis il lui faisait l'amour selon les rites de fécondation propres à son espèce. L'opération le plaçait dans la bonne posture pour que le pollen réuni en deux pollinies vienne se ficher sur son front grâce à deux petites capsules visqueuses, et c'est orné de cette paire de cornes végétales que l'amoureux berné poursuivait sa quête de fleur mâle en fleur femelle, travaillant pour l'avenir de l'orchidée en croyant servir sa propre engeance. Un pareil paroxysme de ruse et d'ingéniosité pouvait faire douter du sérieux du Créateur. La nature avait-elle été modelée par un Dieu infiniment sage et majestueux, ou par un démiurge baroque poussé aux plus folles combinaisons par l'ange du bizarre ? Repoussant ses scrupules, Robinson imagina que certains arbres de l'île pourraient s'aviser de l'utiliser — comme les orchidées faisaient des hyménoptères — pour véhiculer leur pollen. Alors les branches de ces arbres se

---

1. Il s'agit d'*Ophrys bombyliflora*.

métamorphoseraient en femmes lascives et parfumées dont les corps incurvés seraient prêts à l'accueillir...

Parcourant l'île en tous sens, il finit par découvrir en effet un quillai dont le tronc — terrassé sans doute par la foudre ou le vent — rampait sur le sol dont il s'élevait médiocrement en se divisant en deux grosses branches maîtresses. L'écorce était lisse et tiède, douillette même à l'intérieur de la fourche dont l'aisselle était fourrée d'un lichen fin et soyeux.

Robinson hésita plusieurs jours au seuil de ce qu'il appellerait plus tard la *voie végétale*. Il revenait tourner autour du quillai avec des airs louches, finissant par trouver du sous-entendu aux branches qui s'écartaient sous les herbes comme deux énormes cuisses noires. Enfin il s'étendit nu sur l'arbre foudroyé dont il serra le tronc dans ses bras, et son sexe s'aventura dans la petite cavité moussue qui s'ouvrait à la jonction des deux branches. Une torpeur heureuse l'engourdit. Ses yeux mi-clos voyaient un déferlement de fleurs aux chairs crémeuses qui versaient de leurs corolles inclinées des effluves lourds et entêtants. Entrouvrant leurs muqueuses humides, elles semblaient attendre quelque don du ciel que traversaient des vols paresseux d'insectes. Robinson n'était-il pas le dernier être de la lignée humaine appelé à un retour aux sources végétales de la vie ? La fleur est le sexe de la plante. La plante naïvement offre son sexe à tout venant comme ce qu'elle a de plus brillant et de plus parfumé. Robinson imaginait une humanité nouvelle où chacun porterait fièrement sur sa tête ses attributs mâles ou femelles — énormes, enluminés, odorants...

Il connut de longs mois de liaison heureuse avec Quillai. Puis vinrent les pluies. Rien n'était changé apparemment. Pourtant un jour qu'il gisait écartelé sur son étrange croix d'amour, une douleur fulgurante lui traversa le gland et le remit d'un coup sur ses pieds. Une grosse araignée tachetée de rouge courut sur le tronc de l'arbre et disparut dans l'herbe. La douleur ne se calma que plusieurs heures plus tard, cependant que le membre blessé prenait l'aspect d'une mandarine.

Certes Robinson avait subi bien d'autres mésaventures dans ses années de vie solitaire au milieu d'une faune et d'une flore enfiévrées par le climat tropical. Mais cet accident revêtait une signification morale indéniable. Sous les espèces d'une piqûre d'araignée, n'était-ce pas en vérité une maladie vénérienne qui l'avait frappé — semblable au mal des Français contre lequel ses maîtres n'avaient cessé de mettre en garde sa jeunesse estudiantine ? Il y vit le signe que la voie végétale n'était peut-être qu'une dangereuse impasse.

Chapitre 6

Robinson fit monter la queue de la vanne de trois trous et la bloqua en engageant une cheville dans le quatrième trou. Un frémissement parcourut la surface plombée de l'étang collecteur. Puis un entonnoir glauque et vivant s'y creusa, corolle liquide qui se tordait et tournait de plus en plus vite autour de sa tige. Une feuille morte glissa lentement vers le bord de l'entonnoir et, après un instant d'hésitation, elle bascula et disparut, comme avalée par l'eau. Robinson se retourna et s'appuya du dos aux montants de la vanne. De l'autre côté, une nappe d'eau sale s'élançait sur la terre humide en charriant des herbes sèches, des débris de bois et des îlots d'écume grise. À cent cinquante pas de là, elle atteignit le seuil de la vanne d'évacuation et commença à refluer, tandis que le flot qui s'engouffrait sous les pieds de Robinson perdait de son impétuosité. Une odeur de pourriture et de fécondité montait dans l'air. Sur cette terre d'alluvion au sous-sol argileux qui devait convenir, Robinson avait semé à la volée la moitié des quelque dix gallons de riz qu'il tenait en réserve depuis si longtemps. La nappe d'eau serait maintenue, et renouvelée si elle venait à baisser, jusqu'à la floraison de la graminée, puis Robinson la laisserait s'épuiser et au besoin l'évacuerait pendant la maturation des épis.

Ce bruit de déglutition boueuse, ces vapeurs décomposées qu'exhalaient des remous visqueux, toute cette atmosphère marécageuse évoquait puissamment la souille dans son esprit, et il était partagé entre un sentiment de triomphe et une faiblesse nauséeuse. Cette rizière n'était-elle pas la domestication définitive de la souille et une ultime victoire sur ce qu'il y avait de plus sauvage et de plus inquiétant en Speranza ? Mais cette victoire avait été chèrement acquise, et Robinson se souviendrait toujours avec accablement des efforts que lui avaient demandés le détournement du ruisseau qui alimentait le bassin de retenue, la levée de digues sur tout le pourtour de la rizière située en aval, la construction des deux vannes avec leurs bajoyers [1] d'argile, leurs vantaux formés de madriers superposés, et les radiers de pierre établis sous les portes pour éviter l'affouillement du fond par les eaux. Tout cela pour que dans dix mois des sacs de riz — dont le décorticage aurait exigé à son tour des semaines de travail — aillent rejoindre dans les silos le blé et l'orge qui en débordaient déjà. Une fois de plus sa solitude condamnait à l'avance tous ses efforts. La vanité de toute son œuvre lui apparut d'un coup, accablante, indiscutable. Inutiles ses cultures, absurdes ses élevages, ses dépôts une insulte au bon sens, ses silos une dérision, et cette forteresse, cette Charte, ce Code pénal ? Pour nourrir qui ? Pour protéger qui ? Chacun de ses gestes, chacun de ses travaux était un appel lancé vers quelqu'un et demeurait sans réponse.

Il sauta sur la digue, franchit d'un bond une gouttière d'irrigation et s'élança droit devant lui, la vue brouillée par le désespoir. Détruire tout cela. Brûler ses récoltes. Faire sauter ses constructions. Ouvrir les corrals, et fouailler les chèvres et les boucs jusqu'au sang pour qu'ils foncent éperdument dans toutes les directions. Il rêvait de quelque séisme qui pulvériserait Speranza, et la mer referme-

---

1. Murs consolidant une rive, une digue.

rait ses eaux bénéfiques sur cette croûte purulente dont il était la conscience souffrante. Des sanglots l'étouffaient. Après avoir traversé une forêt de gommiers et de santals, il se trouvait sur un plateau de prairies sablonneuses. Il se jeta sur le sol et, pendant un temps infini, il ne vit plus que des phosphènes qui traversaient comme des éclairs la nuit rouge de ses paupières, il n'entendit plus que le chagrin dont l'orage grondait en lui.

Certes ce n'était pas la première fois que l'achèvement d'une entreprise de longue haleine le laissait vidé et épuisé, proie facile du doute et du désespoir. Mais il était certain que l'île administrée lui apparaissait de plus en plus souvent comme une entreprise vaine et folle. C'était alors que naissait en lui un homme nouveau, tout étranger à l'administrateur. Ces deux hommes ne coexistaient pas encore en lui, ils se succédaient et s'excluaient, et le pire danger eût été que le premier — l'administrateur — disparût pour toujours avant que l'homme nouveau fût viable.

À défaut de séisme, il avait ses larmes dont la saumure rongeait activement la boule de colère et de tristesse qui l'étranglait. Une lueur de sagesse lui revint. Il comprit que l'île administrée demeurait son seul salut aussi longtemps qu'une autre forme de vie — qu'il n'imaginait même pas, mais qui se cherchait vaguement en lui — ne serait pas prête à se substituer au comportement tout humain auquel il était resté fidèle depuis le naufrage. Il fallait continuer à travailler patiemment, tout en guettant en lui-même les symptômes de sa métamorphose.

Il s'endormit. Quand il rouvrit les yeux et se laissa rouler sur le dos, le soleil déclinait. Le vent passa dans les herbes avec une rumeur miséricordieuse. Trois pins nouaient et dénouaient fraternellement leurs branches dans de grands gestes apaisants. Robinson sentit son âme légère s'envoler vers une lourde nef de nuages qui croisait dans le ciel avec une majestueuse lenteur. Un fleuve de douceur coulait en lui. C'est alors qu'il eut la certitude d'un changement, dans le poids de l'atmosphère peut-être, ou dans la respiration des choses. Il était dans l'*autre île*, celle qu'il avait entrevue une fois et qui ne s'était plus montrée depuis. Il sentait, comme jamais encore, qu'il était couché sur l'île, comme sur quelqu'un, qu'il avait le corps de l'île sous lui. C'était un sentiment qu'il n'avait jamais éprouvé avec cette intensité, même en marchant pieds nus sur la grève, si vivante pourtant. La présence presque charnelle de l'île contre lui le réchauffait, l'émouvait. Elle était nue, cette terre qui l'enveloppait. Il se mit nu lui-même. Les bras en croix, le ventre en émoi, il embrassait de toutes ses forces ce grand corps tellurique, brûlé toute la journée par le soleil et qui libérait une sueur musquée dans l'air plus frais du soir. Son visage fermé fouillait l'herbe jusqu'aux racines, et il souffla de la bouche une haleine chaude en plein humus. Et la terre répondit, elle lui renvoya au visage une bouffée surchargée d'odeurs qui mariait l'âme des plantes trépassées et le remugle poisseux des semences, des bourgeons en gestation. Comme la vie et la mort étaient étroitement mêlées, sagement confondues à ce niveau élémentaire ! Son sexe creusa le sol comme un soc et s'y épancha dans une immense pitié pour toutes choses créées. Étranges semailles, à l'image du grand solitaire du Pacifique ! Ci-gît maintenant, assommé, celui qui épousa la terre, et il lui semble, minuscule grenouille collée peureusement à la peau du globe terrestre, tourner vertigineusement avec lui dans les espaces infinis… Enfin il se releva dans le vent, un peu étourdi, salué véhémentement par les trois pins unanimes auxquels répondit l'ovation lointaine de la forêt tropicale dont la toison verte et tumultueuse bordait l'horizon.

Il se trouvait dans une prairie doucement vallonnée, coupée de cluses et de talus que couvrait un pelage d'herbes de section cylindrique — comme des poils — et de couleur rosâtre. « C'est une combe, murmura-t-il, une combe rose... » Ce mot de combe en évoquait un autre dans son esprit, proche parent par la consonance, et qui l'enrichissait de toute une constellation de significations nouvelles, mais il ne pouvait s'en souvenir. Il luttait pour l'arracher à l'oubli où il était à demi enlisé. Combe... combe... Il voyait un dos de femme un peu gras, mais d'un port majestueux. Une houle musculeuse entourait les omoplates. Plus bas, cette belle plaine de chair tourmentée se resserrait et s'aplanissait en une plage étroite, cambrée, très ferme, divisée par une cluse médiane que couvrait un pâle duvet orienté en lignes de force divergentes. Les LOMBES[1] ! Ce beau mot grave et sonore avait brusquement retenti dans sa mémoire, et Robinson se souvenait en effet que ses mains s'étaient jadis rejointes et reposées dans ce creux où dorment les énergies secrètes de la détente et du spasme, râble de la bête et centre de gravité de l'animal humain. Les lombes... Il regagna sa résidence, les oreilles pleines de ce mot qui y grondait, comme un bourdon de cathédrale.

*

Log-book. — Cette espèce d'*ahurissement* dans lequel nous nous réveillons chaque matin. Rien ne confirme mieux que le sommeil est une expérience authentique et comme la répétition générale de la mort. De tout ce qui peut arriver au dormeur, l'éveil est certainement ce à quoi il s'attend le moins, ce à quoi il est le moins préparé. Aucun cauchemar ne le choque comme ce brusque passage à la lumière, à une *autre* lumière. Nul doute que pour tout dormeur, son sommeil est définitif. L'âme quitte son corps à tire-d'aile, sans se retourner, sans esprit de retour. Elle a tout oublié, tout rejeté

1. Parties du dos situées de chaque côté de la colonne vertébrale.

au néant, quand soudain une force brutale l'oblige à revenir en arrière, à réendosser sa vieille enveloppe corporelle, ses habitudes, son habitus.

Ainsi donc tout à l'heure, je vais m'allonger et me laisser glisser dans les ténèbres *pour toujours*. Étrange aliénation. Le dormeur est un aliéné qui se croit mort.

*

Log-book. — Toujours ce problème de l'existence. Il y a quelques années, si quelqu'un m'avait dit que l'absence d'autrui me ferait un jour douter de l'*Existence*, comme j'aurais ricané ! Comme je ricanais en entendant citer parmi les preuves de l'existence de Dieu le *consentement universel* ! « La majorité de tous les hommes, de tous les temps et de tous les pays croit ou a cru à l'existence de Dieu. Donc Dieu existe. » Était-ce bête ! La plus bête des preuves de l'existence de Dieu. Quelle misère en comparaison de cette merveille de force et de subtilité, l'argument ontologique !

La preuve par le consentement universel. Je sais aujourd'hui qu'il n'y en a pas d'autre. Et pas seulement pour l'existence de Dieu !

Exister, qu'est-ce que ça veut dire ? Ça veut dire *être dehors, sistere ex*. Ce qui est à l'extérieur existe. Ce qui est à l'intérieur n'existe pas. Mes idées, mes images, mes rêves n'existent pas. Si Speranza n'est qu'une sensation ou un faisceau de sensations, elle n'existe pas. Et moi-même je n'existe qu'en m'évadant de moi-même vers autrui.

Ce qui complique tout, c'est que ce qui n'existe pas s'acharne à faire croire le contraire. Il y a une grande et commune aspiration de l'inexistant vers l'existence. C'est comme une force centrifuge qui pousserait vers le dehors tout ce qui remue en moi, images, rêveries, projets, fantasmes, désirs, obsessions. Ce qui n'*ex-siste* pas *in-siste*. Insiste pour exister. Tout ce petit monde se pousse à la porte du grand, du vrai monde. Et c'est autrui qui en tient la clef. Quand un rêve m'agitait sur ma couche, ma femme me secouait par les épaules pour me réveiller et faire cesser l'*insistance* du cauchemar. Tandis qu'aujourd'hui... Mais pourquoi revenir inlassablement sur ce sujet ?

*

Log-book. — Tous ceux qui m'ont connu, tous sans exception me croient mort. Ma propre conviction que j'existe a contre elle l'unanimité. Quoi que je fasse, je n'empêcherai pas que dans l'esprit de la totalité des hommes, il y a l'image du cadavre de Robinson. Cela seul suffit — non certes à me tuer — mais à me repousser aux confins de la vie, dans un lieu suspendu entre ciel et enfers, dans les limbes, en somme, Speranza ou les Limbes du Pacifique...

Cette demi-mort m'aide au moins à comprendre la relation profonde, substantielle et comme fatale qui existe entre le sexe et la mort. Plus près de la mort qu'aucun autre homme, je suis du même coup plus près des sources mêmes de la sexualité.

Le sexe et la mort. Leur étroite connivence m'est apparue pour la première fois grâce aux propos de Samuel Gloaming, vieil original, herboriste de son état, avec lequel j'aimais à aller bavarder certains soirs à York, dans sa boutique pleine d'animaux empaillés et d'herbes séchées. Il avait réfléchi toute sa vie aux mystères de la création. Il m'expliquait que la vie s'est pulvérisée en une infinité d'individus plus ou moins différents les uns des autres pour avoir un nombre de chances également infini de survivre aux infidélités du milieu. Que la terre se refroidisse et devienne une seule banquise ou au contraire que le soleil enfasse un désert de pierre, la plupart des êtres vivants périront, mais grâce à leur variété il s'en trouvera toujours un certain nombre que leurs qualités particulières rendront aptes aux nouvelles conditions extérieures. De cette multiplicité des individus résultait, selon lui, la nécessité de la reproduction, c'est-à-dire le passage d'un individu à un autre plus jeune, et il insistait sur le sacrifice de l'individu à l'espèce qui est toujours secrètement consommé dans l'acte de procréation. Ainsi la sexualité était, disait-il, la présence vivante, menaçante et mortelle de l'espèce même au sein de l'individu. Procréer, c'est susciter la génération suivante qui innocemment, mais inexorablement, repousse la précédente vers le néant. À peine les parents ont-ils cessé d'être indispensables qu'ils deviennent importuns. L'enfant envoie ses géniteurs au rebut, aussi naturellement qu'il a accepté d'eux tout ce qu'il lui fallait pour pousser. Dès lors il est bien vrai que l'instinct qui incline les sexes l'un vers l'autre est un instinct de mort. Aussi bien la nature a-t-elle cru devoir cacher son jeu — pourtant transparent. C'est apparemment un plaisir égoïste que poursuivent les amants, alors même qu'ils marchent dans la voie de l'abnégation la plus folle.

J'en étais là de ces réflexions quand j'eus l'occasion de traverser une province de l'Irlande du Nord qu'une terrible famine venait d'éprouver. Les survivants divaguaient dans les rues des villages comme de squelettiques fantômes, et on entassait les morts sur des bûchers pour détruire avec eux les germes d'épidémies plus redoutables encore que la disette. La majorité des cadavres étaient de sexe mâle — tant il est vrai que les femmes supportent mieux que les hommes la plupart des épreuves — et tous ils proclamaient la même paradoxale leçon : dans ces corps consumés par la faim, vidés de leur substance, réduits à des mannequins de cuir et de tendons d'une effrayante sécheresse, le sexe — et lui seul — s'épanouissait monstrueusement, cyniquement, plus gonflé, plus turgescent, plus musculeux, plus triomphant qu'il n'avait sans doute jamais été du vivant de ces misérables. Cette funèbre apothéose des organes de la génération jetait une étrange lumière sur les propos de Gloaming. J'imaginai aussitôt un débat dramatique entre cette force de vie — l'individu — et cette force de mort, le sexe. Le jour, l'individu tendu, monté, lucide refoule l'indésirable, le réduit, l'humilie. Mais à la faveur des ténèbres, d'une langueur, de la chaleur, de la torpeur, de cette torpeur localisée, le désir, l'ennemi terrassé se relève, darde son glaive, simplifie l'homme, en fait un amant qu'il plonge dans une agonie passagère, puis il lui ferme les yeux — et l'amant devient ce petit mort, un dormeur, couché sur la terre, flottant dans les délices de l'abandon, du renoncement à soi-même, de l'abnégation.

Couché sur la terre. Ces quatre mots, tombés tout naturellement de ma plume, sont peut-être une clef. La terre attire irrésistiblement les amants enlacés dont les bouches se sont unies. Elle les berce après l'étreinte dans le sommeil heureux qui suit la volupté. Mais c'est elle aussi qui enveloppe les morts, boit leur sang et mange leur chair, afin que ces orphelins soient rendus au cosmos dont ils s'étaient distraits le temps d'une vie. L'amour et la mort, ces deux aspects d'une même défaite de l'individu, se jettent d'un commun élan dans le même élément terrestre. L'un et l'autre sont de nature tellurique.

Les plus sagaces des hommes devinent — plutôt

qu'ils n'aperçoivent clairement — cette relation. La situation sans exemple où je me trouve me la fait apparaître lumineusement — que dis-je ! me force à la vivre de tous les pores de ma peau. Privé de femme, je suis réduit à des amours *immédiates*. Frustré du détour fécond qui emprunte les voies féminines, je me retrouve sans délai dans cette terre qui sera aussi mon dernier séjour. Qu'ai-je fait dans la combe rose ? J'ai creusé ma tombe avec mon sexe et je suis mort, de cette mort passagère qui a nom volupté. Je note également que j'ai franchi ainsi une nouvelle étape dans la métamorphose qui m'emporte. Car il m'a fallu des années pour en arriver là. Quand j'ai été jeté sur ces bords, je sortais des moules de la société. Le mécanisme qui détourne la vocation naturellement géotropique du sexe pour l'engager dans le circuit utérin était en place dans mon ventre. C'était la femme ou rien. Mais peu à peu la solitude m'a simplifié. Le détour n'avait plus d'objet, le mécanisme est tombé en floche. Pour la première fois dans la combe rose, mon sexe a retrouvé son élément originel, la terre. Et en même temps que je faisais ce nouveau progrès de déshumanisation, mon *alter ego* accomplissait avec la création d'une rizière l'œuvre humaine la plus ambitieuse de son règne sur Speranza.

Toute cette histoire serait passionnante si je n'en étais pas le seul protagoniste et si je ne l'écrivais pas avec mon sang et mes larmes.

*

Tu seras une couronne d'honneur dans la main de Yahweh,
Une tiare royale dans la main de notre Dieu.
On ne te nommera plus Délaissée

et on ne nommera plus ta terre Désolation,
Mais on t'appellera Mon-plaisir-en-elle et ta terre l'Épousée.
Car Yahweh mettra son plaisir en toi, et ta terre aura un
époux...

Isaïe, LXII.

Debout sur le seuil de la Résidence, devant le lutrin sur lequel s'ouvrait la Sainte Bible, Robinson se souvenait en effet qu'un jour très lointain il avait baptisé cette île *Désolation*. Or ce matin-là avait une splendeur nuptiale, et Speranza était prosternée à ses pieds dans la douceur des premiers rayons du levant. Un troupeau de chèvres descendait d'une colline, et les chevreaux soudain emportés par la pente et par l'excès de leur vitalité déboulaient et rebondissaient, comme des balles. À l'ouest le pelage doré d'un champ de blé mûr ondulait sous la caresse d'un vent tiède. Un bouquet de palmiers masquait à moitié l'éclat argenté de la rizière hérissée d'épis adolescents. Le cèdre géant de la grotte ronfla comme un orgue. Robinson tourna quelques pages du Livre des livres, et ce qu'il lut n'était rien d'autre que le cantique d'amour de Speranza et de son époux. Il lui disait :

Tu es belle, mon amie, comme Thirsa, charmante comme Jérusalem.
Tes cheveux sont comme un troupeau de chèvres suspendues aux flancs de la montagne de Galaad.
Tes dents sont comme un troupeau de brebis qui remontent du lavoir.
Chacune porte deux jumeaux, et parmi elles il n'en est pas de stérile.
Ta joue est comme une moitié de grenade derrière son voile.
La courbure de tes reins est comme un collier, œuvre d'un artiste.
Ton nombril est une coupe arrondie où le vin aromatisé ne manque pas.
Ton ventre est un monceau de froment entouré de lis.

Tes seins sont comme deux faons, jumeaux d'une gazelle.
Ta taille ressemble au palmier, et tes seins à ses grappes.
J'ai dit : je monterai au palmier, j'en saisirai les régimes.
Que tes seins soient comme les grappes de la vigne, le parfum
de ton souffle comme celui des pommes, et ton palais comme
un vin exquis.

Et Speranza lui répondait :

Mon bien-aimé est descendu dans mon jardin aux parterres de
baumiers pour y faire paître son troupeau et pour cueillir des
lis.
Je suis à mon bien-aimé et mon bien-aimé est à moi, il fait paître
son troupeau parmi mes lis.
Viens mon bien-aimé, sortons dans les champs,
Passons la nuit dans les villages.
Dès le matin nous irons aux vignes, nous verrons si la vigne
bourgeonne.
Si les bourgeons se sont ouverts, si les grenades sont en fleur.
Là je te donnerai mon amour,
Les mandragores[1] feront sentir leur parfum !

Elle lui disait enfin comme si elle avait lu en lui ses méditations sur le sexe et la mort :

Pose-moi comme un sceau sur ton cœur,
Comme un sceau sur ton bras,
Car l'amour est fort comme la mort !

Ainsi Speranza était-elle douée désormais de la parole.
Ce n'était plus le bruissement du vent dans les arbres, ni le
mugissement des flots inquiets, ni même les craquements

---

1. Plantes de la famille des solanacées caractérisées notamment par
une racine charnue, ressemblant au corps humain, ce qui lui conférait
autrefois une valeur magique.

paisibles du feu de veille doublement reflété dans les yeux
de Tenn. La Bible débordante d'images qui identifient la
terre à une femme ou l'épouse à un jardin accompagnait
ses amours du plus vénérable des épithalames. Robinson
connut bientôt par cœur ces textes sacrés et brûlants,
et lorsqu'il traversait le bois de gommiers et de santals
pour se rendre à la combe rose, il proférait les versets de
l'époux, puis se taisant, il écoutait chanter en lui les répons
de l'épouse. Il était prêt alors à se jeter dans un sillon de
sable et, posant Speranza comme un sceau sur son cœur, à
apaiser en elle son angoisse et son désir.

*

Il fallut près d'une année à Robinson pour s'apercevoir
que ses amours provoquaient un changement de végétation
dans la combe rose. Il n'avait pas pris garde tout d'abord
à la disparition des herbes et des graminées partout où il
avait répandu sa semence de chair. Mais son attention fut
alertée par la prolifération d'une plante nouvelle qu'il n'avait
vue nulle part ailleurs dans l'île. C'étaient de grandes feuilles
dentelées qui poussaient en touffes au ras du sol sur une
tige très courte. Elles donnaient de belles fleurs blanches
aux pétales lancéolés, à l'odeur sauvagine, et des baies bru-
nes volumineuses qui débordaient largement de leur calice.

Robinson les examina avec curiosité, puis n'y pensa plus,
jusqu'au jour où il crut avoir la preuve indiscutable qu'elles apparaissaient régulièrement en quelques semaines à
l'endroit précis où il s'était épanché. Dès lors son esprit
ne cessa plus de tourner et de retourner ce mystère. Il
enfouit sa semence près de la grotte. En vain. Apparemment, seule la combe pouvait produire cette variété végétale. L'étrangeté de ces plantes l'empêchait de les cueillir, de
les disséquer, d'y goûter, comme il l'aurait fait en d'autres

circonstances. Il avait fini par chercher un dérivatif à cette préoccupation sans issue, quand un verset du *Cantique des cantiques*, qu'il avait mille et mille fois répété sans y attacher d'importance, lui apporta une soudaine illumination : « Les mandragores feront sentir leur parfum », promettait la jeune épousée. Était-il possible que Speranza tînt cette promesse biblique ? Il avait entendu raconter merveille de cette solanacée qui croît au pied des gibets, là où les suppliciés ont répandu leurs ultimes gouttes de liqueur séminale, et qui est en somme le produit du croisement de l'homme et de la terre. Ce jour-là, il se précipita à la combe rose et, agenouillé devant l'une de ces plantes, il dégagea sa racine très doucement, en creusant tout autour avec ses deux mains. C'était bien cela, ses amours avec Speranza n'étaient pas demeurées stériles : la racine charnue et blanche, curieusement bifurquée, figurait indiscutablement le corps d'une petite fille. Il tremblait d'émotion et de tendresse en replaçant la mandragore dans son trou et en ramenant le sable autour de sa tige, comme on borde un enfant dans son lit. Puis il s'en alla sur la pointe des pieds en prenant bien garde à ne pas en écraser quelque autre.

Désormais, avec la bénédiction de la Bible, un lien plus fort et plus intime l'attachait à Speranza. Il avait humanisé celle qu'il pouvait bien désormais appeler son épouse d'une façon incomparablement plus profonde que toutes les entreprises du gouverneur. Que cette union plus étroite signifiât en revanche pour lui-même un pas de plus dans l'abandon de sa propre humanité, il s'en doutait certes, mais il ne le mesura que le matin où en s'éveillant il constata que sa barbe en poussant au cours de la nuit avait commencé à prendre racine dans la terre.

Chapitre 7

Ne gaspille pas le temps, c'est l'étoffe dont la vie est faite.

Suspendu dans le vide sur une sorte d'escarpolette de lianes, Robinson repoussa des deux pieds la paroi rocheuse sur laquelle il venait de peindre cette devise. Sur le granite les lettres se détachaient énormes et blanches. L'emplacement était exceptionnel. Chaque mot porté par cette muraille noire semblait catapulté comme un hurlement silencieux vers l'horizon brumeux qui frangeait le vaste scintillement de la mer. Depuis quelques mois le jeu déréglé de sa mémoire lui restituait les « almanachs[1] » de Benjamin Franklin que son père considérait comme la quintessence de la morale et qu'il lui avait fait apprendre par cœur. Déjà des rondins plantés dans le sable des dunes proclamaient que : *La pauvreté prive un homme de toute vertu : il est difficile à un sac vide de se tenir debout.* On pouvait lire aussi en mosaïques incrustées dans la paroi de la grotte que *Si le second vice est de mentir, le premier est de s'endetter, car le mensonge monte à cheval sur la dette.* Mais le chef-d'œuvre de ce bréviaire flamberait en lettres de feu sur la grève, la nuit où Robinson éprouverait le besoin de lutter

---

1. Livre populaire publié chaque année et comprenant un calendrier, des renseignements astronomiques, météorologiques, scientifiques, pratiques, etc.

contre les ténèbres par la proclamation de la vérité. Des bûchettes de pin enveloppées d'étoupe étaient posées sur un lit de pierres sèches, toutes prêtes à être enflammées, et elles disaient dans leur arrangement : *Si les coquins savaient tous les avantages de la vertu, ils deviendraient vertueux par coquinerie.*

L'île était couverte de champs de céréales et de légumes, la rizière allait donner bientôt sa première récolte, des hordes de chèvres domestiquées se bousculaient dans les enclos, la grotte débordait de provisions qui auraient suffi à nourrir la population d'un village durant plusieurs années. Pourtant Robinson sentait toute cette œuvre magnifique se vider inexorablement de son contenu. L'île administrée perdait son âme au profit de l'*autre île*, et devenait semblable à une énorme machine tournant à vide. L'idée lui était alors venue que de cette première île gouvernée et exploitée si économiquement pouvait se dégager une manière de morale dont les maximes se trouvaient toutes dans les écrits du bonhomme Franklin. Il avait donc entrepris de les inscrire dans la pierre, la terre, le bois, bref dans la chair même de Speranza pour tâcher de donner à ce grand corps un esprit qui lui convienne.

Balançant d'une main son pinceau de poils de bouc, de l'autre son pot de craie pulvérisée liée à la sève de houx, il cherchait maintenant un endroit approprié à cette pensée apparemment matérialiste, mais marquant cependant une certaine prise de possession du temps : *Celui qui tue une truie anéantit sa descendance jusqu'à la millième génération. Celui qui dépense une pièce de cinq shillings assassine des monceaux de livres sterling.* Un troupeau de chevreaux s'enfuit en désordre devant lui. Ne serait-il pas curieux de tondre sur le flanc de chaque chevreau l'une des 142 lettres de cette devise, de telle sorte qu'il dépendrait de la Providence que la vérité jaillisse tout à coup du chassé-croisé de ces bêtes remuantes ? Cette idée faisait son chemin dans son esprit, et il supputait les chances qu'il aurait d'être là quand la formule « sortirait », lorsqu'il laissa soudain tomber son pinceau et son pot, glacé par la peur. Un mince filet de fumée blanche s'élevait dans le ciel pur. Il provenait, comme la première fois, de la Baie du Salut, et il avait cette même consistance lourde et laiteuse que Robinson avait remarquée. Mais cette fois les inscriptions répandues sur les roches et écrites en bâtons sur la grève risquaient d'alerter les intrus et de les lancer à la recherche de l'habitant de l'île. Suivi de Tenn, il s'élança vers la forteresse en priant Dieu que les Indiens n'y fussent pas arrivés avant lui. Dans sa course ailée par la peur, un incident auquel il n'eut guère le temps de prendre garde lui revint plus tard comme un signe funeste : l'un de ses boucs les plus familiers, surpris par cette cavalcade inattendue, le chargea brutalement, tête baissée. Robinson l'évita de justesse, mais Tenn roula en hurlant, projeté comme une balle dans un massif de fougères.

Ce qu'il n'avait pas prévu, c'était que l'attente d'une attaque éventuelle à une demi-lieue du point de débarquement des Indiens constituerait pour lui une épreuve au-dessus de ses forces nerveuses. Si les Araucans avaient entrepris d'investir la forteresse, en plus de l'avantage du nombre ils auraient celui de la surprise. Mais si, au contraire, ils n'avaient prêté aucune attention aux traces de la présence d'un habitant et qu'ils fussent pour l'heure tout absorbés dans leurs jeux meurtriers, quel soulagement pour le solitaire ! Il fallait qu'il en eût le cœur net. Toujours suivi de Tenn qui boitait bas, il empoigna l'un des mousquets et glissa le pistolet dans sa ceinture, puis il s'enfonça sous la futaie en direction de la baie. Il fut obligé cependant de revenir sur ses pas, ayant oublié la longue-vue dont il pouvait avoir besoin.

C'étaient trois pirogues à balancier cette fois qui étaient posées sur le sable, comme des jouets d'enfant. Le cercle des hommes autour du feu était plus vaste que lors de la première incursion, et Robinson en les examinant à la longue-vue crut remarquer qu'il ne s'agissait pas du même groupe. Le sacrifice rituel paraissait consommé à en juger par l'amoncellement de chairs pantelantes vers lequel deux guerriers se dirigeaient. Mais alors eut lieu un incident qui jeta un moment de trouble dans l'ordonnance rituelle. La sorcière sortit tout à coup de la prostration qui la tenait recroquevillée et, bondissant vers l'un des hommes, elle le désigna de son bras décharné, la bouche béante pour vociférer un flot de malédictions que Robinson ne pouvait entendre. Était-il possible que les cérémonies expiatoires araucaniennes fassent plus d'une victime ? Il y eut flottement parmi les hommes. Enfin l'un d'eux se dirigea, une machette à la main, vers le coupable désigné que ses deux voisins avaient soulevé et projeté sur le sol. La machette s'abattit une première fois et le pagne de cuir vola dans les airs. Elle allait retomber sur le corps nu, quand le malheureux bondit sur ses pieds et s'élança en avant vers la forêt. Dans la longue-vue de Robinson, il paraissait sauter sur place, poursuivi par deux Indiens. En réalité il courait droit vers Robinson avec une rapidité extraordinaire. Pas plus grand que les autres, il était beaucoup plus svelte et comme taillé pour la course. Il paraissait de peau plus sombre, de type un peu négroïde, sensiblement différent de ses congénères — et peut-être cela avait-il contribué à le faire désigner comme victime.

Cependant il approchait de seconde en seconde, et la distance qui le séparait de ses deux poursuivants ne cessait de croître. Si Robinson n'avait pas eu la certitude qu'il était absolument invisible de la plage, il aurait pu croire que le fuyard l'avait vu et venait se réfugier auprès de lui. Il fallait prendre une décision. Dans quelques instants les trois Indiens allaient se trouver nez à nez avec lui, et cette découverte d'une victime inespérée allait peut-être les réconcilier. C'est le moment que choisit Tenn pour aboyer furieusement dans la direction de la plage. Maudite bête ! Robinson se rua sur le chien et, lui passant le bras autour du cou, il lui serra le museau dans sa main gauche, tandis qu'il épaulait tant bien que mal son mousquet d'une seule main. En abattant l'un des poursuivants, il risquait d'ameuter toute la tribu contre lui. Au contraire en tuant le fuyard, il rétablissait l'ordre du sacrifice rituel, et peut-être son intervention serait-elle interprétée comme l'acte surnaturel d'une divinité outragée. Ayant à se ranger dans le camp de la victime ou dans celui des bourreaux — l'un et l'autre lui étant indifférents — la sagesse lui commandait de se faire l'allié des plus forts. Il visa au milieu de la poitrine le fugitif qui n'était plus qu'à trente pas de lui et pressa la détente. Au moment où le coup partait, Tenn, incommodé par la contrainte que lui imposait son maître, fit un brusque effort pour se libérer. Le mousquet dévia, et le premier des poursuivants opéra un plongeon parabolique qui s'acheva dans une gerbe de sable. L'Indien qui le suivait s'arrêta, se pencha sur le corps de son congénère, se releva, inspecta le rideau d'arbres où s'achevait la plage et, finalement, s'enfuit à toutes jambes vers le cercle de ses semblables.

À quelques mètres de là, dans un massif de fougères arborescentes, un homme noir et nu, l'esprit dévasté par la panique, inclinait son front jusqu'au sol, et sa main cherchait pour le poser sur sa nuque le pied d'un homme blanc et barbu, hérissé d'armes, vêtu de peaux de biques, la tête couverte d'un bonnet de fourrure et farcie par trois millénaires de civilisation occidentale.

*

Robinson et l'Araucan passèrent la nuit derrière les créneaux de la forteresse, l'oreille tendue vers tous les échos et soupirs de la forêt tropicale, aussi bruissante, bien que différemment, la nuit que le jour. Toutes les deux heures, Robinson envoyait Tenn en reconnaissance avec mission d'aboyer s'il décelait une présence humaine. Chaque fois il revint sans avoir donné l'alerte. L'Araucan qui serrait autour de ses reins un vieux pantalon de marin que Robinson lui avait fait enfiler — moins pour le protéger de la fraîcheur de la nuit que pour ménager sa propre pudeur — était abattu, sans réaction, comme écrasé à la fois par son horrible aventure et par l'incroyable cité où il se trouvait transporté. Il avait laissé intacte la galette de gruau que Robinson lui avait donnée, et se contentait de mâcher sans cesse des fèves sauvages dont Robinson se demanda un instant où il avait bien pu les trouver. Un peu avant les premières lueurs de l'aube, il s'endormit sur un tas de feuilles sèches, curieusement enlacé à Tenn qui s'était lui aussi assoupi. Robinson connaissait l'habitude de certains Indiens chiliens d'utiliser un animal domestique comme une vivante couverture pour se protéger du froid des nuits tropicales, mais il fut cependant surpris de la tolérance du chien — pourtant d'un naturel assez farouche — qui paraissait s'accommoder de ce procédé.

Mais peut-être les Indiens attendaient-ils le jour pour attaquer ? Robinson armé du pistolet, des deux mousquets et de tout ce qu'il pouvait transporter de poudre et de balles se glissa hors de l'enceinte et gagna la Baie du Salut en faisant un vaste crochet à l'est par les dunes. La plage était déserte. Les trois pirogues et leurs occupants avaient disparu. Le cadavre de l'Indien abattu la veille d'une balle dans la poitrine avait été enlevé. Il ne restait que le cercle noir du feu rituel où les ossements se distinguaient à peine des souches calcinées. Robinson, en posant sur le sable sa panoplie et ses munitions, eut le sentiment de se libérer d'un coup de toute l'angoisse accumulée pendant cette nuit blanche. Un immense rire le secoua, nerveux, fou, inextinguible. Lorsqu'il s'arrêta pour reprendre son souffle, il s'avisa que c'était la première fois qu'il riait depuis le naufrage de la *Virginie*. Était-ce le premier effet sur lui de la présence d'un compagnon ? La faculté de rire lui avait-elle été rendue en même temps qu'une société, aussi modeste soit-elle, lui était donnée ? La question lui reviendrait plus tard, mais pour l'heure une idée beaucoup plus importante venait de l'éperonner. L'*Évasion* ! Il avait toujours évité de revenir sur les lieux du grand échec qui avait prélude à ses années de déchéance. Pourtant l'*Évasion* devait attendre, fidèle, la proue tournée vers le large que des bras suffisamment forts la lancent vers les flots. Peut-être l'Indien rescapé allait-il donner une suite à cette entreprise depuis si longtemps ensablée, et sa connaissance de l'archipel serait précieuse !

En approchant de la forteresse, Robinson aperçut l'Araucan qui jouait tout nu avec Tenn. Il s'irrita de l'impudeur du sauvage, et aussi de l'amitié qui semblait être née entre le chien et lui. Après lui avoir fait comprendre sans aménité qu'il avait à se reculotter, il l'entraîna vers la baie de l'*Évasion*.

Les genêts avaient beaucoup poussé, et la silhouette trapue du petit bâtiment paraissait flotter sur une mer de fleurs jaunes, tourmentée par le vent. Le mât était tombé, et le pont se soulevait par endroits, sans doute sous l'effet de l'humidité, mais la coque paraissait intacte. Tenn, qui précédait les deux hommes, fit plusieurs fois le tour du bateau, et on ne devinait sa présence que par le frémissement des papilionacées sur son passage. Puis d'un coup de reins il sauta sur le pont qui s'effondra aussitôt sous son poids. Robinson le vit disparaître dans la cale avec un hurlement de peur. Quand il arriva près du bateau, le pont tombait par pans entiers chaque fois que Tenn faisait un effort pour sortir de sa prison. L'Araucan posa sa main sur le bord de la coque, puis son poing fermé s'éleva vers le visage de Robinson et s'ouvrit pour lui montrer un peu de sciure rougeâtre qu'il laissa fuir ensuite dans le vent. Un grand rire illumina sa face noire. À son tour Robinson donna un léger coup de pied dans la coque. Un nuage de poussière s'éleva dans l'air tandis qu'une brèche s'ouvrait dans le flanc du bateau. Les termites avaient fait leur œuvre. L'*Évasion* n'était plus qu'une barque de cendres.

*

Log-book. — Que d'épreuves nouvelles depuis trois jours et que d'échecs mortifiants pour mon amour-propre ! Dieu m'a envoyé un compagnon. Mais, par un tour assez obscur de sa Sainte Volonté, il l'a choisi au plus bas degré de l'échelle humaine. Non seulement il s'agit d'un homme de couleur, mais cet Araucanien costinos est bien loin d'être un pur sang, et tout en lui trahit le métis noir ! Un Indien mâtiné de nègre ! Et s'il était encore d'âge rassis, capable de mesurer calmement sa nullité en face de la civilisation que j'incarne ! Mais je serais étonné qu'il ait plus de quinze ans — compte tenu de l'extrême précocité de ces races inférieures — et son enfance le pousse à rire insolemment de mes enseignements.

Et puis cette survenue inattendue après des lustres de solitude a ébranlé mon fragile équilibre. L'*Évasion* a été à nouveau pour moi l'occasion d'une défaillance mortifiante. Après ces années d'installation, de domestication, de construction, de codification, il a suffi de l'ombre d'un espoir de possibilité pour me précipiter vers ce piège meurtrier où j'ai failli succomber jadis. Acceptons-en la leçon avec une humble soumission. J'ai assez gémi de l'absence de cette société que toute mon œuvre sur cette terre appelait en vain. Cette société m'est donnée sous sa forme la plus rudimentaire et la plus primitive certes, mais il ne m'en sera sans doute que plus facile de la plier à mon ordre. La voie qui s'impose à moi est toute tracée : incorporer mon esclave au système que je perfectionne depuis des années. La réussite de l'entreprise sera assurée le jour où il n'y aura plus de doute que Speranza et lui profitent conjointement de leur réunion.

P.-S. — Il fallait trouver un nom au nouveau venu. Je ne voulais pas lui donner un nom de chrétien avant qu'il ait mérité cette dignité. Un sauvage n'est pas un être humain à part entière. Je ne pouvais pas non plus décemment lui imposer un nom de chose, encore que c'eût été peut-être la solution de bon sens. Je crois avoir résolu assez élégamment ce dilemme en lui donnant le nom du jour de la semaine où je l'ai sauvé : *Vendredi*. Ce n'est ni un nom de personne, ni un nom commun, c'est, à mi-chemin entre les deux, celui d'une entité à demi vivante, à demi abstraite, fortement marquée par son caractère temporel, fortuit et comme épisodique...

*

Vendredi a appris assez d'anglais pour comprendre les ordres de Robinson. Il sait défricher, labourer, semer, herser, repiquer, sarcler, faucher, moissonner, battre, moudre, bluter, pétrir et cuire. Il trait les chèvres, fait cailler le lait, ramasse les œufs de tortue, les fait cuire mollet, creuse des rus d'irrigation, entretient les viviers, piège les bêtes puantes, calfate la pirogue, ravaude les vêtements de son maître, cire ses bottes. Le soir, il endosse une livrée de laquais et assure le service du dîner du Gouverneur. Puis il bassine son lit et l'aide à se dévêtir avant de s'aller lui-même étendre sur une litière qu'il tire contre la porte de la résidence et qu'il partage avec Tenn.

Vendredi est d'une docilité parfaite. En vérité il est mort depuis que la sorcière a dardé son index noueux sur lui. Ce qui a fui, c'était un corps sans âme, un corps aveugle, comme ces canards qui se sauvent en battant des ailes après qu'on leur a tranché la tête. Mais ce corps inanimé n'a pas fui au hasard. Il a couru rejoindre son âme, et son âme se trouvait entre les mains de l'homme blanc. Depuis, Vendredi appartient corps et âme à l'homme blanc. Tout ce que son maître lui ordonne est bien, tout ce qu'il défend est mal. Il est bien de travailler nuit et jour au fonctionnement d'une organisation délicate et dépourvue de sens. Il est mal de manger plus que la portion mesurée par le maître. Il est bien d'être soldat quand le maître est général, enfant de chœur quand il prie, maçon quand il construit, valet de ferme quand il se consacre à ses terres, berger quand il se préoccupe de ses troupeaux, rabatteur quand il chasse, pagayeur quand il vogue, porteur quand il voyage, guérisseur quand il souffre, et d'actionner pour lui l'éventail et le chasse-mouches. Il est mal de fumer la pipe, de se promener tout nu et de se cacher pour dormir quand il y a à faire. Mais si la bonne volonté de Vendredi est totale, il est encore très jeune, et sa jeunesse fuse parfois malgré lui. Alors il rit, il éclate d'un rire redoutable, un rire qui démasque et confond le sérieux menteur dont se parent le gouverneur et son île administrée. Robinson hait ces explosions juvéniles qui sapent son ordre et minent son autorité. C'est d'ailleurs le rire de Vendredi qui provoqua son maître à lever la main sur lui pour la première fois. Vendredi devait répéter après lui les définitions, principes, dogmes et mystères qu'il prononçait. Robinson disait : *Dieu est un maître tout-puissant, omniscient, infiniment bon, aimable et juste, créateur de l'homme et de toutes choses.* Le rire de Vendredi fusa, lyrique, irrépressible, blasphématoire, aussitôt éteint, écrasé comme une flamme folle par une gifle retentissante. C'est que cette évocation d'un Dieu à la fois si bon et si puissant lui avait paru amusante en face de sa petite expérience de la vie. Qu'importe, il répète maintenant d'une voix entrecoupée de sanglots les mots que lui mâche son maître.

Il lui a d'ailleurs apporté un premier sujet de satisfaction. Grâce à lui, le Gouverneur a enfin trouvé l'emploi des pièces de monnaie qu'il a sauvées de l'épave. Il paie Vendredi. Un demi-souverain d'or par mois. Au début il avait pris soin de « placer » la totalité de ces sommes à un intérêt de 5,5 %. Puis, considérant que Vendredi avait atteint mentalement l'âge de raison, il lui laissa la libre disposition de ses arrérages [1]. Avec cet argent, Vendredi achète de la nourriture en supplément, des menus objets d'usage ou de pacotille hérités de la *Virginie*, ou tout simplement une demi-journée de repos — la journée entière n'est pas achetable — qu'il passe dans un hamac de sa confection.

Car si le dimanche est chômé à Speranza, il s'en faut qu'il soit abandonné à une coupable oisiveté. Levé aux aurores, Vendredi balaie et apprête le temple. Puis il va réveiller son maître et récite la prière du matin avec lui. Ensuite ils se rendent ensemble au temple où le pasteur officie deux heures. Debout devant le lutrin, il psalmodie des versets de la Bible. Cette lecture est coupée de longs silences méditatifs que suivent des commentaires inspirés par l'Esprit Saint. Vendredi, agenouillé dans la travée gauche — la travée droite est réservée aux femmes —, écoute de toutes ses forces. Les mots qu'il entend — péché, rédemption, enfer, parousie [2], veau d'or, apocalypse — composent dans sa tête un assemblage envoûtant bien que dépourvu de signification. C'est une musique d'une beauté obscure et un peu effrayante. Parfois une vague lueur émane de deux ou trois phrases. Vendredi croit comprendre qu'un homme avalé par une baleine en est ressorti indemne, ou qu'un pays

---

1. Revenus.
2. Nom donné au retour du Christ sur terre, devant advenir à la fin des temps.

fut envahi en un jour de grenouilles si nombreuses qu'on en trouvait dans les lits et jusque dans le pain, ou encore que deux mille cochons se jetèrent dans la mer parce que des démons étaient entrés dans leur corps. Alors il sent immanquablement un chatouillement lui tourmenter l'épigastre tandis qu'un souffle d'hilarité gonfle ses poumons. Il s'acharne à détourner sa pensée vers des sujets funèbres, car il n'ose même pas imaginer ce qui se produirait s'il venait à éclater de rire pendant le service dominical.

Après le déjeuner — plus lent et plus raffiné qu'en semaine — le Gouverneur se fait apporter une manière de canne de sa fabrication qui tient de la crosse épiscopale et du sceptre royal, et, le chef abrité sous une vaste ombrelle de peaux de chèvre que tient Vendredi, il déambule majestueusement dans toute l'île, inspectant ses champs, ses rizières et ses vergers, ses troupeaux, les constructions et les travaux en cours, et dispensant à son domestique le blâme, l'éloge et les instructions pour les jours à venir. Comme le reste de l'après-midi ne peut pas davantage que les autres heures être consacré à des travaux lucratifs, Vendredi en profite pour nettoyer et embellir l'île. Il désherbe les chemins, sème des graines de fleurs devant les maisons, taille les arbres qui agrémentent la partie résidentielle de l'île. En dissolvant de la cire d'abeille dans de l'essence de térébenthine colorée au quercitron, Robinson est parvenu à produire une belle encaustique dont l'emploi a posé quelques problèmes, les meubles étant rares et les parquets inexistants dans l'île. Finalement il a eu l'idée de faire cirer par Vendredi les galets et les cailloux de la voie principale, celle qui dévale de la grotte vers la Baie du Salut dont Robinson emprunta le tracé le jour même de son arrivée dans l'île. La valeur historique de cette voie lui parut à la réflexion justifier ce travail énorme que la moindre averse réduisait à néant et dont il s'était demandé au début s'il était bien raisonnable de l'imposer à Vendredi.

L'Araucan avait su s'attirer la bienveillance de son maître par plusieurs initiatives heureuses. L'un des grands soucis de Robinson était de se débarrasser des ordures et détritus de la cuisine et de l'atelier d'une façon qui n'attirât ni les vautours ni les rats. Or aucune des solutions imaginées à ce jour par Robinson ne lui donnait entièrement satisfaction. Les petits carnivores exhumaient ce qu'il enfouissait sous la terre, les marées rejetaient sur la grève tout ce qu'il déversait au large, quant à la destruction par le feu, elle se faisait payer par une fumée acre qui empestait les maisons et les vêtements. Vendredi eut l'idée de mettre à profit la voracité d'une colonie de fourmis rouges qu'il avait découverte à un jet de pierre de la résidence. Les rebuts déposés au milieu de la fourmilière semblaient à quelque distance doués d'une sorte de vie superficielle, parcourus par un frémissement épidermique, et c'était fascinant de voir la chair fondre insensiblement, et l'os apparaître, nu, sec, parfaitement nettoyé.

Vendredi se révéla également excellent lanceur de *bolas*, galets ronds au nombre de trois attachés à des cordelettes réunies à un centre commun. Lancées adroitement, elles tournoient comme une étoile à trois branches, et si elles sont arrêtées par un obstacle, elles l'entourent et le ligotent étroitement. Vendredi s'en servit d'abord pour immobiliser les chèvres ou les boucs qu'il voulait traire, soigner ou sacrifier. Puis elles firent merveille pour capturer des chevreuils et même des oiseaux échassiers. Enfin il persuada Robinson qu'en augmentant la grosseur des galets on pouvait faire des *bolas* une arme redoutable capable de défoncer la poitrine d'un ennemi après l'avoir à demi étranglé. Robinson, qui craignait toujours un retour offensif des Araucans, lui fut reconnaissant d'avoir ajouté à sa panoplie cette arme silencieuse, facile à remplacer et cependant meurtrière. Ils s'exercèrent longtemps sur la grève en prenant pour cible un tronc d'arbre de la grosseur d'un homme.

Les premières semaines qui suivirent l'arrivée de Vendredi, l'île administrée avait ainsi par la force des choses regagné toute la sollicitude de Robinson, redevenu pour un temps au moins gouverneur, général, pasteur... Il crut même un moment que la présence du nouveau venu allait apporter à son organisation une justification, un poids, un équilibre qui mettraient fin définitivement aux périls qui l'avaient menacée, de même que certains navires n'acquièrent leur tenue de mer normale que chargés d'un certain fret. Il avait même senti le danger que pouvaient présenter à la fois l'état de tension permanent où étaient entretenus les habitants de l'île et l'inflation de biens de consommation qui faisaient déborder les silos, et il pensait y faire face par un programme de fêtes et de réjouissances qui s'accompagneraient de festins et de beuveries. Mais il soupçonnait ce dernier propos — qui répondait si peu en vérité à l'esprit de l'île administrée — de lui avoir été sourdement inspiré par la nostalgie de l'« autre île » qui sommeillait et se fortifiait secrètement en lui. Peut-être était-ce cette même nostalgie qui l'empêchait également de se satisfaire de la docilité totale de Vendredi et l'induisait à la pousser, pour l'éprouver, jusqu'à ses dernières limites.

*

Log-book. — Évidemment il m'obéit au doigt et à l'œil, et je suis bien étrange de m'en plaindre. Mais il y a dans cette soumission quelque chose de trop parfait, de mécanique même qui me glace — si ce n'est hélas ce rire dévastateur qu'il paraît ne pas pouvoir réprimer dans certains cas, et qui ressemble à la manifestation soudaine d'un diable qui serait en lui. Possédé. Oui, Vendredi est possédé. Et même doublement possédé. Car il faut bien reconnaître qu'en dehors de ses éclats de rire diaboliques, c'est moi tout entier qui agis et pense en lui.

Je n'attends pas beaucoup de raison d'un homme de couleur — de couleurs, devrais-je dire, puisqu'il y a en lui de l'Indien et du nègre. Du moins pourrait-il manifester quelque sentiment. Or, en dehors de l'absurde et choquante tendresse qui le lie à Tenn, je ne sache pas qu'il éprouve d'affection. En vérité je tourne autour d'un regret qu'il me coûte d'avouer, mais que je me dois d'exprimer. Je ne me risquerai jamais à lui dire « aime-moi », parce que je sais trop que pour la première fois je ne serais pas obéi. Pourtant il n'a aucune raison de ne pas m'aimer. Je lui ai sauvé la vie — involontairement il est vrai, mais comment s'en douterait-il ? Je lui ai tout appris, à commencer par le travail qui est le bien suprême. Certes, je le bats, mais comment ne comprendrait-il pas que c'est pour son bien ? Pourtant là encore ses réactions sont déconcertantes. Un jour que je lui expliquais, assez vivement il est vrai, comment écorcer et fendre des brins d'osier avant de les tresser, j'ai fait un geste un peu ample de la main. À ma grande surprise, je l'ai vu aussitôt reculer d'un pas en se protégeant le visage de son bras. Or il aurait fallu que je fusse insensé pour vouloir le frapper au moment où je lui enseignais une technique difficile et requérant toute son application. Et tout me porte à croire hélas que cet insensé, je le suis à ses yeux, à toutes les heures du jour et de la nuit ! Alors je me mets à sa place, et je suis saisi de pitié devant cet enfant livré sans défense sur une île déserte à toutes les fantaisies d'un dément. Mais ma condition est pire encore, car je me vois dans mon unique compagnon sous les espèces d'un monstre, comme dans un miroir déformant.

Lassé de le voir accomplir les tâches qui lui incombent sans jamais s'inquiéter apparemment de leur raison d'être, j'ai voulu en avoir le cœur net. Je lui ai imposé le travail absurde considéré dans tous les bagnes du monde comme la plus avilissante des vexations : creuser un trou, puis en faire un deuxième pour mettre ses déblais, un troisième pour enfouir les déblais du deuxième, etc. Il a peiné toute une journée sous un ciel plombé, dans une chaleur d'étuve. Pour Tenn, cette activité forcenée était un jeu passionnant, enivrant. De chaque trou montaient des effluves complexes et grisants. Dès que Vendredi se redressait et passait son avant-bras sur son front, Tenn se ruait au milieu de la terre remuée. Il enfouissait sa truffe au milieu des mottes, aspirant et soufflant comme un phoque, puis creusait frénétiquement en projetant la terre entre ses cuisses. Enfin, au comble de l'excitation, il galopait autour du trou avec des jappements plaintifs, et revenait encore puiser une ébriété nouvelle au sein de cette glèbe marneuse où l'humus noir se mêlait au lait des racines tranchées, comme la mort se confond avec la vie dès qu'on atteint un certain niveau de profondeur.

Or c'est trop peu dire que Vendredi ne s'est pas cabré devant ce labeur imbécile. Je l'ai rarement vu travailler avec autant d'ardeur. Il y a même mis une sorte d'allégresse qui déjoue l'alternative où je prétendais l'enfermer — Vendredi tout à fait abruti, ou Robinson considéré par lui comme dément — et qui m'oblige à chercher ailleurs. Et je me demande si la danse passionnée de Tenn autour et dans les plaies ouvertes gratuitement sur le corps de Speranza n'est pas révélatrice, et si je n'ai pas commis l'impardonnable stupidité de livrer à l'Araucan, en voulant simplement l'humilier, le secret de la combe rose…

*

Une nuit, Robinson ne put trouver le sommeil. Le clair de lune jetait un rectangle lumineux sur les dalles de la résidence. Une dame blanche hulula, et il crut entendre la terre elle-même qui gémissait d'amour esseulé. Sous son ventre, le matelas d'herbes sèches était d'une mollesse inconsistante, absurde. Il revoyait Tenn danser fou de désir autour de cette glèbe ouverte, offerte après que l'outil de l'Araucan l'avait violée. Il y avait des semaines qu'il n'était pas retourné à la combe. Ses filles les mandragores avaient dû bien grandir pendant tout ce temps ! Il était assis sur sa couche, les pieds posés sur le tapis de lune, et il sentait une odeur de sève monter de son grand corps, blanc comme une racine. Il se leva en silence, enjamba les corps enlacés de Vendredi et de Tenn, et se dirigea vers la forêt de gommiers et de santals.

Chapitre 8

En entrant dans la Résidence, Vendredi s'aperçut aussitôt
que la clepsydre était arrêtée. Il restait de l'eau dans la bonbonne de verre, mais l'orifice était obstrué par un bouchon
de bois, et le niveau s'était stabilisé à la hauteur de trois
heures du matin. Il ne fut nullement surpris que Robinson
ait disparu. Dans son esprit l'arrêt de la clepsydre impliquait
tout naturellement l'absence du Gouverneur. Accoutumé à
prendre les choses comme elles se présentaient, il ne se
demanda ni où était Robinson, ni quand il reviendrait, ni
même s'il était encore vivant. Il n'eut pas davantage l'idée
d'aller à sa recherche. Il était totalement absorbé par la
contemplation des choses pourtant familières qui l'entouraient, mais auxquelles l'arrêt de la clepsydre et l'absence
de Robinson conféraient un aspect nouveau. Il était maître
de lui, maître de l'île. Comme pour le confirmer dans cette
dignité dont il se sentait revêtu, Tenn se hissa paresseusement sur ses pattes, vint se placer prêt de lui et leva vers
son visage son regard noisette. Il n'était plus de première
jeunesse, ce pauvre Tenn, et sa croupe ronde comme un
tonneau, ses pattes trop courtes, ses yeux larmoyants et sa
robe laineuse et terne disaient assez les injures de l'âge au
terme d'une vie de chien bien remplie. Mais il ressentait lui
aussi apparemment la nouveauté de la situation, et il attendait de son ami qu'il prît une décision.

Que faire ? Il ne pouvait être question d'achever l'arrosage des oseilles et des raves rendu nécessaire par la sécheresse, ni de poursuivre la construction d'un mirador d'observation au sommet du cèdre géant de la grotte. Ces travaux relevaient évidemment d'un ordre suspendu jusqu'au retour de Robinson. Le regard de Vendredi se posa sur un coffre soigneusement fermé, mais non verrouillé et dont il avait pu inspecter le contenu, rangé sous la table de la Résidence. Il le traîna sur les dalles et, l'ayant dressé sur son petit côté, il s'agenouilla et le fit basculer sur son épaule. Puis il sortit, suivi de près par Tenn.

Au nord-ouest de l'île, à l'endroit où la prairie se perdait dans les sables qui annonçaient les dunes, se pressaient les silhouettes bizarres, vaguement humaines du *jardin de cactées* que Robinson y avait établi. Certes, il avait eu scrupule à consacrer du temps à une culture aussi gratuite, mais ces plantes ne demandaient presque aucun soin, et il n'avait eu que la peine de transplanter sur un terrain particulièrement favorable les sujets les plus intéressants qu'il avait découverts sporadiquement dans toute l'île. C'était un hommage à la mémoire de son père dont la seule passion — en dehors de sa femme et de ses enfants — était le petit jardin tropical qu'il entretenait dans la rotonde vitrée de la maison. Robinson avait inscrit sur des tablettes de bois montées sur des bâtonnets piqués en terre les noms latins de ces variétés qui lui étaient revenus tous ensemble par l'un de ces caprices imprévisibles de sa mémoire.

Vendredi lança sur le sol le coffre qui lui avait meurtri l'épaule. Les charnières du couvercle sautèrent, et un somptueux désordre d'étoffes précieuses et de bijoux se répandit au pied des cactées. Il allait enfin pouvoir user à sa fantaisie de ces hardes dont l'éclat le fascinait, mais dont Robinson ne faisait pour lui qu'un instrument de gêne et de cérémonie. Car il ne s'agissait pas de lui-même — un vêtement quel qu'il soit ne faisait qu'entraver ses gestes — mais précisément de ces étranges végétaux dont la chair verte exorbitante, boursouflée, provocante, paraissait plus propre qu'aucun corps humain à mettre en valeur la beauté de ces étoffes.

Il les étala d'abord sur le sable avec des gestes délicats pour en embrasser du regard la richesse et le nombre. Il rassembla aussi devant lui des pierres plates sur lesquelles il disposa les bijoux, comme à la vitrine d'une joaillerie. Puis il tourna longtemps autour des cactus dont il mesurait du regard la silhouette et appréciait du doigt la consistance. C'était une étrange société de mannequins végétaux composés de candélabres, de boules, de raquettes, de membres contournés, de queues velues, de têtes crépues, d'étoiles piquantes, de mains aux mille doigts venimeux. Leur chair était tantôt une pulpe molle et aqueuse, tantôt un caoutchouc coriace, tantôt encore des muqueuses verdâtres dégageant des remugles de viande pourrie. Enfin il alla ramasser une cape noire moirée dont il drapa d'un seul mouvement les épaules massives de *Cereus pruinosus*. Puis il voila de coquets falbalas les fesses tuméfiées de *Crassula falcata*. Une dentelle aérienne lui servit à enguirlander le phallus barbelé de *Stapelia variegata*, tandis qu'il habillait de mitaines de linon les petits doigts velus de *Crassula lycopodiodes*. Une toque de brocart se trouvait là à point nommé pour coiffer la tête laineuse de *Cephalocereus senilis*. Il travailla longtemps ainsi, complètement absorbé par ses recherches, drapant, ajustant, prenant du recul pour mieux juger, déshabillant tout à coup l'une des cactées pour en rhabiller une autre. Enfin il couronna son œuvre en distribuant avec autant de discernement bracelets, colliers, aigrettes, boucles d'oreilles, ferrets, croix et diadèmes. Mais il ne s'attarda pas à la contemplation du cortège hallucinant de prélats, de grandes dames et de monstres opulents qu'il venait de faire surgir en plein sable. Il n'avait désormais plus rien à faire là, il s'éloigna avec Tenn sur ses talons.

Il traversa la zone des dunes en s'amusant de la rumeur sonore qu'éveillaient ses pas. Il s'arrêta et se tourna vers Tenn en imitant bouche fermée ce grondement, mais ce jeu n'amusa pas le chien qui progressait péniblement par bonds successifs dans le sol mouvant, et dont l'échiné se hérissait d'hostilité quand la rumeur augmentait. Enfin le sol s'affermit, et ils débouchèrent sur la grève largement dégagée par le jusant. Vendredi redressé, cambré dans la lumière glorieuse du matin, marchait avec bonheur sur l'arène immense et impeccable. Il était ivre de jeunesse et de disponibilité dans ce milieu sans limites où tous les mouvements étaient possibles, où rien n'arrêtait le regard. Il ramassa un galet ovale et le posa en équilibre sur la paume de sa main ouverte. Il préférait aux bijoux qu'il avait abandonnés sur les cactées cette pierre fruste, mais rigoureuse, où des cristaux de feldspath roses se mêlaient à une masse de quartz vitreux, pailletée de mica. La courbe du galet touchait en un seul point celle de sa paume noire, et formait avec elle une figure géométrique simple et pure. Une vague s'allongea rapidement sur le miroir de sable mouillé constellé de petites méduses et encercla ses chevilles. Il laissa tomber le galet ovale et en ramassa un autre, plat et circulaire, petit disque opalescent tacheté de mauve. Il le fit sauter dans sa main. S'il pouvait s'envoler ! Se transformer en papillon ! Faire voler une pierre, ce rêve enchantait l'âme aérienne de Vendredi. Il le lança à la surface de l'eau. Le disque rebondit sept fois sur la nappe liquide avant de s'y insérer sans éclaboussures. Mais Tenn, habitué à ce jeu, s'était élancé dans les vagues et, battant l'eau de ses quatre pattes, la tête dardée vers l'horizon, il nagea jusqu'au point d'immersion du galet, plongea et revint, porté par le déferlement des vagues, le déposer aux pieds de Vendredi.

Ils marchèrent longtemps vers l'est, puis, lorsqu'ils eurent contourné les dunes, vers le sud. Vendredi ramassait et lançait des étoiles de mer, des souches, des coquillages, des os de seiche, des perruques de goémon qui devenaient aussitôt pour Tenn autant de proies vivantes, désirables et fugitives, et il les poursuivait en aboyant. Ils arrivèrent ainsi à la rizière.

Le bassin collecteur était à sec et le niveau de la lagune ensemencée baissait de jour en jour. Pourtant il fallait qu'elle demeurât immergée un mois encore pour que les épis vinssent à maturité, et Robinson revenait plus soucieux de chacune de ses visites d'inspection.

Vendredi avait à la main le galet mauve. Il le lança dans la rizière, et compta ses rebonds sur l'eau morte, moirée de reflets gras. Le disque de pierre sombra après neuf ricochets, mais déjà Tenn sautait de la digue à sa poursuite. Son élan l'emporta à une vingtaine de mètres, mais là il s'arrêta. L'eau était trop peu profonde pour qu'il puisse nager, et il pataugeait dans la vase. Il fit demi-tour et entreprit de revenir vers Vendredi. Un premier bond l'arracha bien à l'étreinte de la boue, mais il retomba plus lourdement et ses efforts devinrent désordonnés. Il allait périr s'il n'était pas secouru. Vendredi hésita un instant penché au-dessus de cette eau traîtresse et impure. Puis il se ravisa et courut à la vanne d'évacuation. Il passa un bâton dans le premier trou de la queue et fit levier de toutes ses forces en prenant appui sur les portants. Le tablier remonta en grinçant dans ses coulisses. Aussitôt le tapis fangeux qui couvrait la rizière se déplaça et commença à se résorber dans la vanne en se froissant. Quelques minutes plus tard, Tenn atteignit en rampant le pied de la digue. Ce n'était plus qu'un bloc de boue, mais il était sauf.

Vendredi le laissa à sa toilette et se dirigea en dansant vers la forêt. L'idée que la récolte de riz était perdue ne l'avait pas effleuré.

*

Pour Vendredi, l'arrêt de la clepsydre et l'absence de Robinson n'avaient signifié qu'un seul et même événement, la suspension d'un certain ordre. Pour Robinson, la disparition de Vendredi, les cactées parées et l'assèchement de la rizière traduisaient unanimement la fragilité et peut-être l'échec de la domestication de l'Araucan. Il était rare d'ailleurs qu'agissant de son propre chef il trouve grâce aux yeux de Robinson. Il fallait ou qu'il ne fasse rien, ou qu'il agisse très exactement selon ses instructions pour ne pas avoir à encourir ses reproches. Robinson devait bien s'avouer que Vendredi sous sa docilité empressée avait une personnalité, et que tout ce qui en émanait le choquait profondément et portait atteinte à l'intégrité de l'île administrée.

Il décida d'abord de prendre son parti de la disparition de son compagnon. Au bout de deux jours pourtant, il céda à une inquiétude complexe où se mêlaient un vague remords, la curiosité et aussi la pitié que lui inspirait le chagrin visible de Tenn, et il se mit à sa recherche. Pendant toute une matinée il sillonna avec Tenn la forêt où s'était perdue la trace de l'Araucan. Çà et là, ils relevèrent des signes de son passage. Bientôt Robinson dut même se rendre à l'évidence : à son insu, Vendredi devait séjourner régulièrement dans cette partie de l'île, y mener une vie en marge de l'*ordre* et s'y adonner à des jeux mystérieux dont le sens lui échappait. Des masques de bois, une sarbacane, un hamac de lianes où reposait un mannequin de raphia, des coiffes de plumes, des peaux de reptile, des cadavres desséchés d'oiseaux étaient les indices d'un univers secret dont Robinson n'avait pas la clef. Mais sa surprise fut à son comble lorsqu'il déboucha au bord d'un marigot que bordaient de petits arbres assez semblables à des saules. En effet ces arbustes avaient tous été visiblement déracinés et replantés *à l'envers*, les branches enfouies dans la terre et les racines dressées vers le ciel. Et ce qui achevait de donner un aspect fantastique à cette plantation monstrueuse, c'est qu'ils paraissaient tous s'être accommodés de ce traitement barbare. Des pousses vertes et même des touffes de feuilles apparaissaient à la pointe des racines, ce qui supposait que les branches enterrées avaient su se métamorphoser elles-mêmes en racines, et que la sève avait inversé le sens de sa circulation. Robinson ne pouvait s'arracher à l'examen de ce phénomène. Que Vendredi ait eu cette fantaisie et l'ait exécutée était déjà assez inquiétant. Mais les arbustes avaient accepté ce traitement, Speranza avait acquiescé apparemment à cette extravagance. Pour cette fois au moins l'inspiration baroque de l'Araucan avait eu un résultat qui, pour dérisoire qu'il fût, comportait cependant un certain aspect positif et n'avait pas abouti à une pure destruction. Robinson n'avait pas fini de méditer cette découverte ! Il revenait sur ses pas quand Tenn tomba en arrêt devant un massif de magnolias envahi par le lierre, puis progressa lentement, le cou tendu, en posant ses pattes précautionneusement. Enfin il s'immobilisa le nez sur l'un des troncs. Alors le tronc s'agita, et le rire de Vendredi éclata. L'Araucan avait dissimulé sa tête sous un casque de fleurs. Sur tout son corps nu, il avait dessiné avec du jus de génipapo des feuilles de lierre dont les rameaux montaient le long de ses cuisses et s'enroulaient autour de son torse. Ainsi métamorphosé en homme-plante, secoué d'un rire démentiel, il entoura Robinson d'une chorégraphie éperdue. Puis il se dirigea vers le rivage pour se laver dans les vagues, et Robinson, pensif et silencieux, le regarda s'enfoncer toujours dansant dans l'ombre verte des palétuviers.

*

Cette nuit encore un ciel pur laissait la pleine lune régner de tout son éclat sur la forêt. Robinson ferma la résidence, confia Vendredi et Tenn à la garde l'un de l'autre, et s'engagea sous la galerie sylvestre où filtraient de rares rayons d'argent. Hypnotisés peut-être par l'astre blafard, les petits animaux et les insectes qui peuplaient habituellement le hallier de leurs murmures observaient un silence solennel. À mesure qu'il approchait de la combe rose, il sentait se dénouer l'emprise des préoccupations quotidiennes et une douceur nuptiale l'envahir.

Vendredi lui donnait des soucis de plus en plus graves. Non seulement l'Araucan ne se fondait pas harmonieusement dans le système, mais — corps étranger — il menaçait de le détruire. On pouvait passer sur des bévues majeures et dévastatrices, comme l'assèchement de la rizière, en les mettant sur le compte de sa jeunesse et de son inexpérience. Mais sous son apparente bonne volonté il s'avérait complètement réfractaire aux notions d'ordre, d'économie, de calcul, d'organisation. « Il me donne plus de travail qu'il n'en effectue », pensait tristement Robinson avec le sentiment vague qu'il exagérait tout de même un peu. En outre l'étrange instinct qui gagnait à Vendredi la compréhension et — pourrait-on dire — la complicité des animaux, s'il aboutissait à une intimité déjà irritante avec Tenn, avait des effets désastreux sur le menu peuple des chèvres, des lapins et même des poissons. Impossible de faire entrer dans cette tête de bois d'ébène que ce petit cheptel n'était rassemblé, nourri, sélectionné que pour son rendement alimentaire, et non pour le dressage, la familiarité ou des simulacres de chasse et de pêche. Vendredi ne concevait pas qu'on pût tuer une bête autrement qu'au terme d'une poursuite ou d'une lutte qui lui donnait ses chances, conception dangereusement romanesque ! Il ne comprenait pas davantage qu'il y avait des espèces nuisibles qu'il convenait de combattre à outrance, et ne s'était-il pas avisé d'amadouer un couple de rats qu'il prétendait faire croître et multiplier !

L'ordre était une conquête fragile, durement gagnée sur la sauvagerie naturelle de l'île. Les coups que lui portait l'Arau-can l'ébranlaient gravement. Robinson ne pouvait s'offrir le luxe d'un élément perturbateur menaçant de détruire ce qu'il avait mis des années à édifier. Mais alors que faire ?

Arrivé à la lisière de la forêt, il s'arrêta, saisi par la grandeur et la douceur du paysage. La prairie étendait à perte de vue sa robe soyeuse qu'un très léger souffle creusait parfois d'ondulations molles. À l'ouest dormaient debout les quenouilles des roseaux, serrées comme les lances d'une armée, d'où montait à intervalles réguliers la note flûtée d'une rainette. Une dame blanche le frôla de son aile, se posa sur un cyprès, et tourna vers lui sa face hallucinée. Une haleine parfumée l'avertit qu'il approchait de la combe rose dont les irrégularités de terrain étaient gommées par la lumière lunaire. Les mandragores s'y multipliaient au point que la physionomie du paysage en était modifiée. Robinson s'assit, le dos appuyé à un talus sablonneux, et chercha de la main les larges feuilles violacées, aux bords déchiquetés, dont il a été l'introducteur dans l'île. Ses doigts rencon-trèrent la rondeur d'un de ces fruits bruns qui laissait une odeur profonde et fétide, difficilement oubliable. Ses filles étaient là — bénédiction de son union avec Speranza —, inclinant leurs jupes dentelées dans l'herbe noire, et il savait que s'il en déracinait une, il ferait apparaître les jambes blanches et grasses du petit être végétal. Il s'étendit dans un sillon un peu graveleux, mais très enveloppant, et jouit de l'engourdissement voluptueux qui, montant du sol, gagnait ses reins. Contre ses lèvres, il pressait les muqueuses tiè-des et musquées d'une fleur de mandragore. Ces fleurs, il les connaissait bien pour en avoir recensé les calices bleus, violets, blancs ou purpurins. Mais qu'est ceci ? La fleur qu'il a sous les yeux est *rayée*. Elle est blanche avec des zébrures marron. Il secoue sa torpeur. Il ne comprend pas. Ce pied de mandragore n'existait pas deux jours auparavant. Il faisait soleil, il aurait remarqué cette nouvelle variété. D'autre part, il tient un compte topographique très précis de ses ensemencements. Il vérifiera sur cadastre à la mairie, mais il est à l'avance convaincu qu'il ne s'est jamais étendu à l'emplacement où fleurit la mandragore zébrée...

Il se leva. Le charme était rompu, tout le bienfait de cette nuit radieuse était dissipé. Un soupçon encore très vague était né en lui et s'était mué aussitôt en rancune contre Vendredi. Sa vie secrète, les saules plantés à l'envers, l'homme-plante, et même auparavant les cactées parées, la danse de Tenn dans les plaies de Speranza, n'étaient-ce pas là autant d'indices qui éclairaient le mystère des nouvelles mandragores ?

*

Log-book. — J'ai regagné la résidence au comble de l'agitation. Bien sûr mon premier mouvement a été de réveiller l'infâme, puis de le battre pour lui faire cracher ses secrets, et de le battre encore pour le châtier des crimes avoués. Mais j'ai appris à ne jamais agir sous le coup de la colère. La colère pousse à l'action, mais c'est toujours à la mauvaise action. Je me suis contraint de rentrer chez moi, de me placer debout, talons joints, devant le lutrin et de lire au hasard quelques pages de la Bible. Quelle contention ne me fallut-il pas, alors que mon esprit faisait des bonds sur place, comme un cabri encordé trop court à un pieu ! Enfin l'apaisement est entré en moi à mesure que la parole majestueuse et amère de l'Ecclésiaste s'envolait de mes lèvres. Ô livre des livres, combien d'heures sereines ne te dois-je pas ! Lire la Bible, c'est monter au sommet d'une montagne d'où l'on embrasse du même regard toute l'île et l'immensité océane qui la cerne. Alors toutes les petitesses de la vie sont balayées, l'âme déploie ses grandes ailes et plane, ne connaissant plus que des choses sublimes et éternelles. Le pessimisme hautain du roi Salomon était bien fait pour parler à mon cœur débordant de rancune. J'aimais lire que rien n'est nouveau sous le soleil, que le travail du juste n'est pas mieux récompensé que l'oisiveté du fou, qu'il est vain de bâtir, de planter, d'irriguer, d'élever des bêtes, car tout cela est poursuite du vent. On aurait dit que le Sage des sages flattait mon humeur atrabilaire pour mieux m'assener ensuite la vérité qui seule importait à mon cas, celle qui de toute éternité n'était écrite que dans l'attente de cet instant. Et le fait est que j'ai reçu en plein visage, comme une gifle bienfaisante, ces versets du chapitre IV :

Mieux vaut vivre à deux que solitaire ;
il y a pour les deux un bon salaire dans leur travail,
car s'ils tombent, l'un peut relever son compagnon.
Mais malheur à celui qui est seul,
et qui tombe sans avoir un second pour le relever !
De même si deux couchent ensemble, ils se réchauffent,
mais un homme seul, comment aurait-il chaud ?
Et si quelqu'un maîtrise celui qui est seul,
les deux pourront lui résister,
et le fil triplé ne rompt pas facilement.

J'ai lu et relu ces lignes, et c'est en les récitant encore que je fus me coucher. Je me suis demandé pour la première fois si je n'avais pas gravement péché contre la charité en cherchant par tous les moyens à soumettre Vendredi à la loi de l'île administrée, marquant par là qu'à mon petit frère de couleur je préférais la terre modelée par mes mains. Vieille alternative en vérité, origine de plus d'un déchirement et de crimes innombrables.

*

Robinson s'efforçait ainsi de détourner sa pensée des mandragores zébrées. Il y était aidé par l'urgence des travaux de terrassement et de reconstruction que des pluies diluviennes rendirent nécessaires et qui le rapprochèrent de Vendredi. Ainsi les mois passaient dans des alternances de dissentiments orageux et de réconciliations tacites. Il arrivait aussi que Robinson, profondément choqué par la conduite de son compagnon, n'en laissât rien paraître et tâchât de l'excuser lorsqu'il se trouvait en tête à tête avec son journal. Tel fut le cas par exemple dans l'affaire du bouclier d'écaille.

Vendredi était absent ce matin-là depuis plusieurs heures, quand Robinson avait été alerté par une colonne de fumée qui s'élevait derrière les arbres, du côté de la plage. Il n'était pas défendu d'allumer des feux sur l'île, mais la loi exigeait que l'on en avisât préalablement les autorités en précisant le lieu et l'heure, afin d'éviter tout risque de confusion avec le feu rituel des Indiens. Pour que Vendredi eût négligé cette précaution, il fallait qu'il eût ses raisons, ce qui signifiait en d'autres termes que l'entreprise à laquelle il se livrait n'avait aucune chance de plaire à son maître.

Robinson referma sa Bible en soupirant, puis il se leva et se dirigea vers la plage après avoir sifflé Tenn.

Il ne comprit pas tout de suite l'étrange travail qu'accomplissait Vendredi. Sur un tapis de cendres brûlantes, il avait posé une grosse tortue qu'il avait fait basculer sur le dos. L'animal n'était pas mort, loin de là, et battait furieusement l'air de ses pattes. Robinson crut même entendre une sorte de toux rauque qui devait être sa façon de se plaindre. Faire crier une tortue ! Fallait-il que ce sauvage eût le diable à l'âme ! Quant au but de ce traitement barbare, il le comprit

en voyant la carapace de la tortue perdre sa concavité et
se redresser lentement sous l'action de la chaleur, cependant que Vendredi se hâtait de couper avec un couteau les
adhérences qui la retenaient encore aux organes de l'animal. L'écaillé était encore loin d'être plane, elle avait pris
l'aspect d'un plateau légèrement incurvé, quand la tortue,
roulant sur le côté, se retrouva debout sur ses pattes. Une
énorme cloque rouge, verte et violacée se balançait sur son
dos comme une besace gonflée de sang et de fiel. Avec une
vélocité de cauchemar, aussi vite que Tenn qui la poursuivait en aboyant, elle galopa vers la mer et s'enfonça dans le
déferlement des vagues. « Elle a tort, observa Vendredi avec
calme, demain les crabes l'auront mangée. » Cependant
il frottait avec du sable l'intérieur de la carapace aplatie.
« Aucune flèche ne peut percer ce bouclier, expliqua-t-il à
Robinson, et même les grosses *bolas* rebondissent dessus
sans le casser ! »

*

Log-book. — C'est le propre de l'âme anglaise d'être plus
pitoyable à l'égard des animaux qu'à l'égard des hommes. On peut discuter cette disposition des sentiments. Le fait est que rien ne m'a plus éloigné de
Vendredi que l'horrible torture que je l'ai vu infliger
à une tortue (je m'avise de la similitude de ces deux
mots *torture* et *tortue*. Est-ce à dire que ces malheu-
reuses bêtes soient naturellement vouées à être des
souffre-douleur ?). Pourtant son cas n'est pas simple et
soulève bien des questions.

  J'avais cru d'abord qu'il aimait mes bêtes. Mais l'en-
tente immédiate et comme instinctive qui s'établit
entre elles et lui — qu'il s'agisse de Tenn, des che-

vreaux, ou même des rats et des vautours — est sans
rapport avec l'élan sentimental qui me porte vers mes
frères inférieurs. En vérité ses relations avec les animaux sont elles-mêmes plus animales qu'humaines. Il
est de plain-pied avec eux. Il ne cherche jamais à leur
faire du bien, et moins encore à s'en faire aimer. Il les
traite avec une désinvolture, une indifférence et une
cruauté qui me révoltent, mais qui ne paraissent pas
entamer le moins du monde sa faveur auprès d'eux.
On dirait que l'espèce de connivence qui les rappro-
che est plus profonde que les pires traitements qu'il
peut leur infliger. Quand il m'est apparu qu'en cas de
besoin il n'hésiterait pas à égorger Tenn pour le manger, que Tenn en avait obscurément conscience et que
cela ne tempérait en rien la préférence qu'il manifeste
en toute occasion pour son maître de couleur, j'en ai
conçu une irritation mêlée de jalousie contre cet animal stupide et borné, obstinément aveugle à son propre intérêt. Et puis j'ai compris qu'il ne faut comparer
que ce qui est comparable, et que l'affinité de Vendredi
avec les bêtes est substantiellement différente des
relations que j'ai instaurées avec mes animaux. Il est
reçu et accepté par les bêtes comme l'une d'elles. Il ne
leur doit rien et peut exercer sur elles innocemment
tous les droits que lui donnent sa force physique et
son ingéniosité supérieures. J'essaie de me convaincre
qu'il manifeste ainsi la bestialité de sa nature.

*

Les jours qui suivirent, Vendredi se montra fort préoccupé d'un petit vautour qu'il avait recueilli après que sa
mère l'eut chassé du nid pour des raisons obscures. Sa lai-
deur était si provocante qu'elle aurait suffi à justifier cette

expulsion, si elle n'avait été commune à toute l'espèce. Le gnome dénudé, difforme, boitillant, tendait à tout venant au bout d'un cou pelé un bec affamé que surmontaient deux yeux énormes aux paupières closes et violacées, semblables à deux tumeurs gonflées de pus.

Dans ce bec quémandeur, Vendredi jeta d'abord des lambeaux de chair fraîche qui disparurent avec des hoquets de déglutition — mais même des cailloux, semble-t-il, auraient été avalés avec une égale avidité. Pourtant le petit charognard donna dès le surlendemain des signes de dépérissement. Il ne manifestait plus la même vivacité, il sommeillait des journées entières, et Vendredi en lui palpant le gésier le trouva dur, engorgé, chargé, bien que le dernier repas remontât à plusieurs heures, bref donnant tous les symptômes d'une digestion difficile, voire impossible.

Dès lors, l'Araucan laissa longuement mûrir au soleil dans une nuée de mouches bleues des viscères de chevreau dont la puanteur exaspéra Robinson. Enfin des myriades de larves blanches grouillèrent dans la carne à demi liquéfiée, et Vendredi put se livrer à une opération qui laissa un souvenir ineffaçable dans le souvenir de son maître.

À l'aide d'un coquillage, il gratta les viscères en décomposition. Puis il porta à sa bouche une pleine poignée d'asticots ainsi recueillis et mâcha patiemment, avec un air absent, l'immonde provende. Enfin, penché sur son protégé, il laissa couler dans son bec tendu comme une sébile d'aveugle une manière de lait épais et tiède que le vautour déglutit avec des frémissements de croupion.

Reprenant sa récolte de larves, Vendredi expliqua :

— Les vers vivants trop frais. L'oiseau malade. Alors il faut mâcher, mâcher. Toujours mâcher pour les petits oiseaux...

Robinson s'enfuit, le cœur soulevé. Mais le dévouement et la logique impavides de son compagnon l'avaient impressionné. Pour la première fois, il se demanda si ses exigences de délicatesse, ses dégoûts, ses nausées, toute cette nervosité d'homme blanc étaient un ultime et précieux gage de civilisation ou au contraire un ballast mort qu'il faudrait qu'il se résolve à rejeter un jour pour entrer dans une vie nouvelle.

*

Mais parfois aussi le Gouverneur, le général, le pontife reprenaient le dessus en Robinson. Alors il mesurait d'un coup l'étendue des ravages provoqués par Vendredi dans la belle ordonnance de l'île, les récoltes perdues, les provisions gaspillées, les troupeaux dispersés, les bêtes puantes prospères et prolifiques, les outils brisés ou égarés. Et cela n'aurait rien été encore, mais il y avait en outre un certain *esprit* aux idées diaboliques et vagabondes, aux trouvailles infernales et imprévisibles qu'il répandait autour de lui et qui infestait jusqu'à Robinson lui-même. Pour mettre le comble à ce réquisitoire, Robinson n'avait plus alors qu'à évoquer enfin la mandragore zébrée qui le hantait et lui retirait le sommeil.

C'était dans ces dispositions de rage qu'il s'était confectionné une chicote[1] en tressant des lanières de cuir de bouc. Il en avait secrètement honte et il s'inquiétait des progrès qu'avait faits la haine dans son cœur. Ainsi, non content de saccager Speranza, l'Araucan avait empoisonné l'âme de son maître ! Depuis peu, en effet, Robinson avait des pensées qu'il n'osait s'avouer à lui-même et qui étaient autant de variations sur un même thème, la mort naturelle, accidentelle ou provoquée de Vendredi.

Il en était là quand un matin un pressentiment funeste dirigea ses pas vers le bois de gommiers et de santals. Une fleur s'envola d'un massif de thuyas et elle s'éleva en vacillant dans un rayon de soleil. C'était un somptueux

1. Fouet.

et gigantesque papillon de velours noir soutaché d'or. La mèche de la chicote siffla et claqua. La fleur vivante éclata en lambeaux qui voltigèrent autour de lui. Cela non plus il ne l'aurait pas fait quelques mois plus tôt... Il est vrai que le feu qu'il sentait couver en lui paraissait d'une essence plus pure et d'une origine plus haute qu'une simple passion humaine. Comme tout ce qui touchait à ses relations avec Speranza, sa fureur avait quelque chose de cosmique. Ce n'était pas sous l'espèce vulgaire d'un homme irrité qu'il apparaissait à ses propres yeux, mais comme une force originelle, issue des entrailles de la terre et balayant tout d'un souffle ardent. Un volcan. Robinson était un volcan qui crevait à la surface de Speranza, comme la colère fondamentale de la roche et du tuf. D'ailleurs, depuis quelque temps, chaque fois qu'il ouvrait la Bible, il entendait gronder le tonnerre de Yahweh :

Sa colère brûle, et l'ardeur en est accablante
Ses lèvres respirent la fureur, et sa langue est comme un feu dévorant.
Son souffle est comme un torrent débordant qui monte
Pour cribler les nations avec le crible de la destruction
Et mettre un frein d'égarement aux mâchoires des peuples.

En lisant ces versets, Robinson ne pouvait retenir des rugissements qui le libéraient et l'enflammaient à la fois. Et il croyait se voir debout lui-même sur le plus haut point de l'île, terrible et grandiose :

Yahweh fera éclater la majesté de sa voix, et il fera voir son bras qui s'abaisse, dans l'ardeur de sa colère et la flamme d'un feu dévorant, dans la tempête, l'averse et les pierres de grêle.

Isaïe, XXX.

La mèche de la chicote fendit l'air vers la silhouette lointaine d'un busard qui planait en plein ciel. Certes, le rapace poursuivit sa chasse paresseuse à une altitude infinie, mais Robinson, dans un brouillard d'hallucination, l'avait vu tomber à ses pieds, pantelant et déchiqueté, et il avait ri sauvagement.

Au milieu de toute cette désolation aride coulait pourtant un grand fleuve de douceur. La combe rose avec ses plis accueillants et ses ondulations lascives était toujours là, fraîche, lénitive dans la douceur de sa toison balsamique. Robinson pressa le pas. Dans quelques instants, il allait s'étendre contre cette terre féminine, sur le dos, les bras en croix, et il lui semblerait tomber dans un abîme d'azur, portant sur ses épaules Speranza tout entière, comme Atlas le globe terrestre. Alors il sentirait une force neuve le pénétrer au contact de cette source première, et il se retournerait, il collerait son ventre au flanc de cette gigantesque et brûlante femelle pour la labourer d'un soc de chair.

Il s'arrêta à la lisière de la forêt. La combe déroulait à ses pieds ses croupes et ses mamelons. De toutes leurs feuilles larges comme des mains, les mandragores, ses filles, lui faisaient des signes de bienvenue. Déjà une douceur le prenait aux entrailles, une salive sucrée lui emplissait la bouche. Ayant fait signe à Tenn de rester sous les arbres, il s'avança, porté par des ailes invisibles, vers sa couche nuptiale. Une noue marneuse où dormait une nappe d'eau immobile s'achevait par une saignée de sable blond que couvrait un velours de graminées. C'était là que Robinson aimerait aujourd'hui. Il connaissait déjà ce nid de verdure, et d'ailleurs l'or violacé des fleurs de mandragore y brillait sourdement.

C'est alors qu'il aperçut sous les feuilles deux petites fesses noires. Elles étaient en plein travail, parcourues par une houle qui les gonflait, puis les contractait durement, les regonflait, les serrait à nouveau. Robinson était un somnambule qu'on venait d'arracher brutalement à un rêve d'amour. Il contemplait, atterré, l'abjection pure qui se consommait sous ses yeux. Speranza bafouée, salie, outragée par un nègre ! Les mandragores zébrées fleuriraient ici même dans quelques semaines ! Et il avait laissé sa chicote près de Tenn à la lisière de la forêt ! D'un coup de pied il releva Vendredi, d'un coup de poing il l'étala à nouveau dans l'herbe. Puis il tomba sur lui de tout son poids d'homme blanc. Ah, ce n'est pas pour un acte d'amour qu'il est couché au milieu des fleurs ! À poings nus il frappe comme un sourd, sourd en effet aux plaintes qui s'échappent des lèvres éclatées de Vendredi. La fureur qui le possède est sacrée. C'est le déluge noyant sur toute la terre l'iniquité humaine, c'est le feu du ciel calcinant Sodome et Gomorrhe, ce sont les Sept Plaies d'Égypte châtiant l'endurcissement de Pharaon. Pourtant cinq mots prononcés dans un dernier souffle par le métis percent tout à coup sa surdité divine. Le poing écorché de Robinson retombe encore une fois, mais sans conviction, retenu par un effort de réflexion : « Maître, ne me tue pas ! » a gémi Vendredi, aveuglé par le sang. Robinson est en train de jouer une scène qu'il a déjà vue dans un livre ou ailleurs : un frère rossant à mort son frère sur le revers d'un fossé. Abel et Caïn, le premier meurtre de l'histoire humaine, le meurtre par excellence ! Qu'est-il donc ? Le bras de Yahweh ou le frère maudit ? Il se relève, il s'éloigne, il court, il faut qu'il se lave l'esprit dans la source de toute sagesse...

*

Le voici à nouveau devant le lutrin, talons joints, mains jointes, il attend l'inspiration de l'Esprit. Il s'agit d'élever sa colère, de lui donner un ton plus pur, plus sublime. Il

ouvre la Bible au hasard. C'est le livre d'Osée. La parole du
Prophète se tord en signes noirs sur la page blanche avant
d'éclater en ondes sonores par la voix de Robinson. Ainsi
l'éclair précède le tonnerre. Robinson parle. Il s'adresse à
ses filles, les mandragores, et les prévient contre leur mère,
la terre adultère :

> *Plaidez contre votre mère, plaidez*
> *Car elle n'est plus ma femme,*
> *Et moi je ne suis plus son mari.*
> *Qu'elle éloigne de ma face ses prostitutions*
> *et ses adultères du milieu de ses seins,*
> *de peur que je ne la déshabille à nu,*
> *et que je ne la mette telle qu'au jour de sa naissance,*
> *et que je ne la rende pareille au désert,*
> *faisant d'elle une terre desséchée,*
> *et que je ne la fasse mourir de soif !*

(Osée, II, 4.)

Le livre des livres s'est prononcé, et il condamne
Speranza ! Ce n'est pas ce que cherchait Robinson. Il voulait lire en lettres de feu la condamnation du serviteur indi-
gne, du suborneur, du souilleur. Il ferme la Bible et la rouvre
au hasard. C'est Jérémie qui parle maintenant, et c'est de la
mandragore zébrée qu'il s'agit, sous les espèces de la vigne
bâtarde :

> *Sur toute colline élevée, sous tout arbre vert,*
> *Tu t'es étendue comme une courtisane,*
> *Et moi je t'avais plantée comme une vigne excellente,*
> *Tout entière d'une souche franche.*
> *Comment t'es-tu changée pour moi en sarments bâtards d'une*
>   *vigne étrangère ?*
> *Oui, quand tu te laverais à la soude et que tu prodiguerais la*
>   *potasse,*
> *Ton iniquité ferait tache devant moi !*

Mais si Speranza a séduit Vendredi, est-ce à dire que l'Araucan est totalement innocent, irresponsable ? Le cœur outragé de Robinson se cabre devant ce verdict biblique qui condamne Speranza et elle seule. Il ferme et ouvre une fois encore la Bible. C'est le chapitre XXXIX de la Genèse qui retentit cette fois par la voix de Robinson :

> *Il arriva que la femme de son maître jeta les yeux sur Joseph et lui dit : « Couche avec moi. » Il refusa et dit à la femme de son maître : « Voici, mon maître ne s'informe avec moi de rien dans la maison et il a remis tout ce qu'il a entre mes mains. Il n'est pas plus grand que moi dans cette maison, et il ne m'a rien interdit que toi, parce que tu es sa femme. Comment ferais-je un si grand mal et pécherais-je contre Dieu ? » Quoiqu'elle en parlât tous les jours à Joseph, il ne consentit pas à coucher auprès d'elle, ni à être avec elle. Un jour qu'il était entré dans la maison pour faire son service, sans qu'il y eût là aucun des gens de la maison, elle le saisit par son vêtement, en disant : « Couche avec moi. » Mais il lui laissa son vêtement dans la main, et il s'enfuit au-dehors. Quand elle vit qu'il lui avait laissé son vêtement dans la main et qu'il s'était enfui dehors, elle appela les gens de sa maison et leur parla en disant : « Cet homme est venu chez moi pour coucher avec moi, et j'ai appelé à grands cris. Et quand il a entendu que j'élevais la voix et que je criais, il a laissé son vêtement à côté de moi et s'est enfui au-dehors. » Quand le maître de Joseph eut entendu les paroles de sa femme qui lui parlait en ces termes : « Voilà ce que m'a fait ton serviteur », sa colère s'enflamma. Il prit Joseph et le mit en prison. C'était le lieu où étaient détenus les prisonniers du Roi. Et il fut là, en prison.*

Robinson se tait, accablé. Il est sûr que ses yeux ne l'ont pas trompé. Il a bel et bien pris Vendredi en flagrant délit de fornication dans la terre de Speranza. Mais il sait aussi que, depuis longtemps déjà, il lui faut interpréter les faits extérieurs — aussi indiscutables soient-ils — comme autant de *signes* superficiels d'une réalité profonde et encore obscure en voie de gestation. En vérité Vendredi répandant sa semence noire dans les plis de la combe rose par esprit d'imitation ou par facétie, c'est un fait accidentel qui relève de l'anecdote au même titre que les démêlés de la Putiphar avec Joseph. Robinson sent se creuser de jour en jour un hiatus entre les messages bavards que la société humaine lui transmet encore à travers sa propre mémoire, la Bible et l'image que l'une et l'autre projettent sur l'île, et l'univers inhumain, élémentaire, absolu, où il s'enfonce et dont il cherche en tremblant à démêler la vérité. La parole qui est en lui et qui ne l'a jamais trompé lui balbutie à demi-mot qu'il est à un tournant de son histoire, que l'ère de l'île épouse — qui succédait à l'île mère, elle-même postérieure à l'île administrée — vient à son tour de prendre fin, et que le temps est proche de l'avènement de choses absolument nouvelles, inouïes et imprévisibles.

Pensif et silencieux, il fait quelques pas et s'encadre dans la porte de la résidence. Il a un mouvement de recul, et sa colère se ranime quand il aperçoit, à gauche contre le mur de la maison, Vendredi accroupi sur ses talons, dans une immobilité complète, le visage tourné vers l'horizon, le regard perdu. Il sait que l'Araucan est capable de demeurer ainsi des heures durant, dans une posture qu'il ne peut lui-même adopter quelques secondes sans que des crampes fulgurantes s'éveillent dans ses genoux. Il est la proie de sentiments divers puis il prend sur lui d'aller s'asseoir près de Vendredi et de communier avec lui dans la grande attente silencieuse qui enveloppe Speranza et ses habitants.

Dans le ciel d'une pureté impeccable, le soleil étale sa souveraine omnipotence. Il pèse de tout son poids doré sur la mer couchée sous lui dans une soumission totale, sur l'île pâmée et desséchée, sur les constructions de Robinson qui ressemblent pour l'heure à autant de temples dédiés à sa gloire. La parole intérieure lui souffle que peut-être au règne tellurique de Speranza succédera un jour un règne *solaire*, mais c'est une idée encore si vague, si faible, si insaisissable qu'il ne peut la retenir longtemps et qu'il la met en réserve dans sa mémoire pour la laisser mûrir.

En tournant un peu la tête à gauche, il voit le profil droit de Vendredi. Son visage est labouré d'ecchymoses et de coupures, et sur sa pommette proéminente s'écartent les lèvres violacées d'une vilaine plaie. Robinson observe comme sous une loupe ce masque prognathe, un peu bestial, que sa tristesse rend plus buté et plus boudeur qu'à l'ordinaire. C'est alors qu'il remarque dans ce paysage de chair souffrante et laide quelque chose de brillant, de pur et de délicat : l'œil de Vendredi. Sous ces cils longs et recourbés, le globe oculaire parfaitement lisse et limpide est incessamment balayé, rafraîchi et lavé par le battement de la paupière. La pupille palpite sous l'action variable de la lumière, mesurant exactement son diamètre à la luminosité ambiante, afin que la rétine soit toujours également impressionnée. Dans la masse transparente de l'iris est noyée une infime corolle de plumes de verre, une rosace ténue, infiniment précieuse et délicate. Robinson est fasciné par cet organe si finement composé, si parfaitement neuf et brillant aussi. Comment une pareille merveille peut-elle être incorporée à un être aussi grossier, ingrat et vulgaire ? Et si en cet instant précis il découvre par hasard la beauté anatomique stupéfiante de l'œil de Vendredi, ne doit-il pas honnêtement se demander si l'Araucan n'est pas tout entier une addition de choses également admirables qu'il n'ignore que par aveuglement ?

Robinson tourne et retourne cette question en lui-même. Pour la première fois il entrevoit nettement, sous le métis grossier et stupide qui l'irrite, l'existence possible d'un *autre* Vendredi — comme il a soupçonné jadis, bien avant de découvrir la grotte et la combe, une *autre* île, cachée sous l'île administrée.

Mais cette vision ne devait durer qu'un instant fugitif, et la vie devait reprendre encore son cours monotone et laborieux.

*

Elle reprit son cours en effet, mais quoi que fît Robinson, il y avait toujours quelqu'un en lui qui attendait un événement décisif, bouleversant, un commencement radicalement nouveau qui frapperait de nullité toute entreprise passée ou future. Puis le vieil homme protestait, s'accrochait à son œuvre, supputait les prochaines récoltes, projetait vaguement des plantations de bois précieux, d'hévéas ou de coton, dessinait les plans d'un moulin qui capterait l'énergie d'un torrent. Mais jamais plus il ne retourna à la combe rose.

Vendredi ne se posait aucun problème de ce genre. Il avait découvert le barillet à tabac, et il fumait la longue pipe de Van Deyssel en cachette de son maître. La punition s'il était découvert serait sans doute exemplaire, car la provision de tabac touchait à sa fin, et Robinson ne s'accordait plus désormais qu'une pipe tous les deux mois. C'était une fête pour lui à laquelle il songeait longtemps à l'avance, et il redoutait le moment où il devrait renoncer définitivement à ce plaisir.

Ce jour-là, il était descendu inspecter les lignes de fond qu'il avait posées la veille par marée basse et qui devaient être tout juste découvertes par le jusant. Vendredi mit le barillet à tabac sous son bras et alla s'installer dans la grotte. Tout son plaisir était perdu quand il fumait en plein air, mais il savait que s'il avait fumé dans l'une des maisons, l'odeur l'aurait immanquablement trahi. Robinson pouvait fumer n'importe où. Pour lui, seul comptait le fourneau brûlant et vivant, grésillant et culotté. C'était l'enveloppe terrestre d'un petit soleil souterrain, une manière de volcan portatif et domestiqué qui rougeoyait paisiblement sous la cendre à l'appel de sa bouche. Dans cette cornue en miniature le tabac recuit, calciné, sublimé se transmuait en résines, goudrons et sirops bitumeux dont l'âme venait lui piquer agréablement la narine. C'était la chambre nuptiale *possédée*, enfermée dans le creux de sa main, de la terre et du soleil.

Pour Vendredi, au contraire, toute l'opération ne se justifiait que par la fumée libérée en volutes, et le moindre vent ou courant d'air rompait le charme irrémédiablement. Il lui fallait une atmosphère absolument calme, et rien ne convenait mieux à ses jeux éoliens que l'air dormant de la grotte.

À une vingtaine de pas de l'entrée de la grotte, il s'est construit une manière de chaise longue avec des sacs et des tonneaux. À demi renversé en arrière, il tire profondément sur le bec de corne de la pipe. Puis ses lèvres laissent filtrer un filet de fumée qui se divise en deux et se glisse sans aucune perte dans ses narines. La fumée accomplit alors sa fonction majeure : elle meuble et sensibilise ses poumons, elle rend conscient et comme lumineux cet espace caché dans sa poitrine, et qui est ce qu'il y a en lui de plus aérien et de plus spirituel. Enfin il expulse doucement le nuage bleu qui l'habitait. À contre-jour, devant l'ouverture éclairée de la grotte, la fumée déploie une pieuvre mouvante, pleine d'arabesques et de lents tourbillons qui grandit, monte et devient de plus en plus ténue… Vendredi rêve de longues minutes et s'apprête à tirer une nouvelle bouffée de sa pipe, quand l'écho lointain de cris et d'aboiements parvient jusqu'à lui. Robinson est revenu plus tôt que prévu, et il l'appelle d'une voix qui ne présage rien de bon. Tenn jappe, un claquement retentit. La chicote. La voix devient plus proche, plus impérieuse. Dans le cadre clair de l'entrée de la grotte se découpe la silhouette noire de Robinson, poings sur les

hanches, jambes écartées, paraphée par la lanière du fouet.
Vendredi se lève. Que faire de la pipe ? Il la jette de toutes
ses forces dans le fond de la grotte. Puis il marche bravement vers le châtiment. Robinson a dû découvrir la disparition du barillet car il écume de fureur. Il lève la chicote.
C'est alors que les quarante tonneaux de poudre noire
parlent en même temps. Un torrent de flammes rouges
jaillit de la grotte. Dans une dernière lueur de conscience,
Robinson se sent soulevé, emporté, tandis qu'il voit le chaos
rocheux qui surmonte la grotte culbuter comme un jeu de
construction.

Chapitre 9

En ouvrant les yeux, Robinson vit d'abord un visage noir penché sur lui. Vendredi lui soutenait la tête de la main gauche et tentait de lui faire boire de l'eau fraîche dans le creux de sa main droite. Mais comme Robinson serrait convulsivement les dents, l'eau se répandait autour de sa bouche, dans sa barbe et sur sa poitrine. L'Araucan sourit et se releva en le voyant remuer. Aussitôt une partie de sa chemise et la jambe gauche de son pantalon, déchiquetés et noircis, tombèrent sur le sol. Il éclata de rire et se débarrassa par quelques contorsions du reste de ses vêtements à demi calcinés. Puis, ayant ramassé un fragment de miroir au milieu d'objets domestiques disloqués, il s'y regarda en faisant des grimaces et le présenta à Robinson avec un nouvel éclat de rire. Malgré les traces de suie qui le balafraient, il n'avait aucune blessure au visage, mais sa belle barbe rousse était rongée de taches de pelade et semée de ces petites croûtes vernies que forme le poil en cramant. Il se leva et arracha à son tour les loques carbonisées qui s'attachaient encore à lui.

Il fit quelques pas. Il n'avait que des contusions superficielles sous l'épaisse couche de suie, de poussière et de terre qui le couvrait.

La Résidence brûlait comme une torche. La muraille crénelée de la forteresse s'était effondrée dans le fossé qui en défendait l'approche. Plus légers, le bâtiment de la Paierie, l'Oratoire et le Mât-calendrier avaient été soufflés pêle-mêle. Robinson et Vendredi contemplaient ce spectacle de désolation quand une gerbe de terre monta vers le ciel à cent pieds de là, suivie une seconde plus tard d'une explosion brisante qui les jeta à nouveau sur le sol. Une grêle de cailloux et de souches déchiquetées crépita autour d'eux. Ce devait être la charge de poudre que Robinson avait enfouie sur la piste menant à la baie et qu'un cordon d'étoupe permettait d'enflammer à distance. Robinson dut se convaincre qu'il ne restait désormais plus un gramme de poudre dans l'île pour avoir le courage de se relever et de poursuivre l'inventaire de la catastrophe.

Épouvantées par cette seconde explosion beaucoup plus proche, les chèvres s'étaient ruées toutes ensemble dans la direction opposée et avaient défoncé la clôture du corral. Elles galopaient maintenant en tous sens, comme prises de frénésie. Il leur faudrait moins d'une heure pour se disperser dans l'île, et moins d'une semaine pour retourner à l'état sauvage. À la place de la grotte — dont l'entrée avait disparu — s'élevait un chaos de blocs gigantesques en forme de tours, de pyramides, de prismes, de cylindres. Cet amoncellement était dominé par un piton rocheux qui s'élevait à la verticale et devait fournir un point de vue incomparable sur l'île et la mer. Ainsi l'explosion n'avait-elle pas eu qu'un effet destructeur, et il semblait qu'à l'endroit où la déflagration avait été la plus violente, un génie architectonique en eût profité pour donner libre cours à une verve baroque.

Robinson regardait autour de lui d'un air hébété, et machinalement il se mit à ramasser les objets que la grotte avait vomis avant de se refermer. Il y avait des hardes déchirées, un mousquet au canon tordu, des fragments de poterie, des sacs troués, des couffins crevés. Il examinait chacune de ces épaves et allait la placer délicatement au pied du cèdre géant. Vendredi l'imitait plus qu'il ne l'aidait, car répugnant naturellement à réparer et à conserver, il achevait généralement de détruire les objets endommagés. Robinson n'avait pas la force de s'en irriter, et il ne broncha même pas lorsqu'il le vit disperser à pleines poignées un peu de blé qu'il avait trouvé au fond d'une urne.

Le soir tombait, et ils venaient enfin de trouver un objet intact — la longue-vue — lorsqu'ils découvrirent le cadavre de Tenn au pied d'un arbre. Vendredi le palpa longuement. Il n'avait rien de brisé, il n'avait même rien du tout apparemment, mais il était indiscutablement mort. Pauvre Tenn, si vieux, si fidèle, l'explosion l'avait peut-être fait mourir tout simplement de peur ! Ils se promirent de l'enterrer dès le lendemain. Le vent se leva. Ils allèrent ensemble se laver dans la mer, puis ils dînèrent d'un ananas sauvage — et Robinson se souvint que c'était la première nourriture qu'il eût prise dans l'île le lendemain de son naufrage. Ne sachant où dormir, ils s'étendirent tous deux sous le grand cèdre, parmi leurs reliques. Le ciel était clair, mais une forte brise nord-ouest tourmentait la cime des arbres. Pourtant les lourdes branches du cèdre ne participaient pas au palabre de la forêt, et Robinson, étendu sur le dos, voyait leur silhouette immobile et dentelée se découper à l'encre de Chine au milieu des étoiles.

Ainsi Vendredi avait eu raison finalement d'un état de choses qu'il détestait de toutes ses forces. Certes il n'avait pas provoqué *volontairement* la catastrophe. Robinson savait depuis longtemps combien cette notion de volonté s'appliquait mal à la conduite de son compagnon. Moins qu'une volonté libre et lucide prenant ses décisions de propos délibéré, Vendredi était une *nature* dont découlaient des actes, et les conséquences de ceux-ci lui ressemblaient comme des enfants ressemblent à leur mère. Rien apparemment n'avait pu jusqu'ici influencer le cours de cette génération spontanée. Sur ce point particulièrement profond, il se rendait compte que son influence sur l'Araucan avait été nulle. Vendredi avait imperturbablement — et inconsciemment — préparé puis provoqué le cataclysme qui préluderait à l'avènement d'une ère nouvelle. Quant à savoir ce que serait cette ère nouvelle, c'était sans doute dans la nature même de Vendredi qu'il fallait chercher à en lire l'annonce. Robinson était encore trop prisonnier du vieil homme pour pouvoir prévoir quoi que ce fût. Car ce qui les opposait l'un à l'autre dépassait — et englobait en même temps — l'antagonisme souvent décrit entre l'Anglais méthodique, avare et mélancolique, et le « natif » primesautier, prodigue et rieur. Vendredi répugnait par nature à cet ordre terrestre que Robinson en paysan et en administrateur avait instauré sur l'île, et auquel il avait dû de survivre. Il semblait que l'Araucan appartînt à un autre règne, en opposition avec le règne tellurique de son maître sur lequel il avait des effets dévastateurs pour peu qu'on tentât de l'y emprisonner.

L'explosion n'avait pas tout à fait tué le vieil homme en Robinson, car l'idée l'effleura qu'il pouvait encore assommer son compagnon, endormi à côté de lui — il avait mille fois mérité la mort — et entreprendre de retisser patiemment la toile de son univers dévasté. Or la peur de se retrouver seul à nouveau et l'horreur que lui inspirait cette violence n'étaient pas seules à le retenir. Le cataclysme qui venait d'avoir lieu, il y aspirait secrètement. En vérité l'île administrée lui pesait à la fin presque autant qu'à Vendredi. Vendredi, après l'avoir libéré malgré lui de ses racines terriennes, allait l'entraîner vers *autre chose*. À ce règne tellurique qui lui était odieux, il allait substituer un ordre qui lui était propre, et que Robinson brûlait de découvrir. Un nouveau Robinson se débattait dans sa vieille peau et acceptait à l'avance de laisser crouler l'île administrée pour s'enfoncer à la suite d'un initiateur irresponsable dans une voie inconnue.

Il en était là de ses méditations lorsqu'il sentit quelque

chose remuer sous sa main posée à plat sur le sol. Il pensa à un insecte et palpa l'humus du bout des doigts. Mais non, c'était la terre elle-même qui se soulevait en cet endroit. Un mulot ou une taupe allait émerger au bout de sa galerie. Robinson sourit dans la nuit en imaginant l'effarement de la bestiole qui allait se jeter dans une prison de chair en croyant aboutir à l'air libre. La terre remua derechef et quelque chose en sortit. Quelque chose de dur et de froid qui demeurait fortement ancré dans le sol. Une racine. Ainsi donc pour couronner cette journée effrayante, les racines prenaient vie et saillaient d'elles-mêmes hors de terre ! Robinson, résigné à toutes les merveilles, fixait toujours les étoiles à travers les branches de l'arbre. C'est alors qu'il vit sans erreur possible toute une constellation glisser d'un coup vers la droite, disparaître derrière un rameau et reparaître de l'autre côté. Puis elle s'immobilisa. Quelques secondes plus tard, un long et déchirant craquement fendit l'air. Vendredi était déjà sur ses pieds et aidait Robinson à se lever à son tour. Ils s'enfuirent à toutes jambes au moment où le sol basculait sous eux. Le grand cèdre glissait lentement parmi les étoiles et s'abattait avec un grondement de tonnerre au milieu des autres arbres, comme un géant qui tombe dans les herbes hautes. La souche dressée verticalement tenait embrassée toute une colline de terre dans ses bras crochus et innombrables. Un silence formidable succéda à ce cataclysme. Miné par l'explosion, le génie tutélaire de Speranza n'avait pas résisté au souffle vigoureux — bien que sans rafales — qui animait les frondaisons.

Après la destruction de la grotte, ce nouveau coup à la terre de Speranza achevait de rompre les derniers liens qui attachaient Robinson à son ancien fondement. Il flottait désormais, libre et apeuré, seul avec Vendredi. Il ne devait plus lâcher cette main brune qui avait saisi la sienne pour le sauver au moment où l'arbre sombrait dans la nuit.

*

La liberté de Vendredi —— à laquelle Robinson commença à s'initier les jours suivants —— n'était pas que la négation de l'ordre effacé de la surface de l'île par l'explosion. Robinson savait trop bien, par le souvenir de ses premiers temps à Speranza, ce qu'était une vie désemparée, errant à la dérive et soumise à toutes les impulsions du caprice et à toutes les retombées du découragement, pour ne pas pressentir une unité cachée, un principe implicite dans la conduite de son compagnon.

Vendredi ne travaillait à proprement parler jamais. Ignorant toute notion de passé et de futur, il vivait enfermé dans l'instant présent. Il passait des jours entiers dans un hamac de lianes tressées qu'il avait tendu entre deux poivriers, et du fond duquel il abattait parfois à la sarbacane les oiseaux qui venaient se poser sur les branches, trompés par son immobilité. Le soir, il jetait le produit de cette chasse nonchalante aux pieds de Robinson qui ne se demandait plus si ce geste était celui du chien fidèle qui rapporte, ou au contraire celui d'un maître si impérieux qu'il ne daigne même plus exprimer ses ordres. En vérité il avait dépassé dans ses relations avec Vendredi le stade de ces mesquines alternatives. Il l'observait, passionnément attentif à la fois aux faits et gestes de son compagnon et à leur retentissement en lui-même où ils suscitaient une métamorphose bouleversante.

Son aspect extérieur en avait subi la première atteinte. Il avait renoncé à se raser le crâne, et ses cheveux se tordaient en boucles fauves de jour en jour plus exubérantes. En revanche, il avait coupé sa barbe déjà saccagée par l'explosion, et il se passait chaque matin sur les joues la lame de son couteau, longuement affûtée sur une pierre volcanique, légère et poreuse, assez commune dans l'île. Du même coup, il avait perdu son aspect solennel et patriarcal, ce côté « Dieu-le-Père » qui appuyait si bien son ancienne autorité. Il avait ainsi rajeuni d'une génération, et un coup d'œil au miroir lui révéla même qu'il existait désormais — par un phénomène de mimétisme bien explicable — une ressemblance évidente entre son visage et celui de son compagnon. Des années durant, il avait été à la fois le maître et le père de Vendredi. En quelques jours il était devenu son frère — et il n'était pas sûr que ce fût son frère aîné. Son corps s'était lui aussi transformé. Il avait toujours craint les brûlures du soleil, comme l'un des pires dangers qui menacent un Anglais — roux de surcroît — en zone tropicale, et il se couvrait soigneusement toutes les parties du corps avant de s'exposer à ses rayons, sans oublier, par précaution supplémentaire, son grand parasol de peaux de chèvre. Ses séjours au fond de la grotte, puis son intimité avec la terre avaient achevé de donner à sa chair la blancheur laiteuse et fragile des raves et des tubercules. Encouragé par Vendredi, il s'exposait nu désormais au soleil. D'abord apeuré, recroquevillé et laid, il s'était épanoui peu à peu. Sa peau avait pris un ton cuivré. Une fierté nouvelle gonflait sa poitrine et ses muscles. De son corps rayonnait une chaleur à laquelle il lui semblait que son âme puisait une assurance qu'elle n'avait jamais connue. Il découvrait ainsi qu'un corps accepté, voulu, vaguement désiré aussi — par une manière de narcissisme naissant — peut être non seulement un meilleur instrument d'insertion dans la trame des choses extérieures, mais aussi un compagnon fidèle et fort.

Il partageait avec Vendredi des jeux et des exercices qu'il aurait jugés autrefois incompatibles avec sa dignité. C'est ainsi qu'il n'eut de cesse qu'il ne sache marcher sur les mains aussi bien que l'Araucan. Il n'éprouva d'abord aucune difficulté à faire « les pieds au mur » contre un rocher en surplomb. Il était plus délicat de se détacher de ce point d'appui et de progresser sans basculer en arrière et s'éreinter. Ses bras tremblaient sous le poids écrasant de tout le reste du corps, mais ce n'était pas faute de force, c'était plutôt l'assise et aussi la prise adéquate de ce fardeau insolite qui restaient à acquérir. Il s'acharnait, considérant comme un progrès décisif dans la voie nouvelle où il avançait la conquête d'une sorte de *polyvalence* de ses membres. Il rêvait de la métamorphose de son corps en une main géante dont les cinq doigts seraient tête, bras et jambes. La jambe devait pouvoir se dresser comme un index, les bras devaient marcher comme des jambes, le corps reposant indifféremment sur tel membre, puis sur tel autre, telle une main s'appuyant sur chacun de ses doigts.

*

Parmi ses rares occupations, Vendredi confectionnait des arcs et des flèches avec un soin minutieux, d'autant plus remarquable qu'il s'en servait peu pour la chasse. Après avoir taillé des arcs simples dans les bois les plus souples et les plus réguliers — santal, amarante et copaïba —, il en vint rapidement à ligaturer sur une âme de buis des lamelles de cornes de bouc qui en multipliaient la vigueur.

Mais c'était aux flèches qu'il accordait la plus grande application, car s'il accroissait sans cesse la puissance des arcs, c'était pour pouvoir augmenter la longueur des flèches qui dépassa bientôt six pieds. L'équilibre délicat de la pointe et de l'empennage n'était jamais assez exact à son gré, et on le voyait durant des heures faire osciller le fût sur l'arête d'une pierre pour en situer le centre de gravité. En vérité il empennait ses flèches au-delà de toute limite raisonnable, usant à cette fin tantôt de plumes de papegais, tantôt de feuilles de palmier, et comme il découpait les pointes en forme d'ailettes dans des omoplates de chèvres, il était évident qu'il s'agissait pour lui d'obtenir de ses traits, non qu'ils atteignissent une proie avec force et précision, mais qu'ils volent, qu'ils planent aussi loin, aussi longtemps que possible.

Lorsqu'il bandait son arc, son visage se fermait sous un effort de concentration presque douloureux. Il recherchait longuement l'inclinaison de la flèche qui lui assurerait la trajectoire la plus glorieuse. Enfin la corde sifflait et venait riper sur la manchette de cuir dont il se protégeait l'avant-bras gauche. Tout le corps penché en avant, les deux bras tendus dans un geste d'essor et d'imploration à la fois, il accompagnait la course du trait. Son visage brillait de plaisir aussi longtemps que la force vive l'emportait sur le frottement de l'air et la pesanteur. Mais quelque chose semblait se briser en lui lorsque la pointe basculait vers le sol, à peine freinée dans sa chute par l'empennage.

Robinson se demanda longtemps quelle pouvait être la signification de ces tirs à l'arc, sans gibier, sans cible, où Vendredi se dépensait jusqu'à épuisement. Il crut le comprendre enfin un jour qu'un assez fort vent marin faisait moutonner les vagues qui déferlaient sur la plage. Vendredi essayait des flèches nouvelles, d'une longueur démesurée, empennées sur près de trois pieds par une fine barbe prélevée sur des rémiges d'albatros. Il banda en inclinant la flèche à quarante-cinq degrés en direction de la forêt. La flèche monta jusqu'à une hauteur de cent cinquante pieds au moins. Là, elle parut marquer un instant d'hésitation, mais au lieu de piquer vers la plage, elle s'inclina à l'horizontale et fila vers la forêt avecune énergie nouvelle. Lorsqu'elle eut disparu derrière le rideau des premiers arbres, Vendredi se tourna radieux vers Robinson.

— Elle va tomber dans les branches, tu ne la retrouveras pas, lui dit Robinson.

— Je ne la retrouverai pas, dit Vendredi, mais c'est parce que celle-là ne retombera jamais.

*

Revenues à l'état sauvage, les chèvres ne vivaient plus dans l'anarchie à laquelle la domestication par l'homme contraint les bêtes. Elles s'étaient groupées en troupeaux hiérarchisés que commandaient les boucs les plus forts et les plus sages. Quand un danger menaçait, le troupeau se rassemblait — généralement sur une éminence — et toutes les bêtes du premier rang opposaient à l'agresseur un front de cornes infranchissable. Vendredi se faisait un jeu de défier les boucs qu'il surprenait isolés. Il les forçait à se coucher en empoignant leurs cornes, ou encore il les rattrapait à la course et, pour les marquer de sa victoire, il leur nouait un collier de lianes autour du cou.

Un jour pourtant, il tomba sur une sorte de bouquetin gros comme un ours qui l'envoya rouler dans les rochers d'un simple revers de ses cornes énormes et noueuses qui se dressaient comme deux longues flammes noires sur sa tête. Vendredi dut rester trois jours immobile dans son hamac, mais il parlait sans cesse de retrouver cette bête qu'il avait baptisée *Andoar* et qui paraissait lui inspirer une admiration mêlée de tendresse. Andoar était repérable à deux jets de flèche rien qu'à son épouvantable odeur. Andoar ne fuyait jamais quand on l'approchait. Andoar était toujours à l'écart du troupeau. Andoar ne s'était pas acharné sur lui après l'avoir à moitié assommé, comme l'aurait fait n'importe quel autre bouc… Tout en psalmodiant à mi-voix l'éloge de son adversaire, Vendredi tressait des cordelettes de couleurs vives pour en faire un collier plus solide et plus voyant que les autres : le collier d'Andoar. Lorsqu'il reprit le chemin du chaos rocheux où gîtait la bête, Robinson protesta faiblement, sans espoir de le retenir. La puanteur qui lui collait à la peau après ces chasses à courre d'un genre particulier suffisait à justifier l'opposition de Robinson. Mais en outre le danger était réel, comme le prouvait son récent accident dont il avait à peine surmonté les suites. Vendredi n'en avait cure. Il était aussi prodigue de ses forces et de son courage pour un jeu qui l'exaltait que démesuré dans sa paresse et son indifférence en temps ordinaire. Il avait trouvé en Andoar un partenaire de jeu dont l'obtuse brutalité semblait l'enchanter, et il acceptait d'avance avec bonne humeur la perspective de blessures nouvelles, voire mortelles.

Il n'eut pas longtemps à chercher pour le découvrir. La silhouette du grand mâle se dressait comme un rocher au milieu d'une houle de chèvres et de chevreaux qui refluèrent en désordre à son approche. Ils se retrouvèrent seuls au milieu d'une sorte de cirque dont le fond était limité par une paroi abrupte et qui s'ouvrait sur une cascade d'éboulis semés de cactus. À l'ouest une avancée de terrain surplombait un à-pic d'une centaine de pieds. Vendredi dénoua la cordelette qu'il avait enroulée autour de son poignet et l'agita en manière de défi dans la direction d'Andoar. Le fauve s'arrêta tout à coup de mâcher, gardant une longue graminée entre ses dents. Puis il ricana dans sa barbe et se dressa sur ses pattes de derrière. Il fit ainsi quelques pas vers Vendredi, agitant dans le vide ses sabots de devant, hochant ses immenses cornes, comme s'il saluait une foule au passage. Cette mimique grotesque glaça de surprise Vendredi. La bête n'était plus qu'à quelques pas de lui quand elle se laissa retomber en avant, prenant en même temps un élan de catapulte dans sa direction. Sa tête plongea entre ses pattes de devant, ses cornes pointèrent en fourche, et elle vola vers la poitrine de Vendredi comme une grosse flèche empennée de fourrure. Vendredi se jeta sur la gauche une fraction de seconde trop tard. Une puanteur musquée l'enveloppa au moment où un choc violent à l'épaule droite le faisait tourner sur lui-même. Il tomba durement et demeura plaqué au sol. S'il s'était relevé aussitôt, il aurait été hors d'état d'esquiver une nouvelle charge. Il resta donc aplati sur le dos, observant entre ses paupières mi-closes un morceau de ciel bleu encadré d'herbes sèches. C'est là qu'il vit se pencher sur lui un masque de patriarche sémite, aux yeux verts tapis dans des cavernes de poils, à la barbe annelée, au mufle noir que tordait un rire de faune. Au faible mouvement qu'il fit, son épaule répondit par un élancement douloureux. Il perdit connaissance. Lorsqu'il rouvrit les yeux, le soleil occupait le centre de son champ visuel et le baignait d'une chaleur intolérable. Il prit appui sur la main gauche et ramena ses pieds sous lui. Redressé à demi, il observait dans un vertige la paroi rocheuse qui réverbérait la lumière sur tout le cirque. Andoar était invisible. Il se leva en titubant, et il allait se retourner, quand il entendit derrière lui un crépitement de sabots sur les pierres. Le bruit était si proche qu'il ne prit pas le temps de faire face. Il se laissa basculer sur la gauche, du côté de son bras valide. Pris en écharpe au niveau de la hanche gauche, Vendredi trébucha, les bras en croix. Andoar s'était arrêté, planté sur ses quatre pattes sèches et nerveuses, ayant brisé son élan d'un coup de reins. Vendredi, déséquilibré, s'abattit, comme un mannequin désarticulé, sur le dos du bouc qui plia sous son poids et s'élança à nouveau. Torturé par son épaule, il se cramponnait à la bête. Ses mains avaient empoigné les cornes annelées au plus près du crâne, ses jambes serraient la fourrure des flancs, tandis que ses orteils crochaient dans les génitoires. Le bouc faisait des bonds fantastiques pour se débarrasser de cette torsade de chair nue qui s'enroulait autour de son corps. Il fit plusieurs fois le tour du cirque sans jamais perdre pied au milieu des rochers, malgré le poids qui l'écrasait. S'il était tombé, ou s'il s'était volontairement roulé sur le sol, il n'aurait pu se relever. Vendredi sentait la douleur lui broyer l'estomac et craignait de perdre à nouveau connaissance. Il fallait obliger Andoar à s'arrêter. Ses mains descendirent le long du crâne bosselé, puis elles se plaquèrent sur les orbites osseuses de la bête. Aveuglée, elle ne s'arrêta pas.

Comme si les obstacles devenus invisibles n'existaient plus, elle fonça droit devant elle. Ses sabots sonnèrent sur la dalle de pierre qui s'avançait vers le précipice, et les deux corps toujours noués basculèrent dans le vide.

*

À deux milles de là, Robinson avait été témoin, longue-vue au poing, de la chute des deux adversaires. Il connaissait assez bien cette région de l'île pour savoir que le plateau semé d'épineux où ils avaient dû s'écraser était accessible, soit par un petit sentier escarpé descendant des hauteurs, soit directement, à condition d'escalader la falaise abrupte d'une centaine de pieds qui y conduisait. L'urgence commandait la voie directe, mais Robinson n'envisageait pas sans angoisse l'ascension tâtonnante le long de la paroi irrégulière et par endroits en surplomb qu'il allait falloir affronter. Mais il n'y avait pas que la nécessité de sauver Vendredi — peut-être encore vivant — qui le poussât vers cette épreuve. Converti aux jeux musculaires qui portent le corps à son épanouissement heureux, il ressentait comme l'une de ses dernières tares d'autrefois le vertige intense auquel il était sujet, fût-ce à trois pieds du sol. Il ne doutait pas qu'en affrontant et en surmontant cette faiblesse maladive, il accomplirait un progrès notable dans sa nouvelle voie.

Après avoir couru allègrement entre les blocs rocheux, puis sauté de l'un à l'autre, comme il avait vu Vendredi le faire cent fois, il arriva bien vite au point où il fallait se coller à la paroi et progresser en grippant de ses vingt doigts dans toutes ses anfractuosités. Là il éprouva un immense mais assez suspect soulagement en retrouvant le contact direct de l'élément tellurique. Ses mains, ses pieds, tout son corps nu *connaissaient* le corps de la montagne, ses lisseurs, ses effritements, ses rugosités. Il se livrait avec une extase nostalgique à une palpation méticuleuse de la substance minérale où le souci de sa sécurité n'entrait que pour une part. Cela — il le savait bien — c'était une replongée dans son passé, et c'eût été une démission lâche et morbide si le vide — auquel il tournait le dos — n'avait constitué l'*autre moitié* de son épreuve. Il y avait la terre et l'air, et entre les deux, collé à la pierre comme un papillon tremblant, Robinson qui luttait douloureusement pour opérer sa conversion de l'une à l'autre. Parvenu à mi-hauteur de la falaise, il s'imposa un arrêt et un demi-tour, rendus possibles par une corniche large d'un pouce sur laquelle ses pieds pouvaient prendre appui. Une sueur froide l'envahit et rendit ses mains dangereusement glissantes. Il ferma les yeux pour ne plus voir tournoyer sous lui le dévalement des blocs rocheux sur lesquels il courait tout à l'heure. Puis il les rouvrit, décidé à maîtriser son malaise. Alors il eut l'idée de regarder vers le ciel qu'embrasaient les dernières lueurs du couchant. Un certain réconfort lui rendit aussitôt une partie de ses moyens. Il comprit que le vertige n'est que l'attraction *terrestre* se portant au cœur de l'homme demeuré obstinément géotropique[1]. L'âme se penche éperdument vers ces fonds de granite ou d'argile, de silice ou de schiste dont l'éloignement l'affole et l'attire en même temps, car elle y pressent la paix de la mort. Ce n'est pas le vide aérien qui suscite le vertige, c'est la fascinante plénitude des profondeurs terrestres. Le visage levé vers le ciel, Robinson éprouva que contre l'appel douceureux des tombes en désordre pouvait prévaloir l'invitation au vol d'un couple d'albatros planant fraternellement entre deux nuages teintés de rose par les derniers rayons du soir. Il

---

1. Relatif à l'orientation naturelle de la matière sous l'influence de l'attraction terrestre.

reprit son escalade, l'âme confortée, et sachant mieux où le mèneraient ses prochains pas.

Le crépuscule tombait lorsqu'il découvrit le cadavre d'Andoar au milieu des maigres buissons d'alisier qui poussaient entre les pierres. Il se pencha sur le grand corps disloqué et reconnut aussitôt la cordelière de couleur solidement nouée autour de son cou. Il se redressa en entendant rire derrière lui. Vendredi était là, debout, couvert d'égratignures, le bras gauche immobilisé, mais au demeurant indemne.

— Il est mort en me protégeant avec sa fourrure, dit-il. Le grand bouc est mort, mais bientôt je le ferai voler et chanter...

*

Vendredi se remettait de ses fatigues et de ses blessures avec une rapidité qui étonnait toujours Robinson. Dès le lendemain matin, le visage détendu et le corps dispos, il retourna à la dépouille d'Andoar. Il coupa d'abord la tête qu'il déposa au centre d'une fourmilière. Puis incisant la peau autour des pattes et sur toute la longueur de la poitrine et de l'abdomen, il l'étala sur le sol et coupa les dernières adhérences qui y retenaient le grand écorché maigre et rose, fantôme anatomique d'Andoar. Il fendit la poche abdominale, déroula les quarante pieds d'intestin qu'elle contenait, et, après les avoir lavés à grande eau, il les suspendit dans les branches d'un arbre, étrange guirlande, laiteuse et violacée, qui attira bientôt des myriades de mouches. Puis il gagna la plage en chantonnant et en portant sous son bras valide la lourde et grasse toison d'Andoar. Il la rinça dans les vagues, et l'y laissa s'imprégner de sable et de sel. Puis, à l'aide d'un queursoir[1] de fortune — un coquillage ligaturé

---

1. Couteau utilisé pour le travail des peaux.

sur un galet —, il entreprit de dépiler la face extérieure et d'écharner la face intérieure de la peau. Ce travail lui demanda plusieurs jours pendant lesquels il déclina l'aide de Robinson, lui réservant, disait-il, une tâche ultérieure plus noble, plus facile et tout aussi essentielle.

Le mystère fut levé lorsqu'il pria Robinson de bien vouloir uriner sur la peau étendue au fond d'une concavité de rocher où les grandes marées déposaient un miroir d'eau qui s'évaporait en quelques heures. Il le supplia de beaucoup boire les prochains jours et de ne jamais se soulager ailleurs, l'urine devant recouvrir totalement la dépouille d'Andoar. Robinson nota qu'il s'abstint lui-même, et il ne lui demanda pas s'il estimait que sa propre urine était dépourvue de vertus tannantes ou s'il répugnait à l'infâme promiscuité qu'aurait signifiée ce mélange de leurs eaux. La peau avait macéré huit jours dans ce qui était devenu une saumure ammoniacale, lorsqu'il l'en retira, la rinça dans l'eau de mer et l'assujettit sur deux arcs dont l'effort la soumit à une tension souple et constante. Enfin il la laissa sécher trois jours à l'ombre, et commença le palissonnage[1] à la pierre ponce, alors qu'elle conservait un reste d'humidité. C'était désormais un grand parchemin vierge aux tons vieil or qui rendait sous la caresse des doigts une note grave et sonore.

— Andoar va voler, Andoar va voler, répéta-t-il très excité, en refusant toujours de dévoiler ses intentions.

*

Les araucarias[2] de l'île étaient peu nombreux, mais leurs silhouettes pyramidales et noires se dressaient superbement

---

1. Opération par laquelle on assouplit les peaux.
2. Plante ornementale de la famille des conifères.

au milieu de taillis qui végétaient dans leur ombre. Vendredi affectionnait particulièrement ces arbres, si caractéristiques de son pays qu'ils en partageaient le nom, et il passait des journées entières tapi dans le berceau de leurs branches maîtresses. Le soir, il rapportait à Robinson une poignée de graines ailées, contenant une amande comestible dont la substance farineuse était puissamment relevée par une acre odeur de résine. Robinson s'était toujours gardé de suivre son compagnon dans ces escalades qu'il jugeait simiesques.

Ce matin-là pourtant, il se trouvait au pied du plus haut de ces arbres, et plongeant le regard dans la profondeur de sa ramure, il calculait qu'il ne devait pas avoir moins de cent cinquante pieds de haut. Après plusieurs jours de pluie, la fraîcheur du matin annonçait un retour au beau temps. La forêt fumait comme une bête, et dans l'épaisseur des mousses d'invisibles ruisseaux faisaient entendre un ramage inhabituel. Toujours attentif aux changements qu'il observait en lui-même, Robinson avait noté depuis plusieurs semaines qu'il attendait désormais chaque matin le lever du soleil avec une impatience anxieuse et que le déploiement de ses premiers rayons revêtait pour lui la solennité d'une fête qui, pour être quotidienne, n'en gardait pas moins chaque fois une intense nouveauté.

Il empoigna la branche la plus accessible et s'y hissa sur un genou, puis debout, songeant vaguement qu'il jouirait du lever du soleil quelques minutes plus tôt s'il grimpait au sommet de l'arbre. Il gravit sans difficulté les étages successifs de la charpente avec l'impression grandissante de se trouver prisonnier — et comme solidaire — d'une vaste structure, infiniment ramifiée, qui partait du tronc à l'écorce rougeâtre et se développait en branches, branchettes, tiges et tigelles, pour aboutir aux nervures des feuilles triangulaires, piquantes, squamiformes et enroulées en spirale autour des rameaux. Il participait à l'évidente fonction de l'arbre qui est d'embrasser l'air de ses milliers de bras, de l'étreindre de ses millions de doigts. À mesure qu'il s'élevait, il devenait sensible à l'oscillation de l'architecturale membrure dans laquelle le vent passait avec un ronflement d'orgue. Il approchait de la cime quand il se trouva soudain environné de vide. Sous l'effet de la foudre, peut-être, le tronc se trouvait écuissé en cet endroit sur une hauteur de six pieds. Il baissa les yeux pour échapper au vertige. Sous ses pieds, un fouillis de branches disposées en plans superposés s'enfonçait en tournant dans une étourdissante perspective. Une terreur de son enfance lui revint en mémoire. Il avait voulu monter dans le clocher de la cathédrale d'York. Ayant longtemps progressé dans l'escalier raide et étroit, vissé autour d'une colonnette de pierre sculptée, il avait brusquement quitté la rassurante pénombre des murs et avait émergé en plein ciel, au milieu d'un espace rendu plus vertigineux encore par la lointaine silhouette des toits de la ville. Il avait fallu le redescendre comme un paquet, la tête enveloppée dans sa capeline d'écolier…

Il ferma les yeux et appuya sa joue contre le tronc, seul point ferme dont il disposât. Dans cette vivante mâture, le travail du bois, surchargé de membres et cardant le vent, s'entendait comme une vibration sourde que traversait parfois un long gémissement. Il écouta longuement cette apaisante rumeur. L'angoisse desserrait son étreinte. Il rêvait. L'arbre était un grand navire ancré dans l'humus et il luttait, toutes voiles dehors, pour prendre enfin son essor. Une chaude caresse enveloppa son visage. Ses paupières devinrent incandescentes. Il comprit que le soleil s'était levé, mais il retarda encore un peu le moment d'ouvrir les yeux. Il était attentif à la montée en lui d'une allégresse nouvelle. Une vague chaleureuse le recouvrait. Après la misère de l'aube, la lumière fauve fécondait souverainement toutes choses. Il ouvrit les yeux à demi. Entre ses cils, des poignées de paillettes luminescentes étincelèrent. Un souffle tiède fit frémir les frondaisons. *La feuille poumon de l'ar-*

bre, l'arbre poumon lui-même, et donc le vent sa respiration, pensa Robinson. Il rêva de ses propres poumons, déployés au-dehors, buisson de chair purpurine[1], polypier de corail vivant, avec des membranes roses, des éponges muqueuses... Il agiterait dans l'air cette exubérance délicate, ce bouquet de fleurs charnelles, et une joie pourpre le pénétrerait par le canal du tronc gonflé de sang vermeil...

Du côté du rivage, un grand oiseau de couleur vieil or, de forme losangée, se balançait fantasquement dans le ciel. Vendredi exécutant sa mystérieuse promesse faisait voler Andoar.

*

Ayant ligaturé trois baguettes de jonc en forme de croix à deux croisillons inégaux et parallèles, il avait creusé une gorge dans chacune de leurs sections et y avait fait passer un boyau. Ensuite il avait assujetti ce cadre léger et solide à la peau d'Andoar en rabattant et en cousant ses bords sur le boyau. L'une des extrémités de la baguette la plus longue sous-tendait la partie antérieure de la peau, l'autre bout était recouvert par sa partie caudale qui pendait en forme de trèfle. Ces deux extrémités étaient réunies par une bride assez lâche à laquelle était nouée la corde de retenue en un point soigneusement calculé afin que le cerf-volant adoptât l'inclinaison propre à lui donner la plus grande force ascensionnelle. Vendredi avait travaillé dès les premières blancheurs de l'aube à ces assemblages délicats, et une forte brise sud-ouest annonciatrice de temps sec et lumineux soufflant par rafales, le grand oiseau de parchemin à peine terminé s'agitait entre ses mains, comme impatient de prendre son vol. Sur la grève, l'Araucan avait crié de joie

---

1. Rouge.

au moment où le monstre fragile, ployé comme un arc, était monté en fusée, claquant de toutes ses parties molles et entraînant une guirlande de plumes alternativement blanches et noires.

Lorsque Robinson vint le rejoindre, il était couché sur le sable, les mains croisées sous la nuque, et la corde du cerf-volant était nouée à sa cheville gauche. Robinson s'étendit près de lui, et tous deux regardèrent longtemps Andoar qui vivait au milieu des nuages, cédant à de brusques et invisibles attaques, tourmenté par des courants contradictoires, débilité par un calme soudain, mais regagnant bientôt d'un bond vertigineux toute l'altitude perdue. Vendredi qui participait intensément à toutes ces péripéties éoliennes se leva enfin et, les bras en croix, il mima en riant la danse d'Andoar. Il s'accroupissait en boule sur le sable, puis s'essorait[1], projetant vers le ciel sa jambe gauche, tournoyait, chancelait comme soudain privé de ressort, hésitait, s'élançait à nouveau, et la corde attachée à sa cheville était comme l'axe de cette chorégraphie aérienne, car Andoar, fidèle et lointain cavalier, répondait à chacun de ses mouvements par des hochements, des voltes et des piqués.

L'après-midi fut consacré à la pêche aux belones. La corde d'Andoar fut attachée à l'arrière de la pirogue, tandis qu'une ligne de même longueur — cent cinquante pieds environ — partant de la queue du cerf-volant se terminait par une boucle de toile d'araignée qui frôlait en scintillant la crête des vagues.

Robinson pagayait lentement contre le vent, au large de la côte orientale laguneuse, tandis que Vendredi, assis à l'arrière, et lui tournant le dos, surveillait les évolutions d'Andoar. Quand une belone se jetait sur l'appât et refermait inextricablement son bec pointu, hérissé de petites dents, sur les toiles d'araignée, le cerf-volant, tel un bouchon de

---

1. S'élançait dans l'air.

canne à pêche, accusait la prise par des mouvements désordonnés. Robinson faisait alors demi-tour et, ramant dans le sens du vent, il rejoignait assez vite le bout de la ligne que Vendredi saisissait. Au fond de la pirogue s'entassaient les corps cylindriques aux dos verts et aux flancs argentés des belones.

Le soir venu, Vendredi ne put se résoudre à ramener Andoar à terre pour la nuit. Il l'attacha à l'un des poivriers auquel était suspendu son hamac. Tel un animal domestique à la longe, Andoar passa ainsi la nuit aux pieds de son maître, et il l'accompagna encore tout le jour suivant. Mais au cours de la deuxième nuit, le vent tomba tout à fait, et il fallut aller cueillir le grand oiseau d'or au milieu d'un champ de magnolias où il s'était doucement posé. Après plusieurs essais infructueux, Vendredi renonça à le remettre à vent. Il parut l'oublier, et se réfugia dans l'oisiveté pendant huit jours. C'est alors qu'il sembla se souvenir de la tête du bouc qu'il avait abandonnée dans une fourmilière.

*

Les actives petites ouvrières rouges avaient bien travaillé. Des longs poils blancs et bruns, de la barbe et de la chair, il ne restait rien. Les orbites et l'intérieur de la tête avaient été eux-mêmes parfaitement nettoyés, et les muscles et les cartilages si bien ingérés que le maxillaire inférieur se détacha du reste de la tête, dès que Vendredi y toucha. C'était un très noble massacre[1] au crâne ivoirin, aux fortes cornes noires, annelées et en forme de lyre, qu'il brandit à bout de bras, comme un trophée. Ayant retrouvé dans le sable la cordelette de couleurs vives qui avait été nouée au cou de

---

1. Tête d'un animal conservée comme trophée ou ornement.

l'animal, il l'attacha à la base des cornes, contre le bourrelet que forme la gaine cornée autour de son axe osseux.

— Andoar va chanter ! promit-il mystérieusement à Robinson qui le regardait faire.

Il tailla d'abord deux petites traverses de longueurs inégales dans du bois de sycomore. Avec la plus longue, grâce à deux trous percés latéralement à ses extrémités, il réunit les pointes des deux cornes. La plus courte fut fixée parallèlement à la première à mi-hauteur du chanfrein. À un pouce plus haut environ, entre les orbites, il logea une planchette de sapin dont l'arête supérieure portait douze étroits sillons. Enfin il décrocha les boyaux d'Andoar qui se balançaient toujours dans les branches d'un arbre, mince et sèche lanière tannée par le soleil, et il la coupa en segments égaux de trois pieds de long environ.

Robinson l'observait toujours sans comprendre, comme il aurait observé le comportement d'un insecte aux mœurs compliquées et inintelligibles à un cerveau humain. La plupart du temps, Vendredi ne faisait rien — et jamais l'ennui ne venait troubler le ciel de son immense et naïve paresse. Puis, tel un lépidoptère invité par un souffle printanier à s'engager dans le processus complexe de la reproduction, il se levait tout à coup, visité par une idée, et s'absorbait sans désemparer dans des occupations dont le sens demeurait longtemps caché, mais avait presque toujours quelque rapport aux choses aériennes. Dès lors sa peine et son temps ne comptaient plus, sa patience et ses soins n'avaient plus de limite. C'est ainsi que Robinson le vit plusieurs jours durant tendre entre les deux traverses, à l'aide de chevilles, les douze boyaux qui pouvaient garnir les cornes et le front d'Andoar. Avec un sens inné de la musique, il les accordait, non à la tierce ou à la quinte comme les cordes d'un instrument ordinaire, mais tantôt à l'unisson, tantôt à l'octave afin qu'elles puissent retentir toutes ensemble sans discordance. Car il ne s'agissait pas d'une lyre ou d'une cithare dont il aurait lui-même pincé, mais d'un instrument *élémentaire*, d'une harpe éolienne, dont le vent serait le seul exécutant. Les orbites tenaient lieu d'ouïes, ouvertes dans la caisse de résonance du crâne. Afin que le plus faible souffle fût rabattu sur les cordes, Vendredi fixa de part et d'autre du massacre les ailes d'un vautour dont Robinson se demanda où il avait pu les trouver, ces animaux lui ayant toujours paru invulnérables et immortels. Puis la harpe éolienne trouva place dans les branches d'un cyprès mort qui dressait sa maigre silhouette au milieu du chaos, en un endroit exposé à toute la rose des vents. À peine installée d'ailleurs, elle émit un son flûté, grêle et plaintif, bien que le temps fût tout à fait calme. Vendredi s'absorba longtemps dans l'audition de cette musique funèbre et pure. Enfin, avec une moue de dédain, il leva deux doigts en direction de Robinson, voulant lui faire remarquer par là que deux cordes seulement étaient entrées en vibration.

Vendredi était retourné à ses siestes et Robinson à ses exercices solaires depuis de longues semaines, quand Andoar donna enfin toute sa mesure. Une nuit, Vendredi vint tirer par les pieds Robinson qui avait finalement élu domicile dans les branches de l'araucaria où il avait aménagé un abri à l'aide d'auvents d'écorce. Une tourmente s'était levée, apportant dans son souffle un orage de chaleur qui chargeait l'air d'électricité sans promettre la pluie. Lancée comme un disque, la pleine lune traversait des lambeaux de nuages blêmes. Vendredi entraîna Robinson vers la silhouette squelettique du cyprès mort. Bien avant d'arriver en vue de l'arbre, Robinson crut entendre un concert céleste où se mêlaient des flûtes et des violons. Ce n'était pas une mélodie dont les notes successives entraînent le cœur dans leur ronde et lui impriment l'élan qui est en elle. C'était une note unique — mais riche d'harmoniques infinis — qui refermait sur l'âme une emprise définitive, un accord formé de composantes innombrables dont la puissance soutenue avait quelque chose de fatal et d'implacable qui fascinait. Le vent redoublait de violence quand les deux compagnons parvinrent à proximité de l'arbre chantant. Ancré court à sa plus haute branche, le cerf-volant vibrait comme une peau de tambour, tantôt fixé dans une trépidante immobilité, tantôt lancé dans de furieuses embardées. Andoar-volant hantait Andoar-chantant, et il paraissait à la fois veiller sur lui et le menacer. Sous la lumière changeante de la lune, les deux ailes de vautour s'ouvraient et se refermaient spasmodiquement de part et d'autre du massacre et lui prêtaient une vie fantastique, accordée à la tempête. Et il y avait surtout ce brame puissant et mélodieux, musique véritablement *élémentaire,* inhumaine, qui était à la fois la voix ténébreuse de la terre, l'harmonie des sphères célestes et la plainte rauque du grand bouc sacrifié. Serrés l'un contre l'autre à l'abri d'une roche en surplomb, Robinson et Vendredi perdirent bientôt conscience d'eux-mêmes dans la grandeur du mystère où communiaient les éléments bruts. La terre, l'arbre et le vent célébraient à l'unisson l'apothéose[1] nocturne d'Andoar.

*

Les relations entre Robinson et Vendredi s'étaient approfondies et humanisées, mais elles s'étaient aussi compliquées, et il s'en fallait qu'elles fussent sans nuages. Autrefois — avant l'explosion —, il ne pouvait pas y avoir vraiment de dispute entre eux. Robinson était le maître, Vendredi n'avait qu'à obéir. Robinson pouvait réprimander ou même battre Vendredi. Maintenant que Vendredi était libre et l'égal de Robinson, ils pouvaient se fâcher l'un contre l'autre.

---

1. Dans la religion catholique, moment de glorification où un saint monte au ciel.

C'est ce qui arriva un jour que Vendredi prépara dans un grand coquillage des rondelles de serpent avec une garniture de sauterelles. Depuis quelques semaines d'ailleurs, il agaçait Robinson. Rien de plus dangereux que l'agacement quand on doit vivre seul avec quelqu'un. C'est une dynamite qui disloque les couples les plus unis. Robinson avait eu la veille une indigestion de filets de tortue aux myrtilles. Et voilà que Vendredi lui mettait sous le nez cette fricassée de python et d'insectes ! Robinson eut un haut-le-cœur et envoya d'un coup de pied la grande coquille rouler dans le sable avec son contenu. Vendredi furieux la ramassa et la brandit à deux mains au-dessus de la tête de Robinson. Les deux amis allaient-ils se battre ? Non ! Vendredi se sauva.

Deux heures plus tard, Robinson le vit revenir en traînant sans douceur une sorte de mannequin. La tête était faite dans une noix de coco, les bras et les jambes dans des tiges de bambou. Surtout, il était habillé avec des vieux vêtements de Robinson, comme un épouvantail à oiseaux. Sur la noix de coco, coiffée d'un chapeau de marin, Vendredi avait dessiné le visage de son ancien maître. Il planta le mannequin debout en face de Robinson.

— Je te présente Robinson Crusoé, gouverneur de l'île de Speranza, lui dit-il.

Puis il ramassa la coquille sale et vide qui était toujours là, et avec un rugissement, il la brisa sur la noix de coco qui s'écroula au milieu des tubes de bambou brisés. Enfin il éclata de rire et alla embrasser Robinson.

Robinson comprit la leçon de cette étrange comédie. Un jour que Vendredi mangeait des gros vers de palmier vivants roulés au préalable dans des œufs de fourmis, Robinson exaspéré alla sur la plage. Dans le sable mouillé, il sculpta une sorte de statue couchée à plat ventre avec une tête dont les cheveux étaient des algues. On ne voyait pas la figure, cachée dans l'un des bras replié, mais le corps brun et nu ressemblait à Vendredi. Robinson avait à peine terminé son œuvre quand son compagnon vint le rejoindre, la bouche encore pleine de vers de palmier.

— Je te présente Vendredi, le mangeur de serpents et de vers, lui dit Robinson en lui montrant la statue de sable.

Puis il cueillit une branche de coudrier qu'il débarrassa de ses rameaux et de ses feuilles, et il se mit à cingler le dos, les fesses et les cuisses du Vendredi de sable qu'il avait façonné dans ce but.

Dès lors ils vécurent à quatre sur l'île. Il y avait le vrai Robinson et la poupée de bambou, le vrai Vendredi et la statue de sable. Et tout ce que les deux amis auraient pu se faire de mal — les injures, les coups, les colères — ils le faisaient à la copie de l'autre. Entre eux, ils n'avaient que des gentillesses.

Pourtant Vendredi trouva moyen d'inventer un autre jeu, encore plus passionnant et plus curieux que celui des deux copies.

Un après-midi, il réveilla assez rudement Robinson qui faisait la sieste sous un eucalyptus. Il s'était fabriqué un déguisement dont Robinson ne comprit pas tout de suite le sens. Il avait enfermé ses jambes dans des guenilles nouées en pantalon. Une courte veste couvrait ses épaules. Il portait un chapeau de paille, ce qui ne l'empêchait pas de s'abriter sous une ombrelle de palmes. Mais surtout il s'était fait une fausse barbe en se collant des touffes de poils roux de cocotier sur les joues.

— Sais-tu qui je suis ? demanda-t-il à Robinson en déambulant majestueusement devant lui.

— Non.

— Je suis Robinson Crusoé, de la ville d'York en Angleterre, le maître du sauvage Vendredi !

— Et moi alors, qui suis-je ? demanda Robinson stupéfait.

— Devine !

Robinson connaissait trop bien maintenant son compagnon pour ne pas comprendre à demi-mot ce qu'il voulait. Il se leva et disparut dans la forêt.

Si Vendredi était Robinson, le Robinson de jadis, maître de l'esclave Vendredi, il ne restait à Robinson qu'à devenir Vendredi, le Vendredi esclave d'autrefois. En réalité, il n'avait plus sa barbe carrée et ses cheveux ras d'avant l'explosion, et il ressemblait tellement à Vendredi qu'il n'avait pas grand-chose à faire pour jouer son rôle. Il se contenta de se frotter le visage et le corps avec du jus de noix pour se brunir, et d'attacher autour de ses reins le pagne de cuir des Araucans que portait Vendredi le jour où il débarqua dans l'île. Puis il se présenta à Vendredi et lui dit :

— Voilà, je suis Vendredi !

Alors Vendredi s'efforça de faire de longues phrases dans son meilleur anglais, et Robinson lui répondit avec les quelques mots d'araucan qu'il avait appris du temps que Vendredi ne parlait pas du tout l'anglais.

— Je t'ai sauvé de tes congénères qui voulaient te sacrifier pour neutraliser ton pouvoir maléfique, dit Vendredi.

Et Robinson s'agenouilla par terre, il inclina sa tête jusqu'au sol en grommelant des remerciements éperdus. Enfin prenant le pied de Vendredi, il le posa sur sa nuque.

Ils jouèrent souvent à ce jeu. C'était toujours Vendredi qui en donnait le signal. Dès qu'il apparaissait avec sa fausse barbe et son ombrelle, Robinson comprenait qu'il avait en face de lui Robinson, et que lui-même devait jouer le rôle de Vendredi. Ils ne jouaient d'ailleurs jamais des scènes inventées, mais seulement des épisodes de leur vie passée, alors que Vendredi était un esclave apeuré et Robinson un maître exigeant. Ils représentaient l'histoire des cactus habillés, celle de la rizière asséchée, celle de la pipe fumée en cachette près des tonneaux de poudre. Mais aucune scène ne plaisait autant à Vendredi que celle du début, quand il fuyait les Araucans qui voulaient le sacrifier, et quand Robinson le sauvait.

Robinson avait compris que ce jeu faisait du bien à Vendredi parce qu'il le libérait du mauvais souvenir qu'il gardait de sa vie d'esclave. Mais à lui aussi Robinson, ce jeu faisait du bien, parce qu'il avait toujours un peu de remords de son passé de gouverneur et de général.

*

À quelque temps de là, Robinson retrouva par hasard la fosse où il avait purgé jadis de nombreux jours de détention, et qui était devenue par la force des choses une manière de cabinet d'écriture à ciel ouvert. Il eut même la surprise de découvrir, sous une épaisse couche de sable et de poussière, un livre empli par les notes et observations du *log-book* et deux volumes vierges. Dans le petit pot de terre qui lui avait servi d'encrier, le jus de diodon avait séché, et les plumes de vautour avec lesquelles il écrivait avaient disparu. Robinson croyait que tout cela avait été détruit avec le reste dans l'incendie de la Résidence. Il fit part de sa découverte à Vendredi et décida de reprendre la rédaction de son *log-book*, témoin intéressant de son cheminement. Il y pensait chaque jour et allait se décider à glaner des plumes de vautour et à partir à la pêche au diodon quand, un soir, Vendredi déposa devant lui un bouquet de plumes d'albatros soigneusement taillées et un petit pot de teinture bleue qu'il avait obtenue en broyant des feuilles d'isatis.

— Maintenant, lui dit-il simplement, l'albatros est mieux que le vautour, et le bleu est mieux que le rouge.

Chapitre 10

Log-book. — Ce matin, debout avant le jour, chassé de ma couche par une angoisse lancinante, j'ai erré parmi les choses désolées par la trop longue absence du soleil. Une lumière grise tombant également d'un ciel livide effaçait les reliefs, décomposait les couleurs. Je suis monté jusqu'au sommet du chaos en luttant de tout mon esprit contre la faiblesse de ma chair. Il faudra prendre garde désormais à ne m'éveiller que le plus tard possible avant le lever du soleil. Seul le sommeil permet d'endurer le long exil de la nuit, et sans doute est-ce là sa raison d'être.

Suspendue au-dessus des dunes dulevant, une chapelle ardente rougeoyait où se préparaient mystérieusement les fastes de l'héliophanie[1]. J'ai mis un genou à terre et je me suis recueilli, attentif à la métamorphose de la nausée qui m'habitait en une attente mystique à laquelle participaient les animaux, les plantes et même les pierres. Quand j'ai levé les yeux la chapelle ardente avait éclaté, et c'était maintenant un grand reposoir qui encombrait la moitié du ciel de sa masse ruisselante d'or et de pourpre. Le premier rayon qui a jailli s'est posé

---

1. Néologisme, mot inventé par Michel Tournier pour évoquer le lever du soleil considéré comme une divinité.

sur mes cheveux rouges, telle la main tutélaire et bénissante d'un père. Le second rayon a purifié mes lèvres, comme avait fait jadis un charbon ardent celles du prophète Isaïe. Ensuite deux épées de feu ayant touché mes épaules, je me suis relevé, chevalier solaire. Aussitôt une volée de flèches brûlantes ont percé ma face, ma poitrine et mes mains, et la pompe grandiose de mon sacre s'est achevée tandis que mille diadèmes et mille sceptres de lumière couvraient ma statue surhumaine.

. . . .

Log-book. — Assis sur un rocher, il trempe patiemment un fil dans le remous des vagues pour tenter de capturer des trigles [1]. Ses pieds nus qui ne reposent sur la roche que par les talons pendent vers le flot dans le prolongement de ses jambes. On songe à des nageoires palmées, longues et fines qui s'accorderaient bien avec son corps de triton brun. Je m'avise qu'à l'opposé des Indiens qui ont le pied petit et le mollet proéminent, Vendredi présente le pied long et le mollet effacé, caractéristique de la race noire. Peut-être y a-t-il toujours un rapport inverse entre ces deux organes ? Les muscles du mollet prennent appui sur l'os du talon, comme sur un bras de levier. Et plus le levier est long, moins le mollet travaille pour faire hocher le pied. Ainsi s'expliqueraient le fort mollet et le petit pied des Jaunes, et l'inverse chez les Noirs.

. . . .

Log-book. — Soleil, délivre-moi de la gravité. Lave mon sang de ses humeurs épaisses qui me protègent certes de la prodigalité et de l'imprévoyance, mais qui brisent l'élan de ma jeunesse et éteignent ma joie de vivre. Quand j'envisage au miroir ma face pesante et triste d'hyper-

---

1. Poissons marins.

boréen[1] je comprends que les deux sens du mot *grâce*
— celui qui s'applique au danseur et celui qui concerne
le saint — puissent se rejoindre sous un certain ciel
du Pacifique. Enseigne-moi l'ironie. Apprends-moi la
légèreté, l'acceptation riante des dons immédiats de ce
jour, sans calcul, sans gratitude, sans peur.

Soleil, rends-moi semblable à Vendredi. Donne-moi le
visage de Vendredi, épanoui par le rire, taillé tout entier
pour le rire. Ce front très haut, mais fuyant en arrière
et couronné d'une guirlande de boucles noires. Cet œil
toujours allumé par la dérision, fendu par l'ironie, chaviré par la drôlerie de tout ce qu'il voit. Cette bouche
sinueuse aux coins relevés, gourmande et animale. Ce
balancement de la tête sur l'épaule pour mieux rire,
pour mieux frapper de risibilité toutes choses qui sont
au monde, pour mieux dénoncer et dénouer ces deux
crampes, la bêtise et la méchanceté...

Mais si mon compagnon éolien m'attire ainsi à lui,
n'est-ce pas pour me tourner vers toi ? Soleil, es-tu
content de moi ? Regarde-moi. Ma métamorphose va-
t-elle assez dans le sens de ta flamme ? Ma barbe a disparu dont les poils végétaient en direction de la terre,
comme autant de radicelles géotropiques. En revanche
ma chevelure tord ses boucles ardentes comme un
brasier dressé vers le ciel.

Je suis une flèche dardée vers ton foyer, un pendule
dont le profil perpendiculaire définit ta souveraineté
sur la terre, le style du cadran solaire sur lequel une
aiguille d'ombre inscrit ta marche.

Je suis ton témoin debout sur cette terre, comme
une épée trempée dans ta flamme.

. . . .

---

1. Habitant des régions du grand Nord.

Log-book. — Ce qui a le plus changé dans ma vie, c'est l'écoulement du temps, sa vitesse et même son orientation. Jadis chaque journée, chaque heure, chaque minute était *inclinée* en quelque sorte vers la journée, l'heure ou la minute suivante, et toutes ensemble étaient aspirées par le dessein du moment dont l'inexistence provisoire créait comme un *vacuum*[1]. Ainsi le temps passait vite et utilement, d'autant plus vite qu'il était plus utilement employé, et il laissait derrière lui un amas de monuments et de détritus qui s'appelait mon histoire. Peut-être cette chronique dans laquelle j'étais embarqué aurait-elle fini après des millénaires de péripéties par « boucler » et par revenir à son origine. Mais cette circularité du temps demeurait le secret des dieux, et ma courte vie était pour moi un segment rectiligne dont les deux bouts pointaient absurdement vers l'infini, de même que rien dans un jardin de quelques arpents ne révèle la sphéricité de la terre. Pourtant certains indices nous enseignent qu'il y a des clefs pour l'éternité : l'almanach, par exemple, dont les saisons sont un éternel retour à l'échelle humaine, et même la modeste ronde des heures.

Pour moi désormais, le cycle s'est rétréci au point qu'il se confond avec l'instant. Le mouvement circulaire est devenu si rapide qu'il ne se distingue plus de l'immobilité. On dirait, par suite, que mes journées se sont redressées. Elles ne basculent plus les unes sur les autres. Elles se tiennent debout, verticales, et s'affirment fièrement dans leur valeur intrinsèque. Et comme elles ne sont plus différenciées par les étapes successives d'un plan en voie d'exécution, elles se ressemblent au point qu'elles se superposent exactement dans ma mémoire et qu'il me semble revivre sans cesse

---

1. Espace vide.

la même journée. Depuis que l'explosion a détruit le mât-calendrier, je n'ai pas éprouvé le besoin de tenir le compte de mon temps. Le souvenir de cet accident mémorable et de tout ce qui l'a préparé demeure dans mon esprit avec une vivacité et une fraîcheur inaltérables, preuve supplémentaire que le temps s'est figé au moment où la clepsydre volait en éclats. Dès lors n'est-ce pas dans l'éternité que nous sommes installés, Vendredi et moi ?

Je n'ai pas fini d'éprouver toutes les implications de cette étrange découverte. Il convient d'abord de rappeler que cette révolution — pour soudaine, et littéralement *explosive* qu'elle fût — avait été annoncée et peut-être anticipée par quelques prodromes[1]. Par exemple cette habitude que j'avais prise, pour échapper au calendrier tyrannique de l'île administrée, d'arrêter la clepsydre. Ce fut d'abord pour descendre dans les entrailles de l'île, comme on plonge dans l'intemporel. Mais n'est-ce pas cette éternité lovée dans les profondeurs de la terre que l'explosion a chassée au-dehors, et qui étend maintenant sa bénédiction sur tous nos rivages ? Ou mieux, l'explosion n'est-elle pas l'épanouissement volcanique de la paix des profondeurs, d'abord prisonnière du roc, comme une graine enfouie, et maintenant maîtresse de toute l'île, tel un grand arbre qui étend son ombre sur une aire de plus en plus vaste ? Plus j'y songe, plus il me paraît que les tonneaux de poudre, la pipe de Van Deyssel et la maladroite désobéissance de Vendredi ne forment qu'un manteau d'anecdotes qui recouvre une nécessité fatidique en marche depuis le naufrage de la *Virginie*.

Par exemple encore, ces brefs éblouissements que j'avais parfois et que j'appelais — non sans intuition

---

1. Signes avant-coureurs.

divinatrice — « mes moments d'innocence ». Il me semblait alors entrevoir pendant un bref instant une *autre île* cachée sous le chantier de construction et l'exploitation agricole dont j'avais couvert Speranza. Cette autre Speranza, j'y suis transporté désormais, je suis installé à demeure dans un « moment d'innocence ». Speranza n'est plus une terre inculte à faire fructifier, Vendredi n'est plus un sauvage qu'il est de mon devoir de morigéner. L'un et l'autre requièrent toute mon attention, une attention contemplative, une vigilance émerveillée, car il me semble — non, j'ai la certitude — que je les découvre à chaque instant pour la première fois et que rien ne ternit jamais leur magique nouveauté.

. . . .

Log-book. — Sur le miroir mouillé de la lagune, je vois Vendredi venir à moi, de son pas calme et régulier, et le désert de ciel et d'eau est si vaste autour de lui que plus rien ne donne l'échelle, de telle sorte que c'est peut-être un Vendredi de trois pouces placé à portée de ma main qui est là, ou au contraire un géant de six toises distant d'un demi-mille...

Le voici. Saurai-je jamais marcher avec une aussi naturelle majesté ? Puis-je écrire sans ridicule qu'il semble drapé dans sa nudité ? Il va, portant sa chair avec une ostentation souveraine, se portant en avant comme un ostensoir de chair. Beauté évidente, brutale, qui paraît faire le néant autour d'elle.

Il quitte la lagune et s'approche de moi, assis sur la plage. Aussitôt qu'il a commencé à fouler le sable semé de coquillages concassés, dès qu'il est passé entre cette touffe d'algues mauves et ce rocher, réintégrant ainsi un paysage familier, sa beauté change de registre : elle devient grâce. Il me sourit et fait un geste vers le ciel — comme certains anges sur des peintures religieu-

ses — pour me signaler sans doute qu'une brise sud-
ouest chasse les nuées accumulées depuis plusieurs
jours et va restaurer pour longtemps la royauté absolue du soleil. Il esquisse un pas de danse qui fait chanter l'équilibre des pleins et des déliés de son corps.
Arrivé près de moi, il ne dit rien, taciturne compagnon.
Il se retourne et regarde la lagune où il marchait tout à
l'heure. Son âme flotte parmi les brumes qui envelop-
pent la fin d'un jour incertain, laissant son corps planté
dans le sable sur ses jambes écarquillées. Assis près de
lui, j'observe cette partie de la jambe située derrière le
genou — et qui est exactement le jarret — sa pâleur
nacrée, le H majuscule qui s'y dessine. Gonflée et pul-
peuse quand la jambe est tendue, cette gorge de chair
se creuse et s'attendrit lorsqu'elle fléchit.

J'applique mes mains sur ses genoux. Je fais de mes
mains deux genouillères attentives à éprouver leur
forme et à recueillir leur vie. Le genou par sa dureté,
sa sécheresse — qui contraste avec la tendresse de
la cuisse et du jarret — est la clé de voûte de l'édifice charnel qu'il porte en vivant équilibre jusqu'au ciel.
Il n'est pas de frémissement, d'impulsion, d'hésitation
qui ne partent de ces tièdes et mouvants galets, et qui
n'y reviennent. Pendant plusieurs secondes, mes mains
ont connu que l'immobilité de mon compagnon n'était
pas celle d'une pierre, ni d'une souche, mais tout au
contraire la résultante instable, sans cesse compromise
et recréée de tout un jeu d'actions et de réactions de
tous ses muscles.

. . . .

Log-book. — Je marche au crépuscule au bord des marais
dont les quenouilles s'entrechoquent à l'infini, quand
je vois trottinant à ma rencontre un quadrupède qui
me rappelle de loin notre pauvre Tenn. Je reconnais

bientôt une grosse femelle d'agouti[1]. Le vent est pour moi, et la bestiole — naturellement myope — s'avance paisiblement sans soupçonner ma présence. Je deviens souche, rocher, arbre, espérant qu'elle va me croiser et poursuivre son chemin. Mais non. À cinq pas, elle se fige, les oreilles dressées, la tête tournée pour m'observer de son gros œil brumeux. Puis comme l'éclair, elle fait volte-face et détale follement, non dans les roseaux où elle aurait pu disparaître aussitôt, mais sur ce sentier d'où elle vient, et elle n'est plus qu'une ombre bondissante que j'entends encore ses griffes crisser sur les cailloux.

J'essaie de me figurer l'univers de cet animal dont le flair prodigieux joue le rôle prédominant qui revient à la vision chez l'homme. La force et la direction du vent — qui importent si peu à l'homme — jouent ici un rôle fondamental. L'animal se trouve toujours à la charnière de deux zones inégalement connaissables — ou en langage humain inégalement « éclairées ». L'une est plongée dans une obscurité d'autant plus épaisse que l'autre — celle d'où le vent souffle — est plus foisonnante d'odeurs. En l'absence de vent, ces deux moitiés du monde baignent dans un crépuscule confus, mais au moindre souffle, l'une des deux s'illumine d'une traînée de lumière qui devient traînée d'encre dès qu'elle a atteint et dépassé l'animal. Ces odeurs de la zone claire, un pouvoir séparateur formidable — comparable au pouvoir séparateur de l'œil humain — les identifie à des miles de distance, comme celle de tel arbre, de tel pécari ou papegai, de Vendredi revenant à ses poivriers en mâchant une graine d'araucaria, et tout cela avec la profondeur incomparable propre à la connaissance olfactive. Je revois notre pauvre Tenn

---

1. Petit mammifère ressemblant au lièvre.

lorsque Vendredi creusait des trous dans la terre. Le nez collé au plus profond de la glèbe, il était proprement ivre, courant et titubant autour de mon compagnon en poussant des petits jappements effrayés et voluptueux. Il était si passionnément absorbé par cette chasse aux odeurs que rien d'autre ne semblait plus exister pour lui.

. . . .

Log-book. — Rien d'étonnant quand j'y songe que l'attention presque maniaque avec laquelle je l'observe. Ce qui est incroyable, c'est que j'aie pu vivre si longtemps avec lui, pour ainsi dire sans le voir. Comment concevoir cette indifférence, cette cécité alors qu'il est pour moi toute l'humanité rassemblée en un seul individu, mon fils et mon père, mon frère et mon voisin, mon prochain, mon lointain… Tous les sentiments qu'un homme projette sur ceux et celles qui vivent autour de lui, je suis bien obligé de les faire converger vers ce seul « autrui », sinon que deviendraient-ils ? Que ferais-je de ma pitié et de ma haine, de mon admiration et de ma peur, si Vendredi ne m'inspirait pas en même temps pitié, haine, admiration et peur ? Cette fascination qu'il exerce sur moi est d'ailleurs en grande partie réciproque, j'en ai eu plusieurs fois la preuve. Avant-hier notamment, je somnolais étendu sur la grève, quand il s'est approché de moi. Il est resté debout un long moment à me regarder, flexible et noire silhouette sur le ciel lumineux. Puis il s'est agenouillé et a entrepris de m'examiner avec une intensité extraordinaire. Ses doigts ont erré sur mon visage, palpant mes joues, apprenant la courbe de mon menton, éprouvant l'élasticité du bout de mon nez. Il m'a fait lever les bras au-dessus de ma tête, et, penché sur mon corps, il l'a reconnu pouce par pouce avec l'attention d'un anatomiste qui s'apprête à disséquer un cadavre. Il paraissait avoir oublié que j'avais un regard, un souffle, que des questions pouvaient naître dans mon esprit, que l'impatience pouvait me prendre. Mais j'ai trop bien compris cette *soif de l'humain* qui le poussait vers moi pour contrarier son manège. À la fin il a souri, comme s'il sortait d'un rêve et s'avisait soudain de ma présence, et prenant mon poignet, il a posé son doigt sur une veine violette visible sous la peau nacrée et m'a dit d'un ton de faux reproche : « Oh ! On voit ton sang ! »

. . . .

Log-book. — Suis-je en train de revenir au culte du soleil auquel s'adonnaient certains païens ? Je ne crois pas, et d'ailleurs je ne sais rien de précis sur les croyances et les rites véritables de ces légendaires « païens » qui n'ont peut-être jamais existé que dans l'imagination de nos pasteurs. Mais il est certain que flottant dans une solitude intolérable qui ne me donnait le choix qu'entre la folie et le suicide, j'ai cherché instinctivement le point d'appui que ne me fournissait plus le corps social. En même temps, des structures construites et entretenues en moi par le commerce de mes semblables tombaient en ruine et disparaissaient. Ainsi étais-je amené par tâtonnements successifs à chercher mon salut dans la communion avec des éléments, étant devenu moi-même *élémentaire*. La terre de Speranza m'a apporté une première solution durable et viable, bien qu'imparfaite et non sans danger. Puis Vendredi est survenu et, tout en se pliant apparemment à mon règne tellurique, il l'a miné de toutes les forces de son être. Pourtant il y avait une voie de salut, car si Vendredi répugnait absolument à la terre, il n'en était pas moins aussi élémentaire de naissance que je l'étais moi-même devenu par hasard. Sous son influence, sous les coups successifs qu'il m'a assenés, j'ai avancé sur le chemin d'une longue et douloureuse métamorphose. L'homme de la terre arraché à son trou par le génie éolien n'est pas devenu lui-même génie éolien. Il y avait trop de densité en lui, trop de pesanteurs et de lentes maturations. Mais le soleil a touché de sa baguette de lumière cette grosse larve blanche et molle cachée dans les ténèbres souterraines, et elle est devenue phalène[1] au corselet métallique, aux ailes miroitantes de poussière d'or, un être de soleil, dur et inaltérable, mais d'une effrayante faiblesse quand les rayons de l'astre-dieu ne le nourrissent plus.

. . . .

Log-book. — Andoar, c'était moi. Ce vieux mâle solitaire et têtu avec sa barbe de patriarche et ses toisons suant la lubricité, ce faune tellurique âprement enraciné de ses quatre sabots fourchus dans sa montagne pierreuse, c'était moi. Vendredi s'est pris d'une étrange amitié pour lui, et un jeu cruel s'est engagé entre eux. « Je vais faire voler et chanter Andoar », répétait mystérieusement l'Araucan. Mais pour opérer la conversion éolienne du vieux bouc, par quelles épreuves n'a-t-il pas fait passer sa dépouille !

La harpe éolienne. Toujours enfermé dans l'instant présent, absolument réfractaire aux patientes élaborations qui procèdent par agencement de pièces successives, Vendredi avec une intuition infaillible a trouvé le seul instrument de musique qui répondît à sa nature. Car la harpe éolienne n'est pas seulement un instrument *élémentaire* qui fait chanter la rose des vents. C'est aussi le seul instrument dont la musique au lieu de se développer dans le temps s'inscrit tout entière dans l'instant. Il est loisible d'en multiplier les cordes et de faire rendre à chacune telle ou telle note qu'on voudra. Ce faisant, on compose une *symphonie instan-*

---

1. Papillon.

tanée qui éclate de la première à la dernière note dès
que le vent attaque l'instrument.

. . . .

Log-book. — Je le regarde s'arracher en riant à l'écume des
vagues qui le baignent, et un mot me vient à l'esprit : la
vénusté[1]. La vénusté de Vendredi. Je ne sais pas exactement ce que signifie ce substantif assez rare, mais cette
chair luisante et ferme, ces gestes de danse alentis par
l'étreinte de l'eau, cette grâce naturelle et gaie l'appellent irrésistiblement sur mes lèvres.

Ceci n'est que l'un des fils d'un écheveau de significations dont Vendredi est le centre, et que je cherche
à démêler. Un autre indice est le sens étymologique
de Vendredi. Le vendredi, c'est, si je ne me trompe, le
jour de Vénus. J'ajoute que pour les chrétiens, c'est le
jour de la mort du Christ. Naissance de Vénus, mort
du Christ. Je ne peux m'empêcher de pressentir dans
cette rencontre, évidemment fortuite, une portée qui
me dépasse et qui effraie ce qui demeure en moi du
dévot puritain que je fus.

Un troisième fil m'est fourni par le souvenir des
dernières paroles humaines qu'il me fut donné d'entendre avant le naufrage de la *Virginie*. Ces paroles qui
sont en quelque sorte le viatique spirituel que m'accordait l'humanité avant de m'abandonner aux éléments, elles auraient dû s'imprimer en lettres de feu
dans ma mémoire. Hélas, il ne m'en revient que des
bribes confuses et incomplètes ! C'était, n'est-ce pas,
les prédictions que le capitaine Pieter Van Deyssel lisait
— ou prétendait lire — sur les cartes d'un tarot. Or le
nom de Vénus est revenu plusieurs fois dans ses propos si déconcertants pour le jeune homme que j'étais.
N'avait-il pas annoncé que devenir ermite dans une

---

1. Beauté, grâce héritées de Vénus.

grotte, j'en serais arraché par la survenue de Vénus ?
Et cet être sorti des eaux ne devait-il pas se transformer en archer tirant ses flèches vers le soleil ? Mais ce
n'est pas ce qui m'importe le plus. Je revois confusément sur une carte deux enfants — des jumeaux, des
innocents — se tenant par la main devant un mur qui
symbolise la Cité solaire. Van Deyssel avait commenté
cette image en parlant de sexualité circulaire, close sur
elle-même, et il avait évoqué le symbole du serpent qui
se mord la queue.

Or s'agissant de ma sexualité, je m'avise que pas
une seule fois Vendredi n'a éveillé en moi une tentation sodomite. C'est d'abord qu'il est arrivé *trop tard* :
ma sexualité était déjà devenue *élémentaire*, et c'était
vers Speranza qu'elle se tournait. Mais c'est surtout
que Vénus n'est pas sortie des eaux et n'a pas foulé
mes rivages pour me séduire, mais pour me tourner
de force vers son père *Ouranos*. Il ne s'agissait pas de
me faire régresser vers des amours humaines, mais
sans sortir de l'élémentaire de me faire *changer d'élément*. C'est chose faite aujourd'hui. Mes amours avec
Speranza s'inspiraient encore fortement des modèles
humains. En somme, je fécondais cette terre comme
j'aurais fait une épouse. Vendredi m'a contraint à une
conversion plus radicale. Le coup de volupté brutale
qui transperce les reins de l'amant s'est transformé
pour moi en une jubilation douce qui m'enveloppe et
me transporte des pieds à la tête, aussi longtemps que
le soleil-dieu me baigne de ses rayons. Et il ne s'agit
plus d'une perte de substance qui laisse l'animal triste
post coitum. Mes amours ouraniennes me gonflent au
contraire d'une énergie vitale qui me donne des forces
pour tout un jour et toute une nuit. S'il fallait nécessairement traduire en termes humains ce coït solaire,
c'est sous les espèces féminines, et comme l'épouse du

ciel qu'il conviendrait de me définir. Mais cet anthropo-
morphisme est un contresens. En vérité, au suprême
degré où nous avons accédé, Vendredi et moi, la différence de sexe est dépassée, et Vendredi peut s'identi-
fier à Vénus, tout de même qu'on peut dire en langage
humain que je m'ouvre à la fécondation de l'Astre
Majeur.

. . . .

Log-book. — La pleine lune répand une lumière si vive
que je puis écrire ces lignes sans le secours d'une
lampe. Vendredi dort, couché en boule à mes pieds.
L'atmosphère irréelle, l'abolition de toutes choses
familières autour de moi, tout ce dénuement donnent
à mes idées une légèreté, une gratuité qu'elles rachè-
tent par leur fugacité. Cette méditation ne sera qu'un
souper de lune [1]. *Ave spiritu,* les idées qui vont mourir
te saluent !

Dans le ciel désastré par son rayonnement, le Grand
Luminaire Halluciné flotte comme une goutte gigantesque et glaireuse. Sa forme géométrique est impeccable, mais sa matière est agitée d'un tourbillonnement
qui évoque une création intestine en plein travail. Dans
sa blancheur albumineuse de vagues figures se dessinent pour disparaître lentement, des membres épars
se joignent, des visages sourient un instant, puis tout se
résout en remous laiteux. Bientôt les tourbillons accé-
lèrent leur rotation au point de paraître immobiles. La
gelée lunaire semble prendre, par l'excès même de sa
trémulation [2]. Peu à peu les lignes enchevêtrées qui s'y
dessinent se précisent. Deux foyers occupent les pôles
opposés de l'œuf. Un jeu d'arabesques court de l'un à

---

1. Jeu de mots référant à l'expression « un déjeuner de soleil », qui
caractérise un phénomène de peu de durée.
2. Tremblement.

l'autre. Les foyers deviennent des têtes, l'arabesque la conjonction de deux corps. Des êtres semblables, des jumeaux sont en gestation dans la lune, des gémeaux naissent de la lune. Noués l'un à l'autre, ils remuent doucement, comme s'éveillant d'un séculaire sommeil. Leurs mouvements qui paraissent d'abord de molles et rêveuses caresses prennent un sens tout opposé : ils travaillent maintenant à s'arracher l'un à l'autre. Chacun lutte avec son ombre, épaisse et obsédante, comme un enfant avec les humides ténèbres maternelles. Bientôt ils choient l'un de l'autre, ils se dressent ravis et solitaires, et ils reprennent à tâtons le chemin de leur intimité fraternelle. Dans l'œuf de Léda[1] fécondé par le Cygne jupitérien, les Dioscures[2] sont nés, gémeaux de la Cité solaire. Ils sont plus intimement frères que les jumeaux humains, parce qu'ils se partagent la même âme. Les jumeaux humains sont *pluranimes*[3]. Les Gémeaux sont *unanimes*. Il en résulte une densité inouïe de leur chair — deux fois moins pénétrée d'esprit, deux fois moins poreuse, deux fois plus lourde et plus chair que celle des jumeaux. Et c'est de là que viennent leur éternelle jeunesse, leur inhumaine beauté. Il y a en eux du verre, du métal, des surfaces brillantes, vernissées, un éclat qui n'est pas vivant. C'est qu'ils ne sont pas les chaînons d'une lignée qui rampe de génération en génération à travers les vicissitudes de l'histoire. Ce sont des Dioscures, êtres tombés du ciel comme des météores, issus d'une génération verticale, abrupte. Leur père

---

1. Personnage de la mythologie grecque, femme aimée de Zeus, qui la séduisit sous la forme d'un cygne. Elle met au monde deux couples de jumeaux : Castor et Pollux, Hélène et Clytemnestre.
2. Dans la mythologie grecque, nom de Castor et Pollux, jumeaux divins.
3. Néologisme formé à partir d'unanime (qui parle d'une seule voix), signifiant donc dotés de deux voix distinctes.

le Soleil les bénit, et sa flamme les enveloppe et leur confère l'éternité.

Un petit nuage né de l'occident vient obnubiler l'œuf de Léda. Vendredi dresse vers moi un visage égaré, et prononce plusieurs phrases incohérentes d'une voix extraordinairement rapide, puis il retombe dans son sommeil, les jambes peureusement repliées vers son ventre, les poings fermés, posés de part et d'autre de sa tête noire. Vénus, le Cygne, Léda, les Dioscures... je tâtonne à la recherche de moi-même dans une forêt d'allégories.

Chapitre 11

Vendredi récoltait des fleurs de myrte pour en faire de l'eau d'ange, lorsqu'il aperçut un point blanc à l'horizon, du côté du levant. Aussitôt il sauta de branche en branche jusqu'au sol et courut d'une traite prévenir Robinson qui achevait de se raser la barbe. Si la nouvelle l'émut, Robinson n'en laissa rien paraître.

— Nous allons avoir de la visite, dit-il simplement, raison de plus pour que j'achève ma toilette.

Au comble de l'excitation, Vendredi monta au sommet du chaos. Il avait emporté la longue-vue qu'il mit au point sur le navire devenu nettement visible. C'était une goélette à hunier, svelte et haut mâtée. Chargée de toiles, elle devait emporter ses douze ou treize nœuds sous une forte brise de sud-est qui la chassait vertement sur la côte marécageuse de Speranza. Vendredi se hâta d'aller donner ces précisions à Robinson qui mettait de l'ordre dans sa crinière dorée à l'aide d'un gros peigne d'écaille. Puis il regagna son observatoire. Le commandant avait dû se rendre compte que la côte n'était pas abordable de ce côté de l'île, car le navire changeait d'amures[1]. La bôme balaya le pont, et il repartit tribord amures. Puis il mit à la cape et courut à petites voiles le long du rivage.

---

1. Cordages servant à fixer une voile du côté où vient le vent.

Vendredi alla avertir Robinson que le visiteur doublait les dunes du Levant et, très probablement, mouillerait dans la Baie du Salut. Il importait avant toute chose de reconnaître sa nationalité. Robinson s'avança avec Vendredi jusqu'au dernier rideau d'arbres bordant la plage et braqua la longue-vue sur le navire qui virait de bord et stoppait, bout au vent, à deux encablures du rivage. Quelques instants plus tard on entendait le clair tintement de la chaîne d'ancre ripant sur l'écubier.

Robinson ne connaissait pas ce type de bâtiment qui devait être récent, mais il identifia des compatriotes au pavillon de *l'Union Jack* hissé à la corne d'artimon. Dès lors il fit quelques pas sur la plage, comme il sied à un souverain venant accueillir des étrangers en visite sur son sol. Là-bas, une chaloupe chargée d'hommes se balançait au bout de ses bossoirs, puis touchait l'eau dans une gerbe irisée. Ensuite les avirons frappèrent le flot.

Robinson mesura tout à coup le poids extraordinaire des quelques instants qui restaient avant que l'homme de proue croche dans les rochers avec sa gaffe. Comme un mourant avant de rendre l'âme, il embrassait d'une vision panoramique toute sa vie dans l'île, l'*Évasion*, la souille, l'organisation frénétique de Speranza, la grotte, la combe, la survenue de Vendredi, l'explosion, et surtout cette vaste plage de temps, vierge de toute mesure, où sa métamorphose solaire s'était accomplie dans un calme bonheur.

Dans la chaloupe s'amoncelaient des tonnelets, destinés à renouveler l'aiguade [1] du navire, et à l'arrière on voyait, debout, le chapeau de paille incliné sur une barbe noire, un homme botté et armé, le commandant, sans doute. Il allait être le premier de la communauté humaine qui envelopperait Robinson dans le filet de ses paroles et de ses gestes, et le ferait entrer à nouveau dans le grand système. Et tout

---

1. Provision d'eau douce.

l'univers patiemment élaboré et tissé par le solitaire allait connaître une redoutable épreuve au moment où sa main toucherait celle du plénipotentiaire de l'humanité.

Il y eut un raclement et l'étrave de l'embarcation se souleva avant de s'immobiliser. Les hommes sautèrent dans le déferlement des vagues et entreprirent de déhaler la chaloupe hors de portée de la marée montante. La barbe noire tendit la main à Robinson.

— William Hunter, de Blackpool, commandant de la goélette le *Whitebird.*

— Quel jour sommes-nous ? lui demanda Robinson.

Le commandant surpris par la question se tourna vers l'homme qui le suivait et qui devait être son second.

— Quel jour sommes-nous, Joseph ?

— Le mercredi 19 décembre 1787, sir, répondit-il.

— Le mercredi 19 décembre 1787, répéta le commandant à l'adresse de Robinson.

Le cerveau de Robinson travailla à vive allure. Le naufrage de la *Virginie* avait eu lieu le 30 septembre 1759. Il y avait exactement vingt-huit ans, deux mois et dix-neuf jours. Quel que soit le nombre des événements et la profondeur de l'évolution qu'il avait connus depuis qu'il était dans l'île, cette durée parut fantastique à Robinson. Il n'osa pourtant pas demander au second de lui confirmer cette date qui persistait à appartenir pour lui à un avenir encore lointain. Il résolut même de cacher aux nouveaux venus la date du naufrage de la *Virginie,* par une sorte de pudeur, par crainte de passer à leurs yeux soit pour un imposteur, soit pour un phénomène.

— J'ai été jeté sur cette côte alors que je voyageais à bord de la galiote la *Virginie* commandée par Pieter Van Deyssel, de Flessingue. Je suis le seul rescapé de ce naufrage. Le choc a malheureusement oblitéré plus d'un souvenir dans mon esprit, et notamment, je n'ai jamais pu retrouver la date du sinistre.

— Je n'ai entendu parler de ce bâtiment dans aucun port, et moins encore de sa disparition, observa Hunter, mais il est vrai que la guerre avec les Amériques a bouleversé toutes les relations maritimes.

Robinson ne savait pas de quelle guerre il s'agissait, mais il comprit qu'il devait observer la plus grande réserve s'il voulait dissimuler son ignorance du cours des choses.

Cependant Vendredi aidait les hommes à décharger les tonnelets, et il s'acheminait avec eux vers le plus proche point d'eau. Robinson fut frappé de l'extrême facilité avec laquelle il avait trouvé le contact avec ces hommes inconnus, alors que lui-même se sentait si éloigné du commandant Hunter. Il était vrai que si Vendredi s'empressait autour des matelots, c'était visiblement dans l'espoir qu'ils l'emmèneraient le plus tôt possible à bord du *Whitebird*. Lui-même ne pouvait se dissimuler qu'il brûlait d'envie de visiter ce fin voilier, merveilleusement effilé, taillé pour voler à la surface des flots. Au demeurant, ces hommes et l'univers qu'ils apportaient avec eux lui causaient un insupportable malaise, qu'il s'acharnait à surmonter. Il n'était pas mort. Il avait vaincu la folie au cours de ses années de solitude. Il était parvenu à un équilibre — ou à une série d'équilibres — où Speranza et lui-même, puis Speranza, Vendredi et lui-même, formaient une constellation viable et même suprêmement heureuse. Il avait souffert, il avait traversé des crises meurtrières, il se sentait capable désormais avec Vendredi à ses côtés de défier le temps et — tels ces météores lancés dans un espace sans frottement — de poursuivre sa trajectoire indéfiniment, sans jamais connaître ni baisse de tension ni lassitude. Pourtant une confrontation avec d'autres hommes demeurait une épreuve suprême d'où pouvaient sortir de nouveaux progrès. Qui sait si, en revenant en Angleterre, Robinson ne parviendrait pas, non seulement à sauvegarder le bonheur solaire auquel il avait accédé, mais même à l'élever à une puissance supérieure au milieu de la cité humaine ? Ainsi Zoroastre[1] après avoir longuement forgé son âme au soleildu désert avait-il plongé à nouveau dans l'impur grouillement des hommes pour leur dispenser sa sagesse.

En attendant, le dialogue avec Hunter s'engageait laborieusement et menaçait à tout instant de se perdre dans un silence pesant. Robinson avait entrepris de lui faire connaître les ressources de Speranza en gibier et en aliments frais, propres à prévenir le scorbut, comme le cresson et le pourpier. Déjà des hommes grimpaient le long des troncs à écailles pour faire tomber d'un coup de sabre les choux palmistes, et on entendait le rire de ceux qui poursuivaient les chèvres à la course. Robinson pensait, non sans orgueil, aux souffrances qu'il aurait endurées, à l'époque où il entretenait l'île comme une cité-jardin, de la voir livrée ainsi à cette bande fruste et avide. Car si le spectacle de ces brutes déchaînées accaparait toute son attention, ce n'étaient ni les arbres stupidement mutilés ni les bêtes massacrées au hasard qui le retenaient, c'était le comportement de ces hommes, *ses semblables,* à la fois si familier et si étrange. À l'emplacement où s'était élevée autrefois la Paierie générale de Speranza, de hautes herbes se creusaient sous le vent avec un murmure soyeux. Un matelot y trouva coup sur coup deux pièces d'or. Il ameuta aussitôt ses compagnons à grands cris et, après des disputes hagardes, on décida d'incendier toute la prairie pour faciliter les recherches. L'idée effleura à peine Robinson que cet or était à lui, en somme, et que les bêtes allaient être privées de la seule pâture de l'île que la saison des pluies ne rendait jamais marécageuse. Les bagarres que ne manquait pas de susciter chaque nouvelle trouvaille le fascinaient, et c'était d'une oreille distraite qu'il écoutait les propos du commandant qui lui racontait

---

1. Réformateur religieux iranien dont s'est inspiré Friedrich Nietzsche (1844-1900) pour écrire *Ainsi parlait Zarathoustra.*

comment il avait coulé un transport de troupes français envoyé en renfort aux insurgés américains. De son côté, le second s'employait à l'initier au mécanisme si fructueux de la traite des esclaves africains, échangés contre du coton, du sucre, du café et de l'indigo, marchandises qui constituaient un fret de retour idéal et qui s'écoulaient avantageusement au passage dans les ports européens. Aucun de ces hommes, murés dans leurs préoccupations particulières, ne songeait à l'interroger sur les péripéties qu'il avait traversées depuis son naufrage. La présence même de Vendredi ne semblait soulever aucun problème à leurs yeux. Et Robinson savait qu'il avait été semblable à eux, mû par les mêmes ressorts — la cupidité, l'orgueil, la violence —, qu'il était encore des leurs par toute une part de lui-même. Mais en même temps il les voyait avec le détachement intéressé d'un entomologiste penché sur une communauté d'insectes, des abeilles ou des fourmis, ou ces rassemblements suspects de cloportes qu'on surprend en soulevant une pierre.

Chacun de ces hommes était un monde *possible*, assez cohérent, avec ses valeurs, ses foyers d'attraction et de répulsion, son centre de gravité. Pour différents qu'ils fussent les uns des autres, ces *possibles* avaient actuellement en commun une petite image de Speranza — combien sommaire et superficielle ! — autour de laquelle ils s'organisaient, et dans un coin de laquelle se trouvaient un naufragé nommé Robinson et son serviteur métis. Mais pour centrale que fût cette image, elle était chez chacun marquée du signe du provisoire, de l'éphémère, condamnée à retourner à bref délai dans le néant d'où l'avait tirée le déroutage accidentel du *Whitebird*. Et chacun de ces mondes possibles proclamait naïvement sa réalité. C'était cela autrui : un possible qui s'acharne à passer pour réel. Et qu'il soit cruel, égoïste, immoral de débouter cette exigence, c'est ce que toute son éducation avait inculqué à Robinson, mais il l'avait oublié pendant ces années de solitude, et il se demandait maintenant s'il parviendrait jamais à reprendre le pli perdu. Il mêlait en outre l'aspiration à l'être de ces mondes possibles et l'image d'une Speranza vouée à disparaître que chacun d'eux enveloppait, et il lui semblait qu'en octroyant à ces hommes la dignité qu'ils revendiquaient, il vouait du même coup Speranza à l'anéantissement.

Une première fois la chaloupe avait regagné le bord du *Whitebird* pour y déposer tout un chargement de fruits, de légumes et de gibier au milieu desquels se débattaient des chevreaux entravés, et les hommes attendaient les ordres du commandant avant d'effectuer un second voyage.

— Vous me ferez bien l'honneur de partager ma table, dit-il à Robinson, et sans attendre sa réponse, il ordonna qu'on embarque l'eau douce et qu'on revienne ensuite pour le mener à bord avec son invité. Puis, sortant de la réserve qu'il observait depuis son arrivée dans l'île, il parla, non sans amertume, de la vie qu'il menait depuis quatre ans.

Jeune officier de la *Royal Navy*, il s'était jeté dans la Guerre d'Indépendance avec toute la fougue de son âge. Il faisait partie des équipages de la flotte de l'amiral Howe, et il s'était distingué lors de la bataille de Brooklyn et de la prise de New York. Rien ne l'avait préparé aux revers qui avaient suivi cette campagne triomphale.

— On élève les jeunes officiers dans la certitude de victoires à l'avance enivrantes, dit-il. Il serait plus sage de leur inculquer la conviction qu'ils seront d'abord vaincus, et de leur apprendre l'art infiniment difficile de se relever et de reprendre la lutte avec une ardeur décuplée. Battre en retraite, regrouper les fuyards, réparer en haute mer les gréements d'un navire à demi désemparé par l'artillerie ennemie, et retourner au combat, voilà ce qu'il y a de plus difficile, et à quoi on estime qu'il serait honteux de préparer nos élèves officiers ! Pourtant l'histoire nous apprend assez que les plus grandes victoires sont sorties de défaites surmontées, et n'importe quel palefrenier sait bien que le cheval qui mène la course se fait toujours coiffer sur le poteau.

Les défaites de la Dominique et de Sainte-Lucie, puis la perte de Tobago surprirent Hunter et lui inspirèrent une haine définitive des Français. La capitulation de Saratoga, puis celle de Yorktown, préparant le lâche abandon par la métropole du plus beau fleuron de la Couronne d'Angleterre, brisèrent l'âpre passion de l'honneur qui avait été jusque-là le ressort de sa vie. Peu après le traité de Versailles qui consommait la honteuse démission de l'Angleterre, il avait rendu son uniforme du *Corps des Officiers royaux* et s'était tourné vers la marine marchande.

Mais il était trop exclusivement marin pour s'accommoder des servitudes de ce métier qu'il avait cru un métier d'homme libre. Dissimuler aux armateurs le mépris qu'on a pour ces terriens avides et peureux, disputer sur le prix du nolis [1], signer des connaissements [2], établir des factures, endurer les visites douanières, mettre sa vie tout entière dans des sacs, des ballots, des barriques, c'en était trop pour lui. À cela s'ajoutait qu'il avait juré de ne pas remettre le pied sur le sol anglais et qu'il confondait dans la même haine les États-Unis et la France. Il était à bout de ressources quand il avait eu la chance — la seule que le sort lui eût jamais réservée, soulignait-il — de se faire confier le commandement de ce *Whitebird* que les dimensions réduites de ses soutes et ses qualités voilières éminentes prédestinaient à des frets de faible volume — thé, épices, métaux rares, pierres précieuses ou opium — dont le commerce impliquait en outre des risques et des mystères qui flattaient son caractère aventureux et romanesque. Sans doute la traite ou le métier de corsaire auraient mieux convenu encore à

---

1. Fret, cargaison d'un navire.
2. Contrat dans le domaine de la marine marchande.

sa situation, mais son éducation militaire lui avait laissé une répulsion instinctive pour ces activités de mauvais aloi.

*

Lorsque Robinson sauta sur le pont du *Whitebird*, il y fut accueilli par un Vendredi radieux que la chaloupe avait amené lors de son précédent voyage. L'Araucan avait été adopté par l'équipage et connaissait apparemment le navire comme s'il y était né. Robinson avait eu l'occasion d'observer que les primitifs n'admirent que les objets de l'industrie humaine se trouvant pour ainsi dire à leur échelle, couteau, vêtement, à la rigueur pirogue. Mais, au-delà de cette échelle, tout leur échappe, et ils cessent d'admirer, considérant sans doute un palais ou un vaisseau comme des produits de la nature, ni plus ni moins étonnants qu'une grotte ou un iceberg. Il en allait tout autrement de Vendredi, et Robinson mit d'abord sur le compte de sa propre influence la compréhension immédiate qu'il manifesta à bord. Puis il le vit s'élancer dans les haubans, se hisser sur la hune et repartir de là sur les marchepieds de la vergue, se balançant à cinquante pieds au-dessus des flots avec un grand rire heureux. Il songea alors aux attributs aériens dont Vendredi s'était entouré successivement — la flèche, le cerf-volant, la harpe éolienne — et il comprit qu'un grand voilier, svelte et audacieusement gréé comme celui-ci, était l'aboutissement triomphal et comme l'apothéose de cette conquête de l'éther. Il en conçut un peu de tristesse, d'autant plus qu'il sentait grandir en lui-même un mouvement d'opposition à cet univers dans lequel on l'entraînait, lui semblait-il, contre sa volonté.

Son malaise s'accrut lorsqu'il distingua, attachée au pied du mât de misaine, une petite forme humaine, à demi nue et lovée sur elle-même. C'était un enfant qui pouvait avoir douze ans, d'une maigreur de chat écorchée. On ne pouvait voir son visage, mais ses cheveux formaient une masse rouge opulente qui faisait paraître plus chétives encore ses minces épaules, ses omoplates qui saillaient comme des ailes d'angelot, son dos le long duquel coulait une traînée de taches de rousseur et que striaient des marques sanglantes. Robinson avait ralenti le pas en le voyant.

— C'est Jaan, notre mousse, lui dit le commandant.

Puis il se tourna vers le second.

— Qu'a-t-il encore fait ?

Une trogne rougeaude coiffée d'un bonnet de maître coq émergea aussitôt de l'écoutille de la cambuse [1], comme un diable qui sort d'une boîte.

— Je ne peux rien en tirer ! Ce matin, il m'a gâté un pâté de poule en le salant trois fois par distraction. Il a eu ses douze coups de garcettes. Il en aura d'autres s'il ne s'amende pas.

Et la tête disparut aussi soudainement qu'elle avait surgi.

— Détache-le, dit le commandant au second, nous en avons besoin au carré.

Robinson déjeuna avec le commandant et le second. Il n'entendit plus parler de Vendredi qui devait se restaurer avec l'équipage. Il n'eut pas besoin de se mettre en frais pour alimenter la conversation. Ses hôtes semblaient avoir admis une fois pour toutes qu'il avait tout à apprendre d'eux et rien à révéler sur lui-même et Vendredi, et il s'accommodait fort bien de cette convention qui le laissait observer et méditer à loisir. Au demeurant il était bien vrai en un certain sens qu'il eût tout à apprendre, ou plutôt qu'il eût tout à assimiler, tout à digérer, mais ce qu'il entendait était aussi lourd et indigeste que les terrines et les viandes en sauce qui défilaient dans son assiette, et il fallait craindre qu'un

---

1. Endroit où sont gardées les provisions sur un navire.

réflexe de refus ne lui fasse tout à coup vomir en bloc le
monde et les mœurs qu'il découvrait peu à peu.

Pourtant ce qui le rebutait principalement, ce n'était point
tant la brutalité, la haine et la rapacité que ces hommes
civilisés et hautement honorables étalaient avec une naïve
tranquillité. Il restait toujours facile d'imaginer — et sans
doute serait-ce possible de trouver — d'autres hommes
à la place de ceux-ci qui fussent, eux, doux, bienveillants et
généreux. Pour Robinson le mal était bien plus profond. Il le
dénonçait par-devers lui-même dans l'irrémédiable *relativité*
des fins qu'il les voyait tous poursuivre fiévreusement. Car
ce qu'ils avaient tous en but, c'était telle acquisition, telle
richesse, telle satisfaction, mais pourquoi cette acquisition,
cette richesse, cette satisfaction ? Certes aucun n'aurait su
le dire. Et Robinson imaginait sans cesse le dialogue qui fini-
rait bien par l'opposer à l'un de ces hommes, le commandant par exemple. « Pourquoi vis-tu ? » lui demanderait-il.
Hunter ne saurait évidemment que répondre, et son seul
recours serait alors de retourner la question au Solitaire.
Alors Robinson lui montrerait la terre de Speranza de sa
main gauche, tandis que sa main droite s'élèverait vers le
soleil. Après un moment de stupeur, le commandant éclate-
rait forcément de rire, du rire de la folie devant la sagesse,
car comment concevrait-il que l'Astre Majeur est autre
chose qu'une flamme gigantesque, qu'il y a de l'esprit en lui
et qu'il a le pouvoir d'irradier d'éternité les êtres qui savent
s'ouvrir à lui ?

C'était le mousse Jaan qui servait à table, à demi englouti
dans un immense tablier blanc. Son petit visage osseux, semé
de taches de son, s'amenuisait encore sous la masse de ses
cheveux fauves, et Robinson cherchait vainement le regard
de ses yeux si clairs qu'on croyait voir le jour à travers sa
tête. Lui non plus ne prêtait guère attention au naufrage,
tout absorbé par sa peur panique de commettre quelque
impair. Après quelques phrases rapides où perçait une véhé-

mence contenue, le commandant s'enfermait régulièrement dans un silence qui semblait hostile ou méprisant — et Robinson songeait à un assiégé qui, après avoir longtemps enduré sans réagir le harcèlement de l'ennemi, se décide enfin à effectuer une sortie et court aussitôt s'enfermer à nouveau dans sa forteresse après lui avoir infligé des pertes sévères. Ces silences étaient comblés par le bavardage du second, Joseph, tout entier tourné vers la vie pratique et les progrès techniques de la navigation, et qui éprouvait visiblement à l'égard de son supérieur une admiration renforcée par l'incompréhension la plus totale. Après le déjeuner, ce fut lui qui entraîna Robinson sur la passerelle, tandis que le commandant se retirait dans sa cabine. Il voulait lui faire les honneurs d'un instrument récemment introduit dans la navigation, le sextant[1], grâce auquel, par un système de double réflexion, on pouvait mesurer la hauteur du soleil au-dessus de l'horizon avec une exactitude incomparablement plus approchée que celle dont était capable le traditionnel *quart de nonante*[2]. Tout en suivant avec intérêt la démonstration enthousiaste de Joseph, et en maniant avec satisfaction le bel objet de cuivre, d'acajou et d'ivoire qui avait été extrait de son coffret, Robinson admirait la vivacité d'esprit de cet homme par ailleurs si borné. Il s'avisait que l'intelligence et la bêtise peuvent habiter dans la même tête sans s'influencer le moins du monde, comme l'eau et l'huile se superposent sans se mêler. Parlant alidade, limbe, vernier[3] et miroirs, Joseph brillait d'intelligence. Pourtant c'était lui qui expliquait un instant auparavant, avec force clins d'œil en direction de Jaan, que l'enfant aurait tort de se plaindre d'être dressé aux garcettes[4], ayant pour mère une garce à matelots.

---

1. Instrument de navigation servant à faire le point.
2. Instrument de mesure.
3. Instruments de mesure.
4. Cordage utilisé comme fouet.

*

Le soleil commençait à décliner. C'était l'heure où Robinson avait accoutumé de s'exposer à ses rayons pour faire son plein d'énergie chaleureuse avant que les ombres s'allongent et que la brise marine fasse chuchoter entre eux les eucalyptus de la plage. À l'invitation de Joseph, il s'étendit sur le couronnement de la dunette, à l'ombre du penon[1] et regarda longtemps la flèche du mât de hune écrire des signes invisibles dans le ciel bleu où s'était égaré un fin croissant de lune en porcelaine translucide. En tournant un peu la tête, il voyait Speranza, ligne de sable blond au ras des flots, déferlement de verdure et chaos rocheux. C'est là qu'il prit conscience de la décision qui mûrissait inexorablement en lui de laisser repartir le *Whitebird* et de demeurer dans l'île avec Vendredi. Plus encore que tout ce qui le séparait des hommes de ce navire, il y était poussé par son refus panique du tourbillon de temps, dégradant et mortel, qu'ils sécrétaient autour d'eux et dans lequel ils vivaient. 19 décembre 1787 Vingt-huit ans, deux mois et dix-neuf jours. Ces données indiscutables ne cessaient de le remplir de stupeur. Ainsi s'il n'avait pas fait naufrage sur les récifs de Speranza, il serait presque quinquagénaire. Ses cheveux seraient gris, et ses articulations craqueraient. Ses enfants seraient plus vieux qu'il n'était lui-même quand il les avait quittés, et il serait peut-être même grand-père. Car rien de tout cela ne s'était produit. Speranza se dressait à deux encablures de ce navire plein de miasmes, comme la lumineuse négation de toute cette sinistre dégradation. En vérité il était plus jeune aujourd'hui que le jeune homme pieux et avare qui s'était embarqué sur la *Virginie*. Car il n'était pas jeune d'une jeunesse biologique, putrescible et

---

1. Petite girouette indiquant la direction du vent.

portant en elle comme un élan vers la décrépitude. Il était d'une jeunesse minérale, divine, solaire. Chaque matin était pour lui un premier commencement, le commencement absolu de l'histoire du monde. Sous le soleil-dieu, Speranza vibrait dans un présent perpétuel, sans passé ni avenir. Il n'allait pas s'arracher à cet éternel instant, posé en équilibre à la pointe d'un paroxysme de perfection, pour choir dans un monde d'usure, de poussière et de ruines !

Lorsqu'il fit part de sa décision de demeurer sur l'île, seul Joseph manifesta de la surprise. Hunter n'eut qu'un sourire glacé. Peut-être était-il bien aise au fond de n'avoir pas à embarquer deux passagers supplémentaires sur un bâtiment somme toute modeste, où la place était rigoureusement mesurée. Il eut la courtoisie de considérer tout ce qui avait été embarqué dans la journée comme autant d'effets de la générosité de Robinson, maître de l'île. En échange, il lui offrit la petite yole de repérage arrimée sur la dunette et qui s'ajoutait aux deux chaloupes de sauvetage réglementaires. C'était un canot léger et de bonne tenue, idéal pour un ou deux hommes par temps calme ou même médiocre, et qui remplacerait avantageusement la vieille pirogue de Vendredi. C'est dans cette embarcation que Robinson et son compagnon regagnèrent l'île comme le soir tombait.

La joie qu'éprouva Robinson en reprenant possession de cette terre qu'il avait crue perdue à jamais était accordée aux rougeoiements du couchant. Immense était certes son soulagement, mais il y avait quelque chose de funèbre dans la paix qui l'entourait. Plus encore que blessé il se sentait vieilli, comme si la visite du *Whitebird* avait marqué la fin d'une très longue et heureuse jeunesse. Mais qu'importait ? Aux premières lueurs de l'aube le navire anglais lèverait l'ancre et reprendrait sa course errante, emporté par la fantaisie de son ténébreux commandant. Les eaux de la Baie du Salut se refermeraient sur le sillage du seul navire ayant approché Speranza en vingt-huit ans. À mots couverts, Robinson avait laissé entendre qu'il ne souhaitait pas que l'existence et la position de cet îlot fussent révélées par l'équipage du *Whitebird*. Ce vœu était trop conforme au caractère du mystérieux Hunter pour qu'il ne le fasse pas respecter. Ainsi serait définitivement close cette parenthèse qui avait introduit vingt-quatre heures de tumulte et de désagrégation dans l'éternité sereine des Dioscures.

Chapitre 12

L'aube était blême encore lorsque Robinson descendit de l'araucaria. Il avait accoutumé de dormir jusqu'aux dernières minutes qui précèdent le lever du soleil, afin de réduire autant que possible cette période atone, la plus déshéritée de la journée, parce que la plus éloignée du couchant. Mais les viandes inhabituelles, les vins, et aussi une sourde angoisse lui avaient donné un sommeil fiévreux, haché par de brusques réveils et des brèves, mais arides insomnies. Couché, enveloppé de ténèbres, il avait été la proie sans défense d'idées fixes et d'obsessions torturantes. Il avait eu hâte de se lever pour secouer cette meute imaginaire.

Il fit quelques pas sur la plage. Comme il s'y attendait, le *Whitebird* avait disparu. L'eau était grise sous le ciel décoloré. Une rosée abondante alourdissait les plantes qui se courbaient éplorées sous cette lumière pâle, sans éclat et sans ombre, d'une lucidité navrée. Les oiseaux observaient un silence glacé. Robinson sentit une caverne de désespoir se creuser en lui, une citerne sonore et noire d'où montait — comme un esprit délétère — une nausée qui lui emplit la bouche de salive fielleuse. Sur la grève une vague s'étirait mollement, jouait un peu avec un crabe mort, et se retirait, déçue. Dans quelques minutes, dans une heure au plus, le soleil se lèverait et regonflerait de vie et de joie toutes choses et Robinson lui-même. Il n'était que de tenir jusque-là et de résister à la tentation d'aller réveiller Vendredi.

Il était indiscutable que la visite du *Whitebird* avait gravement compromis l'équilibre délicat du triangle Robinson-Vendredi-Speranza. Speranza était couverte de blessures manifestes mais, somme toute, superficielles, qui disparaîtraient en quelques mois. Mais combien de temps faudrait-il à Vendredi pour oublier ce beau lévrier des mers qui s'inclinait si gracieusement sous la caresse de tous les vents ? Robinson se reprochait d'avoir pris la décision de demeurer dans l'île sans en avoir parlé auparavant à son compagnon. Il ne manquerait pas ce matin même de lui rapporter les sinistres détails qu'il tenait de Joseph sur la traite des Noirs et leur sort dans les anciennes colonies d'Amérique. Ainsi ses regrets — s'il en avait — seraient-ils diminués.

Pensant à Vendredi, il se rapprochait machinalement des deux poivriers entre lesquels le métis avait tendu le hamac où il passait ses nuits et une partie de ses journées. Il ne le réveillerait certes pas, mais il le regarderait dormir, et cette présence paisible et innocente le réconforterait.

Le hamac était vide. Ce qui était plus surprenant, c'était la disparition des menus objets dont Vendredi agrémentait ses siestes — miroirs, sarbacanes, flageolets, plumes, etc. Une brusque angoisse frappa Robinson comme un coup de poing. Il s'élança vers la plage : la yole et la pirogue étaient là, déhalées sur le sec. Si Vendredi avait voulu rejoindre le bord du *Whitebird,* il aurait emprunté l'une des deux embarcations et l'aurait abandonnée en mer, ou hissée sur le navire. Il était peu croyable qu'il se fût risqué aussi loin à la nage.

Alors Robinson commença à battre toute l'île en clamant le nom de son compagnon. De la Baie de l'Évasion aux dunes du Levant, de la grotte à la Combe Rose, de la forêt de la côte occidentale jusqu'aux lagunes orientales, il courut, trébuchant et criant, désespérément convaincu au fond de lui-même que ses recherches étaient vaines. Il ne comprenait pas comment Vendredi avait pu le trahir, mais il ne pouvait plus reculer devant l'évidence qu'il était seul dans l'île, seul comme aux premiers jours. Cette quête hagarde acheva de le briser en le ramenant en des lieux chargés de souvenirs où il n'était plus revenu depuis des lustres. Il sentit sous ses doigts fuir la sciure rouge de l'*Évasion* et, sous ses pieds, glisser la boue tiède de la souille. Il retrouva dans la forêt la peau de chagrin racornie de sa bible. Toutes les pages avaient brûlé, sauf un fragment du Ier livre des Rois, et il lut dans un brouillard de faiblesse :

Le Roi David était vieux, avancé en âge. On le couvrait de vêtements sans qu'il pût se réchauffer. Ses serviteurs lui dirent : Que l'on cherche pour mon Seigneur, le Roi, une jeune Vierge. Qu'elle se tienne devant le Roi et le soigne, et qu'elle couche dans ton sein, et mon Seigneur, le Roi, se réchauffera.

Robinson comprit que ces vingt-huit années qui n'existaient pas la veille encore venaient de s'abattre sur ses épaules. Le *Whitebird* les avait apportées avec lui — comme les germes d'une maladie mortelle — et il était devenu tout à coup un vieil homme. Il comprit aussi qu'il n'est pas de pire malédiction pour un vieillard que la solitude. *Qu'elle se couche dans ton sein et mon Seigneur, le Roi, se réchauffera.* En vérité il grelottait de froid sous la rosée du matin, mais plus personne, jamais, ne le réchaufferait. Une dernière relique se présenta sous ses doigts : le collier de Tenn, rongé de moisissures. Toutes ses années passées qui semblaient définitivement effacées se rappelaient donc à lui par des vestiges sordides et déchirants. Il appuya sa tête contre le tronc d'un cyprès. Son visage se crispa, mais les vieillards ne pleurent pas. Son estomac se souleva, et il vomit dans l'humus des déjections vineuses, tout ce repas infâme qu'il avait absorbé en face de Hunter et de Joseph. Lorsqu'il releva la tête, il rencontra les regards d'un aréopage de vautours, rassemblés à quelques mètres, qui le surveillaient de leurs petits yeux roses. Ainsi ils étaient venus, eux aussi, à ce rendez-vous avec le passé !

Allait-il falloir tout recommencer, les plantations, l'élevage, les constructions, en attendant la survenue d'un nouvel Araucan qui balaierait tout cela d'un souffle de flamme et l'obligerait à se hausser à un niveau supérieur ? Quelle dérision !

En vérité il n'y avait plus d'alternative qu'entre le temps et l'éternité. L'éternel retour, enfant bâtard de l'un et de l'autre, n'était qu'une vésanie. Il n'y avait qu'un seul salut pour lui : retrouver le chemin de ces limbes intemporelles et peuplées d'innocents où il s'était élevé par étapes et dont la visite du *Whitebird* l'avait fait choir. Mais, vieux et sans forces, comment recouvrerait-il cet état de grâce si longuement et durement conquis ? N'était-ce pas tout simplement en mourant ? La mort en cette île dont plus personne ne violerait sans doute la solitude avant des décennies n'était-elle pas la seule forme d'éternité qui lui convenait désormais ? Mais il importait de déjouer la vigilance des charognards mystérieusement avertis et prêts à remplir leur office funèbre. Son squelette devrait blanchir sous les pierres de Speranza, comme un jeu de jonchets dont personne ne devrait pouvoir déranger l'édifice. Ainsi serait close l'histoire extraordinaire et inconnue du grand solitaire de Speranza.

Il s'achemina à petits pas vers le chaos rocheux qui s'élevait à la place de la grotte. Il était sûr qu'il trouverait le moyen, en se glissant entre les blocs, de s'enfoncer assez avant pour se mettre à l'abri des animaux. Peut-être même au prix d'une patience d'insecte retrouverait-il un accès jusqu'à l'alvéole. Là il lui suffirait de se mettre en posture fœtale et de fermer les yeux pour que la vie l'abandonne, si total était son épuisement, si profonde sa tristesse.

Il trouva un passage en effet, un seul, à peine plus large

qu'une chatière, mais il se sentait si amoindri, si tassé sur lui-
même qu'il ne doutait pas de pouvoir s'y insérer. Il en scru-
tait l'ombre pour tenter d'apprécier sa profondeur quand
il crut y percevoir un remuement. Une pierre roula à l'intérieur et un corps obstrua le faible espace noir. Quelques
contorsions le libérèrent de l'étroit orifice, et voici qu'un
enfant se tenait devant Robinson, le bras droit replié sur
son front, pour se protéger de la lumière ou en prévision
d'une gifle. Robinson recula, abasourdi.

— Qui es-tu ? Qu'est-ce que tu fais là ? lui demanda-t-il.

— Je suis le mousse du *Whitebird*, répondit l'enfant. Je
voulais m'enfuir de ce bateau où j'étais malheureux. Hier,
pendant que je servais dans le carré, vous m'avez regardé
avec bonté. Alors, quand j'ai entendu que vous ne partiez
pas, j'ai décidé de me cacher dans l'île et de rester avec
vous. Cette nuit, je m'étais glissé sur le pont et j'allais me
mettre à l'eau pour essayer de nager jusqu'à la plage, quand
j'ai vu un homme aborder en pirogue. C'était votre serviteur métis. Il a repoussé du pied la pirogue, et il est entré
chez le second qui paraissait l'attendre. J'ai compris qu'il
resterait à bord. Alors j'ai nagé jusqu'à la pirogue et je me
suis hissé dedans. Et j'ai pagayé jusqu'à la plage, et je me suis
caché dans les rochers. Maintenant, le *Whitebird* est parti
sans moi, conclut-il avec une nuance de triomphe dans la
voix.

— Viens avec moi, lui dit Robinson.

Il prit l'enfant par la main, et, contournant les blocs, il
commença à gravir la pente menant au sommet du piton
rocheux qui dominait le chaos. Il s'arrêta à mi-chemin et le
regarda au visage. Les yeux verts aux cils blancs d'albinos
se tournèrent vers lui. Un pâle sourire les éclaira. Il ouvrit
sa main et regarda la main qui y était blottie. Il eut le cœur
serré de la trouver si mince, si faible, et pourtant labourée
par tous les travaux du bord.

— Je vais te montrer quelque chose, dit-il pour surmon-

ter son émotion, sans bien savoir lui-même à quoi il faisait
allusion.

*

L'île qui s'étendait à leurs pieds était en partie noyée dans
la brume, mais du côté du levant le ciel gris devenait incan-
descent. Sur la plage, la yole et la pirogue commençaient
à s'émouvoir inégalement des sollicitations de la marée
montante. Au nord un point blanc fuyait vers l'horizon.

Robinson tendit le bras dans sa direction.

— Regarde-le bien, dit-il. Tu ne verras peut-être plus
jamais cela : un navire au large des côtes de Speranza.

Le point s'effaçait peu à peu. Enfin le lointain l'absorba.
C'est alors que le soleil lança ses premières flèches. Une
cigale grinça. Une mouette tournoya dans l'air et se laissa
choir sur le miroir d'eau. Elle rebondit à sa surface et
s'éleva à grands coups d'ailes, un poisson d'argent en travers du bec. En un instant le ciel devint céruléen. Les fleurs
qui inclinaient vers l'ouest leurs corolles closes pivotèrent
toutes ensemble sur leurs tiges en écarquillant leurs pétales
du côté du levant. Les oiseaux et les insectes emplirent l'espace d'un concert unanime. Robinson avait oublié l'enfant.
Redressant sa haute taille, il faisait face à l'extase solaire
avec une joie presque douloureuse. Le rayonnement qui
l'enveloppait le lavait des souillures mortelles de la journée précédente et de la nuit. Un glaive de feu entrait en
lui et transverbérait tout son être. Speranza se dégageait
des voiles de la brume, vierge et intacte. En vérité cette
longue agonie, ce noir cauchemar n'avaient jamais eu lieu.
L'éternité, en reprenant possession de lui, effaçait ce laps de
temps sinistre et dérisoire. Une profonde inspiration l'emplit d'un sentiment d'assouvissement total. Sa poitrine bom-
bait comme un bouclier d'airain. Ses jambes prenaient appui

sur le roc, massives et inébranlables comme des colonnes. La lumière fauve le revêtait d'une armure de jeunesse inaltérable et lui forgeait un masque de cuivre d'une régularité implacable où étincelaient des yeux de diamant. Enfin l'astre-dieu déploya tout entière sa couronne de cheveux rouges dans des explosions de cymbales et des stridences de trompettes. Des reflets métalliques s'allumèrent sur la tête de l'enfant.

— Comment t'appelles-tu ? lui demanda Robinson.

— Je m'appelle Jaan Neljapäev. Je suis né en Estonie, ajouta-t-il comme pour excuser ce nom difficile.

— Désormais, lui dit Robinson, tu t'appelleras Jeudi. C'est le jour de Jupiter, dieu du Ciel. C'est aussi le dimanche des enfants.

De la photographie

au texte

Olivier Tomasini

De la photographie au texte

Bocal au poisson rouge
d'Herbert List

… Un culte consacré à un enfant du Soleil …

Né en 1903 à Hambourg au sein d'une famille de négociants, Herbert List débute dans la vie professionnelle en tant que goûteur et importateur de café pour l'entreprise paternelle, comme on l'attendait de lui. Mais, passionné de théâtre, il est parallèlement membre d'une troupe de comédiens nommée Enfants du Soleil. Cette appellation rayonnante en référence aux divinités égyptiennes ou incas est le premier point de convergence entre le photographe et le Robinson de Michel Tournier. En effet, en préambule du roman, lorsque le capitaine Pieter Van Deyssel tire les cartes du tarot pour le naufragé, il lui annonce une succession de métamorphoses dont fait partie une curieuse Cité du Soleil : « Deux enfants se tiennent par la main devant un mur qui symbolise la Cité solaire. Le dieu-soleil occupe tout le haut de cette lame qui lui est dédiée. Dans la Cité solaire — suspendue entre le temps et l'éternité, entre la vie et la mort — les habitants sont revêtus d'innocence enfantine, ayant accédé à la sexualité solaire qui, plus encore qu'androgynique, est *circulaire.* » Le tarot fait par ailleurs apparaître Jupiter, dieu du ciel qui « s'incarne dans un enfant d'or, issu des entrailles de la terre — comme une pépite arrachée à la mine —, qui vous rend les clés de la Cité solaire ».

L'ensemble des métamorphoses de Robinson, prédites par les cartes et qui s'achèvent avec l'avènement de l'enfant d'or, ont pour cadre l'île Speranza (espoir). L'île, délimitée dans l'espace par la mer, est comme une scène de théâtre. Le roman devient alors une pièce à trois personnages : le lieu de représentation lui-même, l'île, la matrice, joue un rôle à part entière, de même que les deux autres protagonistes, Robinson et Vendredi. On assiste à un rite initiatique, au cours duquel Robinson va purifier son corps et son esprit, se détacher peu à peu des valeurs de la civilisation occidentale. La vie de Robinson sur Speranza est d'abord une exploration aussi bien géographique que psychologique et sexuelle. Pour comprendre la souille et la grotte, Robinson utilise l'image de Dieu et de Lucifer parce que le monde reste, pour un temps, selon les principes chrétiens qui fondent sa morale, marqué par le bien et le mal.

En épuisant sexuellement Speranza, Robinson renaît à une sexualité qui oscille entre sa mère et sa sœur, associées respectivement au bien et au mal. Régression, compte à rebours nécessaire pour dépouiller Robinson des habits de son âme, des oripeaux de la morale judéo-chrétienne. Il élimine instinctivement la figure de Lucy, sa sœur, et se rend compte progressivement que les rapports sexuels qu'il entretient avec l'île, sa mère, sont vains car stériles. Dès lors, il explore sexuellement l'île dans sa dimension végétale. Acte sexuel finalement condamné lui aussi : son pénis piqué produit un fruit, une mandarine. Puis il se tourne vers la terre elle-même qu'il fertilise de sa semence. La combe enfante alors des mandragores. Mais cette compagne infidèle donne à Vendredi des filles mulâtresses, des mandragores blanches et noires, qui dégoûtent Robinson et le détournent de s'accoupler à nouveau avec elle. Quant au couple Robinson-Vendredi, qui représente la gémellité et apparaît plus satisfaisant, il s'avère difficile à stabiliser. D'autant que, dans l'évolution sexuelle de Robinson, il ne s'agit pas, comme on pourrait le croire, de relations homosexuelles avec Vendredi, mais plutôt d'une forme de sexualité plus « élémentaire » où autrui n'intervient plus, où la part de féminité que la société refoule s'affirme dans un rapport direct avec l'« Astre Majeur » : « Le coup de volupté brutale qui transperce les reins de l'amant s'est transformé pour moi en une jubilation douce qui m'enveloppe et me transporte des pieds à la tête, aussi longtemps que le soleil-dieu me baigne de ses rayons. » Le départ annoncé de Vendredi aboutit ainsi à l'offrande d'un enfant, un mousse nommé Jeudi, dernière métamorphose, dieu du ciel et du soleil, dimanche des enfants et symbole de la maternité épanouie de Speranza. N'est-ce pas à cette gloire solaire à laquelle nous sommes conviés dans la cité éternelle du dieu enfant ? Un culte consacré à un enfant du Soleil que n'aurait certainement pas désavoué Herbert List.

… saisir la vie dans son essence la plus secrète …

À partir des années 1930, la mort de son père et sa rencontre déterminante avec le mouvement du Bauhaus, et surtout avec Andreas Feininger, libèrent définitivement Herbert List du carcan et des principes familiaux. Il s'adonne à la photographie. Herbert List exprime la volonté de toujours puiser son inspiration dans des images intérieures, ce qui le distingue du reporter-photographe et fait de lui un artiste accompli. Le pouvoir du photographe n'est-il pas d'arrêter le temps et l'espace ? Herbert List inscrit ainsi son désir dans une intemporalité qui caractérise toute son œuvre. Il s'emploie par la photographie à immortaliser la beauté, à saisir la vie dans son essence la plus secrète. Fasciné par la Grèce antique, il réalise dans l'entre-deux-guerres des clichés de ruines mythiques en y mêlant souvent les corps de jeunes garçons, qu'il rend aussi beaux que des statues. Amis ou rencontres fortuites, qu'il capture sur les plages ensoleillées de la Baltique et de la Méditerranée, font écho aux icônes de la Grèce antique, au paradis perdu, à la cité éternelle. Ces corps jeunes et pleins de vie, qui ne font l'objet d'aucune glorification, ne rappellent-ils pas celui de Vendredi au naturel, sur le sable, comme un éloge à la beauté qui ferait se rencontrer l'architecture et le corps ? Les torses, telles des colonnes grecques, traduisent son goût hédoniste de la vie et des arts. Ses séries de photographies ne seront publiées qu'après sa mort et font partie des raisons, avec ses critiques virulentes du nazisme, ses amitiés homosexuelles et ses ascendances juives, qui l'ont obligé à fuir l'Allemagne en 1936. C'est cette année-là qu'il séjourne pour la première fois en Grèce, puis s'installe à Paris (1937-1939), où il devient photographe de mode pour *Vogue* et *Harper's Bazaar*. Il travaille également pour les célèbres albums édités par Charles Peignot. Durant cette période, il effectue encore régulièrement de longs séjours en Grèce, où il photographie inlassablement des paysages méditerranéens imprégnés de silence, des jeunes hommes, des fragments de sculptures et d'architecture, qui célèbrent la beauté de la Grèce antique. Certaines de ses épreuves sont exposées, en 1937, à la galerie Le Chasseur d'images.

… une remise en question des valeurs de la civilisation occidentale…

Comme Herbert List, Robinson a coupé les ponts avec les valeurs qui servent de références à ses compatriotes. Il ressent de plus en plus nettement son étrangeté, non seulement par rapport aux matelots qui ne sont à ses yeux que des brutes déchaînées, mais aussi par rapport au commandant et à son second. Rupture tout d'abord avec le puritanisme chrétien et la canalisation des instincts vers le travail et la procréation : « Le vendredi, c'est, si je ne me trompe, le jour de Vénus. J'ajoute que pour les chrétiens c'est le jour de la mort du Christ. Naissance de Vénus, mort du Christ. Je ne peux m'empêcher de pressentir dans cette rencontre, évidemment fortuite, une portée qui me dépasse et qui effraie ce qui demeure en moi du dévot puritain que je fus. » Rupture ensuite avec le travail considéré comme valeur absolue, avec la croissance fondée sur l'organisation de plus en plus rationnelle du temps et de l'espace, et l'accumulation du capital (telle que List l'a vécue avec l'abandon de l'entreprise paternelle). Rupture avec un système de domination de maître à esclave et, par extension, avec toute forme de colonialisme, ce qu'évoquaient les relations entre Robinson et Vendredi à leur commencement. Le roman de Michel Tournier, tout comme l'œuvre d'Herbert List, s'inscrit donc dans le courant de remise en question des valeurs de la civilisation occidentale, et notamment de son modèle de croissance économique qui contribua à l'évolution des mentalités et des mœurs. Vendredi n'a-t-il pas appris à Robinson la valeur suprême qui guide sa conduite, reposant sur une affirmation totale et sans restriction de la vie, qui n'a plus à être jugée au nom de valeurs supérieures à elle ? Ne sont-ce pas ces mêmes valeurs que prône List par-delà ces images de jeunes garçons jouant sur la plage ?

… le poisson dans le bocal symbolise l'esprit humain …

Sublimation de l'éros, l'œuvre de List, désormais classique dans l'histoire de la photographie du XXe siècle (ses clichés sont aujourd'hui conservés dans les plus grands musées), associe de façon souveraine et extrêmement raffinée une érudition humaniste bourgeoise à l'esthétique transparente de la Nouvelle Objectivité. Mais ses premières années sont marquées par une vision plus métaphysique, un goût pour la métaphore surréaliste, où la réalité, l'illusion et le fantasme, étroitement mêlés, se font le fondement même de l'ensemble de sa production. On a appelé cette période *Fotografía metafísica*. Il explore les techniques de détournements de l'image : surimpressions, reflets, flous, mises en scène, photomontages. On l'a beaucoup rapproché alors de Giorgio De Chirico (1888-1978), Salvador Dalí (1904-1989) et René Magritte (1898-1967).

La photographie qui nous intéresse, *Bocal au poisson rouge* (1937), fait partie de cette série de jeunesse et révèle toute sa proximité avec l'œuvre de Michel Tournier. Cette image très célèbre exprime bien le nouvel esprit romantique qui traverse l'art européen au milieu des années 1930 à l'approche de la guerre, empreint de mélancolie, conscient de la vulnérabilité et de la solitude humaines. Un poisson rouge nage dans un bocal tandis qu'à l'arrière-plan le soleil apparaît derrière la mer. L'île grecque de Santorin, où la photographie a été prise, tout comme Speranza dans le roman de Michel Tournier, sert de cadre à cette représentation. Pour Herbert List, le poisson dans le bocal symbolise l'esprit humain, prisonnier non seulement du monde matériel, mais aussi de sa propre subjectivité. Il ne peut s'échapper vers aucun ailleurs, figuré ici par le miroitement de la lumière sur la lointaine étendue d'eau. L'élément principal, qui nimbe littéralement l'ensemble de la composition des différentes figures, est la lumière du soleil, nouvelle aurore, qui préfigure, sans doute, une dernière métamorphose. Ce grand midi évoque bien le rôle prédominant du soleil dans l'ouvrage de Michel Tournier et n'est pas non plus sans rappeler *Zarathoustra* ou encore *Le Crépuscule des idoles* de Friedrich Nietzsche :

> « Eh bien ! Le lion est venu, mes enfants sont proches, Zarathoustra a mûri, mon heure est venue : voici mon aube matinale, ma journée commence, lève-toi donc, lève-toi, ô grand midi ! »

… Le bocal, situé entre l'air et l'eau, est comme les limbes…

Mais cette métamorphose qui s'annonce pourra-t-elle avoir lieu ? La transparence du bocal laisse juste entrevoir un arrière-monde qui semble impossible à atteindre car situé dans une autre dimension, sur un autre plan. L'eau du bocal, en surimpression par rapport à la mer, donne au poisson, symbole de la solitude humaine, mais aussi des profondeurs, l'illusion d'une existence authentique. Le bocal, situé entre l'air et l'eau, est comme les limbes (du latin *limbus*, marge, frange) : un état intermédiaire entre la vie et la mort que l'on retrouve à l'œuvre dans le titre choisi par le romancier. Cette dimension métaphysique rejoint les réflexions que Robinson inscrit dans son *Log-book*, lorsqu'il médite sur l'existence de Dieu et qu'il réalise qu'exister consiste à être « dehors ». En d'autres termes, ce qui est vrai, c'est ce qui est hors de soi, alors que ce qui est en soi est une illusion, comme le représente la métaphore du bocal.

Or, c'est cette intériorité qui prétend se faire passer pour existence, comme dans un rêve. Ainsi, Robinson s'aperçoit que, tenu pour mort par les autres, il est rejeté dans des limbes : « un lieu suspendu entre ciel et enfers […] Speranza ou les Limbes du Pacifique ». Comme le bocal et le poisson rouge sont et ne sont pas ce qu'ils sont, par le choix de son titre *Vendredi ou Les limbes du Pacifique*, Tournier nous invite à comprendre que son récit n'est pas un roman d'aventures, en tout cas pas celui que l'on croit. Peu importe le lieu, l'île est un ailleurs.

Les limbes reflètent une vue restrictive du Salut et ne peuvent pas être considérées comme une vérité de foi. Les limbes, en particulier les limbes des enfants, n'ont jamais été définis comme un dogme de l'Église catholique au sens strict.

Elles sont le lieu où étaient les âmes des justes en attendant la Rédemption de Jésus-Christ.

La réflexion théologique moderne, qui met en avant l'idée de divine miséricorde, envisage un possible Salut des enfants morts non baptisés. En effet, la tendresse de Jésus envers les enfants lui a fait dire « Laissez les enfants venir à moi, ne les empêchez pas », ce qui permet d'espérer qu'il existe un chemin jusqu'au paradis pour ces enfants morts sans baptême. Robinson, à l'image du poisson dans son bocal, est prisonnier d'un espace qui échappe à la considération de la foi. Tel l'Éden, c'est un lieu premier, créé avant même le paradis pour les justes parmi les justes, un lieu destiné aux enfants ou adultes d'une grande pureté qui n'ont pas rencontré Dieu.

... un alevin vivace qu'on aimerait voir briser son verre pour rejoindre la mer...

Dans le titre du roman toujours, le patronyme de Vendredi, substitué à celui de Robinson, par rapport à la version de Defoe, nous incite à inverser la relation entre le maître et son sauvage. Si Michel Tournier cite Vendredi, c'est qu'il est l'avenir de Robinson qui cherche à s'en rapprocher en abandonnant peu à peu son âme civilisée pour revenir à l'état de nature. L'aventure morale de Robinson passe d'abord par un renoncement aux valeurs qui le portent et le poussent à faire en sorte de s'accaparer le monde. Il doit cesser de refuser les valeurs qui existent, au nom de celles, inhumaines, mises en place par Dieu. L'austérité qu'il s'impose dans la première partie du roman est tout le contraire d'une ouverture à la vie. Il lui faut donc, pour revivre et retrouver enfin son enfance perdue, se dépouiller progressivement de ses peaux successives, renouer avec des expériences enfouies depuis l'enfance, et se libérer ainsi de l'emprise d'un père faible, confiné dans l'obscurité, d'une mère autoritaire et omniprésente, d'une sœur morbide qui l'entraîne dans l'eau au risque de couler au fond du bocal. Comme le poisson photographié par List suspendu entre la terre, l'air et le soleil, c'est à travers ces éléments que Robinson établit un rapport radicalement nouveau avec l'existence et renaît à une nouvelle humanité. Cette renaissance est exprimée par Andoar, le bouc tué par Vendredi. Avec patience, Vendredi transforme sa dépouille en cerf-volant qui évolue majestueusement dans l'air, et en instrument à cordes qui vibre au souffle du vent. Il s'agit de permettre au corps de Robinson d'entrer en résonance avec l'espace pour devenir l'« épouse du ciel », pour s'ouvrir à la fécondation de l'« Astre Majeur » : le soleil. Dans la dernière page du roman, s'étant dépossédé du judéo-christianisme de sa jeunesse, Robinson admire le lever de soleil sur Speranza : « Le rayonnement qui l'enveloppait le lavait des souillures mortelles de la journée précédente et de la nuit […]. La lumière fauve le revêtait d'une armure de jeunesse inaltérable. » Robinson devient l'adepte d'un culte païen, celui des « Enfants du Soleil » si cher à Herbert List.

Herbert List a été un grand photographe, un voyageur attentif, un amateur d'art averti, un poète de la vision, capable de construire des images d'une grande rigueur formelle et d'une beauté bouleversante. Ses photographies équilibrées, puissantes et parfaites d'une Grèce solaire et resplendissante, ont envoûté des générations de photographes et d'artistes. Un simple jeu d'ombres, un reflet sur la mer, un rayon de soleil… List est parvenu à immortaliser des fragments de réalité, admirables dans la combinaison de lumières et de formes. L'équilibre de ses images renferme un secret fragile dont la recherche a guidé ses pas toute une vie durant. Son regard a su capturer la beauté sous la patine des apparences, tel un alevin vivace qu'on aimerait voir briser son verre pour rejoindre la mer.

Le texte

en perspective

Marianne Jaeglé

Mouvement littéraire

Vendredi ou le roman
au croisement
d'influences multiples

AUX SOURCES DU ROMAN de Michel Tournier, se trouvent un fait divers survenu au début du XVIIIe siècle, et un roman anglais qui s'en est inspiré, écrit par Daniel Defoe (1660-1731) : roman connu sous le nom de *Robinson Crusoé*.

1.

Du personnage historique au roman d'aventures de Daniel Defoe

Pour écrire son roman, Daniel Defoe se réfère à un événement relaté par le capitaine Woodes Rogers au retour de l'un de ses voyages. Le 31 janvier 1709, celui-ci recueille sur son bateau un marin écossais nommé Alexandre Selkirk. Celui-ci avait décidé de vivre sur Mas a Tierra, une île inhabitée au large des côtes chiliennes, où il aurait séjourné quatre ans et quatre mois. De ce fait divers, dont il modifie sensiblement les données, Daniel Defoe tire un roman à succès paru en 1719, une œuvre destinée à connaître une immense postérité.

Dans ce roman, un personnage nommé Robinson Crusoé se joint à une expédition partie à la recherche d'esclaves africains. Une tempête cause leur naufrage. Lorsque Robinson Crusoé reprend conscience, il est seul sur une île des Caraïbes. Tous ses compagnons sont morts. Dans l'épave du navire, il parvient à récupérer des armes et des outils. Sur l'île, il se construit une habitation et confectionne un calendrier en faisant des entailles dans un morceau de bois. Il chasse et cultive le blé ; il apprend à fabriquer de la poterie et élève des chèvres ; il lit la Bible. Ayant ainsi progressivement retrouvé une vie quasi normale, Robinson souffre néanmoins de solitude. Or il s'aperçoit que l'île, qu'il a baptisée Désespoir, reçoit périodiquement la visite de cannibales, qui viennent y tuer et manger leurs prisonniers. Le personnage de Daniel Defoe, qui juge leur comportement abominable, songe d'abord à les exterminer. Il se rend compte ensuite qu'il n'en a pas le droit : en effet, les cannibales ne l'ont pas agressé et ignorent que leur acte est criminel. Quand l'un des prisonniers parvient à s'évader, Robinson le recueille et le nomme Vendredi, du nom du jour où ce compagnon lui est apparu. Vendredi devient alors son compagnon et son serviteur. Robinson lui apprend l'anglais et le convertit au christianisme. Vingt-huit ans après le naufrage, un navire anglais survient ; une mutinerie vient d'éclater et les rebelles veulent abandonner leur capitaine sur l'île. Le capitaine et Crusoé parviennent à reprendre le navire et à retourner en Angleterre, avec Vendredi qui sera toujours pour son maître un serviteur dévoué.

C'est de ce roman que s'inspire ouvertement Michel Tournier pour écrire son *Vendredi ou Les limbes du Pacifique*, en lui faisant subir un certain nombre de modifications d'importance. Lieu, temporalité, structure, nature même du récit : tout change par rapport au texte original, tout fait l'objet d'une réécriture qui modifie profondément et le récit et sa signification d'ensemble.

2.

Un partisan du Nouveau Roman malgré lui

1. *Michel Tournier et le Nouveau Roman*

Lorsque paraît le roman de Michel Tournier, en 1967, la littérature est marquée depuis une dizaine d'années par une remise en question progressive des genres littéraires. Le mouvement du Nouveau Roman, dont les principaux auteurs sont Nathalie Sarraute, Alain Robbe-Grillet, Claude Simon ou Michel Butor, a sensiblement bouleversé les codes littéraires. Ce mouvement se caractérise par des remises en cause d'envergure comme celles du statut du narrateur, des notions de personnage ou d'intrigue, souvent rejetées. La recherche formelle devient systématique : ces « romanciers de laboratoire » œuvrent à la disparition de ces éléments jusqu'alors incontournables au bénéfice de la subjectivité et du désordre de la vie, de la présence brute des choses. Pour les tenants de ce mouvement littéraire, « le roman cesse d'être l'écriture d'une aventure pour devenir l'aventure d'une écriture », comme l'écrit Jean Ricardou, un romancier appartenant à cette mouvance.

À côté de ces romans d'expérimentation littéraire, *Vendredi ou Les limbes du Pacifique* peut faire figure de texte démodé. C'est la raison pour laquelle, si le roman est bien accueilli par les philosophes (comme en témoigne l'article de Gilles Deleuze qui tient lieu de postface à l'édition originale) et par le public, les tenants du Nouveau Roman lui reprochent une écriture trop traditionnelle. Or, loin de vouloir s'insérer parmi ces auteurs de l'innovation formelle et du jeu intellectuel, Michel

Tournier revendique sa parenté avec des auteurs des siècles passés (*Le Vent Paraclet*) :

> J'apprenais à écrire en prenant modèle sur Jules Renard, Colette, Henri Pourrat, Chateaubriand, Giono, Maurice Genevoix, ces poètes de la prose concrète [...].

En outre, Michel Tournier n'aura de cesse de rejeter l'expérimentation du Nouveau Roman. « Mon propos n'est pas d'innover mais de faire passer dans une forme aussi traditionnelle, préservée et rassurante que possible une matière ne possédant aucune de ces qualités. » Néanmoins, en dépit de ces affirmations, Michel Tournier ne se contente pas de couler une matière neuve dans une forme traditionnelle. Plusieurs techniques d'écriture caractéristiques du xxe siècle et chères au Nouveau Roman se trouvent malgré tout présentes dans son œuvre.

2. *Une préface en abyme*

La préface (écrite en caractères italiques pour la distinguer du reste du roman), dans laquelle le commandant de la *Virginie* annonce son destin à Robinson en lui tirant les lames du tarot, peut être lue comme une mise en abyme du roman dans son ensemble. À l'origine, on disait qu'une figure était « en abyme » lorsqu'elle était représentée parmi d'autres figures, mais au centre. Issu de l'héraldique, la science qui étudie les blasons, le terme « abyme » désigne alors la figure située au centre d'un écu.

C'est à André Gide (1869-1951) que l'on doit la théorisation de cette notion en littérature. Une mise en abyme désigne pour lui le moment où « dans une œuvre d'art on trouve ainsi transposé à l'échelle des personnages, le sujet même de cette œuvre ». Pour éclairer cette conception, il se réfère ensuite à certains tableaux, notamment ceux des peintres flamands des XVe et XVIe siècles, comme Hans Memling ou Quentin Metsys, dans lesquels un petit miroir reflète l'intérieur de la pièce dans laquelle se joue la scène peinte. En littérature, bien qu'on la trouve déjà au XVIIe siècle dans des pièces comme *Hamlet* (William Shakespeare) ou *La vie est un songe* (Pedro Calderón de La Barca), cette technique est particulièrement caractéristique de l'écriture du XXe siècle, en ce sens qu'elle s'apparente à un système de réflexivité. Sa propriété essentielle consiste à donner à voir la structure formelle de l'œuvre.

C'est pourquoi la préface de *Vendredi* annonce en même temps qu'elle donne une vue d'ensemble du parcours tant physique que psychique que s'apprête à effectuer Robinson. Chaque carte tirée par le commandant du navire symbolise une étape du roman. C'est donc sa propre progression que le texte exhibe avant son avènement, de manière ambiguë et voilée certes, « Il y a en vous un organisateur » (p. 7) ; « Il a triomphé par la force et impose autour de lui un ordre qui est à son image » (p. 8) ; « il est devenu un autre homme » (p. 8) ; « Vénus en personne émerge des eaux » (p. 9) ; « Vénus transformée en ange ailé envoie des flèches vers le soleil » (p. 9) ; « Deux enfants se tiennent par la main devant un mur qui symbolise la Cité solaire. Le dieu-soleil occupe tout le haut de cette lame qui lui est dédiée » (p. 11).

L'ésotérisme, dont le tarot est l'un des éléments, constitue un système d'enseignement qui permettrait à l'homme de s'initier à des domaines mystérieux et sacrés, révélés par des symboles. De la sorte, par le recours au tarot et à la divination, le premier chapitre installe également son propre mode de lecture, signalant au lecteur qu'une interprétation non pas littérale, mais souvent symbolique des événements du roman sera nécessaire.

3. *Le* Log-book, *ou le texte qui se commente lui-même*

À l'instar des *Faux-monnayeurs*, le roman d'André Gide, *Vendredi ou Les limbes du Pacifique* inclut le journal de Robinson, permettant ainsi des changements de voix narrative. Le roman s'articule entre narration à la troisième et à la première personne, mais aussi entre récit d'événements et analyse de la signification de ces mêmes événements. « Toute cette histoire serait passionnante, si je n'en étais pas le seul protagoniste et si je ne l'écrivais pas avec mon sang et mes larmes » (p. 125).

Poursuivant le travail d'élaboration symbolique mis en place par la préface, le *Log-book* (ou journal de bord) de Robinson lui permet de réfléchir (dans tous les sens du terme, représentation et interprétation) ce qui lui arrive. Il y couche ses pensées (de nature philosophique, le plus souvent) ; il indique quelle interprétation il donne aux événements qui sont survenus. Le *Log-book* est bien souvent le dépositaire du sens de ce que vit Robinson. Il manifeste de ce fait l'évolution intérieure du personnage :

> La solitude n'est pas une situation immuable où je me trouverais plongé depuis le naufrage de la *Virginie*. C'est un milieu corrosif qui agit sur moi lentement mais sans relâche et dans un sens purement destructif (p. 52).

Le *Log-book* peut également être compris comme un artifice de narration permettant à l'auteur de faire directement part de ses idées au lecteur. « Plus près de la mort qu'aucun autre homme, je suis du même coup plus près des sources mêmes de la sexualité » (p. 122). Ou encore :

> Je ne suis guère versé en philosophie, mais les longues méditations auxquelles je suis réduit par force, et surtout l'espèce de délabrement de certains de mes mécanismes mentaux, due à la privation de toute société, m'amènent à quelques conclusions touchant l'antique problème de la connaissance (p. 91).

En ce sens, le roman de Michel Tournier n'échappe pas à une dimension didactique qui peut faire songer à la littérature du XVIIIᵉ siècle.

Quelques textes du Nouveau Roman

Michel BUTOR, *La Modification*, Éd. de Minuit, 1957.

Alain ROBBE-GRILLET, *Les Gommes*, Éd. de Minuit, 1953.

Nathalie SARRAUTE, *Le Planétarium*, Gallimard, 1959.

Claude SIMON, *La Route des Flandres*, Éd. de Minuit, 1960.

3.

Un héritier de la littérature d'idées du XVIIIᵉ siècle

Profondément marquée par les guerres et l'expérience du totalitarisme, l'écriture au XXᵉ siècle se signale par la résurgence d'une littérature d'idées. *L'Étranger*, d'Albert Camus (1942), mais aussi *Les Mains sales* de Jean-Paul Sartre (1948) en sont sans doute les exemples les plus représentatifs. Michel Tournier n'échappe pas à cette tentation. Toutefois, la filiation entre son texte et la littérature d'idées est plutôt à chercher du côté du XVIIIe siècle, époque où le questionnement philosophique triomphe sous forme littéraire.

En effet, les auteurs des Lumières interrogent dans leurs œuvres tout ce qui, jusque-là, en raison du poids de la doctrine religieuse, avait pu sembler aller de soi : la question du bonheur, et de ce qui le procure ; la manière dont il faut élever ses enfants pour le leur assurer ; le meilleur moyen d'organiser la société afin de garantir la tranquillité et la justice sociale. Ils défendent également la liberté de conscience et mettent en cause le rôle des institutions religieuses. Les auteurs de ce siècle se partagent d'ailleurs entre le rêve d'un bon sauvage disparu (Jean-Jacques Rousseau) et l'éloge d'une vie de mondain à la recherche du raffinement (Voltaire).

Ce n'est certainement pas un hasard si le roman de Daniel Defoe paraît au moment où les sociétés européennes amorcent ce questionnement. Il en est l'une des incarnations, puisque le personnage de Robinson Crusoé illustre le dilemme d'un être civilisé confronté à l'état de nature. Et le roman fait partie de la bibliothèque d'Émile, l'enfant idéal à l'éducation duquel Rousseau consacre un ouvrage (*Émile ou De l'éducation*, livre III) :

> Robinson Crusoé dans son île, seul, dépourvu de l'assistance de ses semblables et des instruments de tous les arts, pourvoyant cependant à sa subsistance, à sa conservation, et se procurant même une sorte de bien-être, voilà un objet intéressant pour tout âge, et qu'on a mille moyens de rendre agréable aux enfants. […] Cet état n'est pas, j'en conviens, celui de l'homme social ; vraisemblablement il ne doit pas être celui d'Émile :

mais c'est sur ce même état qu'il doit apprécier tous les autres. Le plus sûr moyen de s'élever au-dessus des préjugés et d'ordonner ses jugements sur les vrais rapports des choses, est de se mettre à la place d'un homme isolé, et de juger de tout comme cet homme en doit juger lui-même, eu égard à sa propre utilité.

Car l'une des thématiques chères au XVIIIᵉ siècle est celle de la nature humaine, et du rôle de la société qui modèle l'homme. Celle-ci le corrompt-elle ou est-elle au contraire ce qui le façonne et lui assure son humanité ? Une thématique que *Vendredi ou Les limbes du Pacifique* reprend pour lui donner un tout autre éclairage, en rapport cette fois avec les conceptions du XXᵉ siècle.

Quelques œuvres significatives de la littérature philosophique du XVIIIᵉ siècle

Jacques-Henri Bernardin de Saint-Pierre, *Paul et Virginie*, « Folio classique » n° 4064.

Montesquieu, *Les Lettres persanes*, « Folioplus classiques » n° 56.

Jean-Jacques Rousseau, *Émile ou De l'éducation*, « Folio essais » n° 281.

Jean-Jacques Rousseau, *Le Contrat social*, « Folio essais » n° 233.

Voltaire, *Candide ou l'Optimisme*, « Folioplus classiques » n° 7.

Voltaire, *Zadig ou la Destinée*, « La bibliothèque Gallimard » n° 8.

4.

Un roman ancré dans son époque

S i le personnage de Michel Tournier fait naufrage au XVIIIᵉ siècle, comme le personnage de Daniel Defoe, en revanche, le roman qui nous intéresse bénéficie par rapport à son prédécesseur de conceptions nouvelles, liées aux connaissances du XXᵉ siècle.

1. *Les apports de l'ethnologie*

Michel Tournier travaille à son premier roman de 1962 à 1967. Pour cela, ses deux années d'études au musée de l'Homme, où il a été l'élève de l'ethnologue Claude Lévi-Strauss, ont sans doute été décisives. Pendant que Michel Tournier fait ses études de philosophie, le hasard veut que *Robinson Crusoé*, de Daniel Defoe, un livre introuvable à l'époque, reparaisse en livre de poche (*Lire*, n° 347, août 2006) :

> Je l'ai lu en gardant à l'esprit ce que j'avais appris au musée de l'Homme sur l'ethnographie, le langage, la notion de sauvage et de civilisé. Et je me suis dit : il faut faire un nouveau *Robinson Crusoé* en tenant compte des acquis de l'ethnographie.

En 1955, Claude Lévi-Strauss a publié *Tristes Tropiques*, un livre singulier à tout point de vue. S'il s'agit avant tout d'un récit de voyages et d'une réflexion sur le sens de ceux-ci, c'est aussi une autobiographie intellectuelle, l'histoire de l'apprentissage du métier d'ethnologue. L'auteur y décrit avec force détails les particularités culturelles des Indiens Bororos, Nambikwaras, Tupis, qu'il a côtoyés pendant des années. En même temps qu'il dépeint ses pérégrinations passées, il propose sa vision du voyage. Le voyageur doit garder à l'esprit le fait qu'il a certes changé de lieu, mais aussi de temporalité, puisque le « progrès » ne touche pas toutes les parties du monde à la même vitesse, et enfin de classe sociale, car l'argent dont on dispose n'a plus la même valeur en un autre lieu du globe. Toutefois, ce regard particulier est rarement de mise. Chacun a plutôt tendance à transporter avec lui ses idées reçues et son échelle de valeurs. Erreurs commises dans un premier temps par un Robinson convaincu du caractère indispensable de sa civilisation, et de sa supériorité sur la nature comme sur le personnage qui en semble issu, Vendredi.

> Dieu m'a envoyé un compagnon. Mais par un tour assez obscur de sa Sainte Volonté, il l'a choisi au plus bas degré de l'échelle humaine. Non seulement il s'agit d'un homme de couleur, mais cet Araucanien costinos est bien loin d'être un pur sang, et tout en lui trahit le métis noir ! (p. 137)

Et plus loin : « La voie qui s'impose à moi est toute tracée : incorporer mon esclave au système que je perfectionne depuis des années » (p. 138).

En outre, ce contre quoi s'élève l'ethnologue, c'est la tentation de ne voir dans le voyage qu'une collection de stéréotypes à rapporter chez soi. Or le voyage, selon lui, ne peut se faire que si le voyageur accepte un « décentrement », c'est-à-dire une expérience de métamorphose, de changement de valeurs. C'est bien ce que le personnage de Michel Tournier s'efforce d'accomplir dans la seconde partie du récit, réalisant un programme ainsi expliqué par l'auteur (*Le Français dans le monde*, n° 336, 2004) :

> Dans mon livre, l'essentiel, c'est la réhabilitation de Vendredi, et cette idée que si on veut subsister dans

> une île déserte, il vaut mieux vivre avec les méthodes des indigènes plutôt que d'y transporter sa propre culture.

Ainsi, la célèbre phrase d'introduction du livre de Lévi-Strauss – « Je hais les voyages et les explorateurs » – doit-elle se comprendre comme une critique de l'exotisme et du sensationnel présents dans tant de récits d'aventures. Elle s'applique parfaitement au Robinson de la première partie du roman (et pourrait d'autant plus s'appliquer au Robinson de Daniel Defoe). Constatant que l'arrogante civilisation occidentale ne semble amener partout que guerre et désolation, provoquant l'extinction de nombreuses peuplades « primitives » et dévastant l'écosystème, l'ethnologue fournit un point de vue désabusé, auquel correspond la critique implicite des marins du *Whitebird*.

> Car si le spectacle de ces brutes déchaînées accaparait toute son attention, ce n'étaient ni les arbres stupidement mutilés ni les bêtes massacrées au hasard qui le retenaient, c'était le comportement de ces hommes, *ses semblables*, à la fois si familier et si étrange (p. 221).

Cupides, grossiers, querelleurs, ces hommes sont incapables de voir la beauté que Robinson a appris à percevoir et dont il choisira, au terme du roman, de ne plus se séparer.

2. *De Defoe à Tournier : une contestation de la société occidentale*

Enfin, le roman de Michel Tournier révèle les préoccupations idéologiques des années 1960 : colonisation et décolonisation, consommation et vraies valeurs... Son texte porte la trace des conflits d'idées qui agitent la société française de l'époque. C'est de cette manière qu'on peut comprendre certains changements de perspective par rapport au texte de Daniel Defoe.

D'un point de vue historique, la seconde moitié du XXe siècle se trouve notablement marquée par la décolonisation. Durant cette période troublée, les guerres d'Algérie et d'Indochine impriment profondément leur empreinte dans les esprits et invitent chacun à se questionner sur le rôle réel joué par l'Occident dans le reste du monde. Renouant avec une thématique chère au XVIIIe siècle, celle de la rencontre entre l'homme occidental « civilisé » et le « sauvage », Michel Tournier, qui a songé un temps à dédier son roman « à la masse énorme des travailleurs immigrés de France, tous ces Vendredi dépêchés vers nous par le Tiers monde, ces trois millions d'Algériens, de Marocains, de Tunisiens, de Sénégalais, de Portugais sur lesquels repose notre société », renouvelle sensiblement cette thématique.

Chez Defoe triomphe le mercantilisme de la société britannique, qui connaîtra son apogée au XIXe siècle. À l'inverse, chez Tournier, l'organisation de la société occidentale se voit mise en question, puis définitivement rejetée par Robinson.

Le roman de Michel Tournier s'inscrit donc dans la remise en question des valeurs de la civilisation occidentale, et notamment de son modèle de croissance économique, qui se développe dans les années 1960 et contribue à l'évolution des mentalités et des mœurs.

Claude LÉVI-STRAUSS, *Tristes Tropiques*, Plon, coll. « Terre humaine », 1955 ; repris en « Pocket », 2001.

Claude LÉVI-STRAUSS, *Mythologiques*, Plon, t. III, 1968, chap. « Du mythe au roman ».

Genre et registre
Un cheminement jusqu'au zénith

« JE N'AURAIS JAMAIS ÉCRIT si j'avais été reçu à l'agrégation de philosophie », affirme Michel Tournier dans
un entretien accordé au magazine *Lire* (juillet-août
2006). « Mon but était d'enseigner la philo au lycée.
J'ai échoué à l'agrégation dans des conditions lamen-
tables et je me suis retrouvé sur le pavé. [...] Mais je
cultivais mon jardin secret : Platon, Aristote, saint Tho-
mas, Descartes, Spinoza, Leibniz, Kant. Mon idée était
de choisir un sujet hautement philosophique (avec des
problèmes de connaissance, de temps, d'espace, de
rapport à autrui, etc.) et, en même temps, d'écrire une
histoire populaire qui intéresse tout le monde. Y compris les enfants. J'ai choisi Robinson Crusoé et ce fut
Vendredi ou Les limbes du Pacifique. Il y a dans l'histoire de
Robinson au moins deux sujets éminemment philosophiques : la solitude (Robinson passe vingt ans seul sur
son île) et le rapport à autrui (lorsque Vendredi arrive
sur l'île). »

1.

Un roman philosophique

De fait, les aventures du personnage de Defoe se sont
transformées sous la plume de Michel Tournier en
examen des conditions si particulières dans lesquelles
se trouve plongé Robinson (*Le Français dans le monde*,
n° 336, 2004) :

> Dans le *Robinson Crusoé* de Daniel Defoe publié en
> 1711, il y a deux parties. Première partie, vous pre-
> nez un homme et vous le mettez sur une île déserte
> où les conditions de survie sont possibles matérielle-
> ment. Question : que va devenir son imagination ? Sa
> mémoire (attention, l'expérience dure vingt ans), son
> langage (est-ce qu'il va perdre l'usage du langage ?), sa
> sexualité, sa perception des choses (car nous ne voyons
> pas les mêmes choses en présence d'autrui). Tout pro-
> blème éminemment philosophique auquel s'ajoute le
> problème religieux puisque Defoe ne lui a laissé qu'un
> livre, la Bible, qu'il a sauvée du naufrage. C'est passion-
> nant. Deuxième partie : au bout de vingt ans arrive en-
> fin un compagnon. Mais c'est un sauvage, pas un égal !
> Comment va s'établir la relation ? Problème d'autrui,
> de la société… Vous voyez à quel point cette aventure,
> qui ressemble à une bande dessinée, est profondément
> philosophique. Je n'en connais pas d'équivalent.

Si, dans les premiers chapitres, Robinson perd pied
peu à peu, au point d'avoir des hallucinations (p. 40-
42), ou encore de se laisser aller à une régression animale dans la souille (p. 50), c'est parce que la présence
d'autrui lui fait cruellement défaut. « Autrui, pièce maîtresse de mon univers… » (p. 52). Ce que vit Robinson
manifeste l'importance de la société et de la présence
d'autres êtres humains dans la constitution d'une iden-

tité individuelle. Seul, Robinson vacille psychiquement. « Et ma solitude n'attaque pas que l'intelligibilité des choses. Elle mine jusqu'au fondement même de leur existence » (p. 54).

Lorsque Robinson se trouve un compagnon en la personne de Vendredi, d'autres difficultés surviennent, liées cette fois à l'altérité irréductible de l'Auracan. En dépit de sa totale soumission à son maître, Vendredi se révèle un compagnon exaspérant : son fonctionnement est totalement différent de celui de son maître. « Malgré sa docilité, un je-ne-sais-quoi en lui échappe à la domestication entreprise comme à toute communication réelle » : Vendredi ne peut s'empêcher de rire lors des sermons, d'être malgré lui imperméable à l'enseignement que Robinson tente de lui inculquer. « Il y a dans cette soumission quelque chose de trop parfait, de mécanique même qui me glace » (p. 143) ; « […] je me vois dans mon unique compagnon sous les traits d'un monstre, comme dans un miroir déformant » (p. 144). Toujours involontairement, il finit par mettre un terme au système hiérarchique péniblement instauré par Robinson. En mettant littéralement le feu aux poudres, Vendredi fait exploser le simulacre d'organisation sociale occidentale recréé par le naufragé sur Speranza. Dès lors, le rapport entre eux s'inverse : Vendredi devient le maître et Robinson l'élève, dans un apprentissage sans paroles. Ce faisant, le roman pose en somme la question de notre relation au monde et à nous-mêmes. Identité, rôle de la société dans la constitution du moi, fonction d'autrui, rôle du langage, poids de la culture par rapport à la nature… La situation exemplaire de l'homme sur une île déserte permet d'aborder nombre de points traditionnellement débattus en philosophie.

Selon Michel Tournier, c'est la dimension philosophique qui permet à un roman d'atteindre à l'universel.

Pour autant, il se garde bien de trancher quoi que ce soit : « Un roman philosophique n'est pas un roman à thèse. C'est même l'inverse : il s'agit d'aborder des questions plus que de prétendre donner des réponses. »

2.

Un roman d'initiation

1. Une quête spirituelle

Le mot « initiation » désigne de nos jours toute action, tout passage qui transforme le statut d'une personne, qu'il s'agisse de son statut social ou spirituel. En latin, *initiatio* signifie le « commencement », l'« entrée », voire l'« introduction à une communauté spirituelle ». Celui qui reçoit l'initiation est admis aux activités particulières d'une société. Cependant, dans son acception ancienne, l'initiation revêtait un sens moins profane. Souvent marquée par un rite ou des symboles, elle était censée provoquer un éveil de la conscience et une autre vision du monde. En d'autres termes, l'initiation désignait l'accès à un nouvel état de spiritualité.

C'est en ce sens que l'on peut comprendre le cheminement effectué tout au long du roman par Robinson. « C'est le zénith de la perfection humaine, infiniment difficile à conquérir, plus difficile encore à garder. Il semble que vous soyez appelé à vous élever jusque-là », prédit le capitaine de la *Virginie* à Robinson (p. 12). Dès lors, on peut lire l'ensemble des épreuves que rencontre le personnage comme autant d'étapes vers un perfectionnement spirituel. La folie, l'enfouissement dans les profondeurs de Speranza, l'administration maniaque de l'île et le despotisme imposé à Vendredi sont autant de jalons sur le chemin qui conduit Robinson à se libérer de son attachement à d'anciennes valeurs, à une identité caduque sur l'île.

2. *Le culte dionysiaque*

À la fin du chapitre 8, l'explosion a lieu, emportant la grotte, la Résidence, et Robinson sur son passage. Celui-ci admet désormais la faillite du système qu'il avait mis en place et se laisse guider par Vendredi, devenu son maître spirituel. Par là, il se dépouille de ce qui faisait son ancienne identité pour renaître à un stade de conscience plus avancé, ce que peut symboliser la mort de Tenn. « Un nouveau Robinson se débattait dans sa vieille peau et acceptait à l'avance de laisser crouler l'île administrée pour s'enfoncer à la suite d'un initiateur irresponsable dans une voie inconnue » (p. 176) ; « Vendredi, après l'avoir libéré malgré lui de ses racines terriennes, allait l'entraîner vers *autre chose* » (p. 176).

Robinson renonce alors successivement à dominer la nature, à maîtriser et organiser le temps, à travailler, à sculpter son apparence physique conformément aux codes de la société. Vivant nu, il change également de rapport à son corps : « De son corps rayonnait une chaleur à laquelle il lui semblait que son âme puisait une assurance qu'elle n'avait jamais connue » (p. 179).

Enfin, Robinson change également de religion : « Toujours attentif aux changements qu'il observait en lui-même, Robinson avait noté depuis plusieurs semaines qu'il attendait désormais chaque matin le lever du soleil avec une impatience anxieuse et que le déploiement de ses premiers rayons revêtait pour lui la solennité d'une fête » (p. 189). Oubliant les rigueurs de l'Ancien Testament qui lui a jusqu'ici servi de guide, le naufragé se convertit à un culte dionysiaque caractérisé par l'inversion des valeurs. C'est le sens que l'on peut attribuer à l'épisode où Vendredi plante de petits arbres à l'envers (p. 152). Ce que Robinson vénérait, il l'abandonne, et il se convertit à ce qu'il méprisait. C'est ainsi que Vendredi lui fait découvrir l'inaction, la joie, la danse… Symboliquement, cette renaissance est exprimée par Andoar, le bouc tué par Vendredi, après un défi apparemment gratuit. « Andoar, c'était moi », reconnaît Robinson dans le *Log-book* (p. 211). Avec patience, Vendredi transforme sa dépouille en un cerf-volant qui évolue majestueusement dans l'air, et en un instrument à cordes qui vibre au souffle du vent. Il s'agit de faire quitter à Andoar le niveau terrestre, et de l'amener à connaître la légèreté de l'air, évolution exemplaire de ce que vit Robinson. « Serrés l'un contre l'autre à l'abri d'une roche en surplomb, Robinson et Vendredi perdirent bientôt conscience d'eux-mêmes dans la grandeur du mystère où communiaient les éléments bruts » (p. 195-196). Dès lors, Robinson peut s'ouvrir à l'adoration de l'« Astre Majeur ». « Soleil, délivre-moi de la gravité », prie Robinson dans son *Log-book* (p. 202). Son initiation, qui prend pour finir une acception véritablement spirituelle, fait de lui un homme entièrement nouveau.

3. *La critique de la civilisation*

Une fois cette métamorphose capitale accomplie, Robinson ne désire d'ailleurs plus retourner dans le monde dit « civilisé » et les hommes qui en sont issus ne lui inspirent plus que du dédain. À la dernière page du roman, Robinson adore le lever de soleil sur Speranza : « Le rayonnement qui l'enveloppait le lavait des souillures mortelles de la journée précédente et de la nuit […] la lumière fauve le revêtait d'une armure de jeunesse inaltérable. »

Tandis que le Robinson de Daniel Defoe est un homme d'action entièrement préoccupé de recréer sur l'île un monde comparable à celui qu'il a perdu, le héros de Michel Tournier est l'objet d'une transformation lente mais sûre, qui provoque du même coup une mutation de l'histoire. Le roman d'aventures de Defoe se transforme sous la plume de Michel Tournier en récit initiatique d'une métamorphose.

Cette initiation ne vise pas seulement le personnage : elle est également destinée au lecteur. Le narrateur distancié et souvent ironique qui accompagne le récit est l'élément essentiel d'une relation d'éducation qui s'établit entre lui, le héros et le lecteur.

3.

La nécessité d'une lecture symbolique
du texte

De cette dimension initiatique du récit découle la nécessité d'une lecture différente de celle d'un récit d'aventures « réaliste » ou se voulant tel. Ce que vit Robinson n'est pas la plupart du temps à comprendre littéralement.

« Je tâtonne à la recherche de moi-même dans une forêt d'allégories », affirme le personnage principal (p. 216). Ce pourrait être également la sensation du lecteur. L'allégorie étant la représentation imagée d'une abstraction, le texte impose à différents niveaux une interprétation de son sens littéral.

Comme dans la préface, où les lames du tarot suggèrent plutôt qu'elles n'indiquent, nombre d'éléments du récit signifient davantage que leur sens littéral, ou représentent autre chose.

1. *Un lieu aux caractéristiques fluctuantes*

Située dans le Pacifique Sud, l'île à proximité de laquelle Robinson fait naufrage est un territoire dûment localisé. Cependant, elle prend rapidement dans le récit une valeur autre. D'abord baptisée l'île de la Désolation par Robinson, qui ne se résout pas à avoir perdu le contact avec la civilisation, elle reçoit ensuite le nom de Speranza (qui évoque à l'inverse l'espérance) lorsque celui-ci décide de l'investir.

Astreinte à la subjectivité du personnage, l'île est aussi le lieu de sa prise de conscience d'une réalité supérieure : « Chaque matin était pour lui […] le commencement absolu de l'histoire du monde » (p. 230). En raison de son isolement et de sa nature vierge, l'île s'apparente donc au lieu des débuts de l'humanité, le jardin d'Éden. C'est là que Robinson fait l'expérience d'un « désapprentissage » de la civilisation et d'un retour à l'âge d'or de l'humanité. Renonçant au travail, à la rentabilité et même à la religion de l'Ancien Testament, Robinson revient, grâce à cet Éden, à une vie en harmonie avec la nature et le monde, à une vie d'avant la Chute.

2. *Une temporalité non linéaire*

Si le roman est d'emblé situé dans une temporalité historique (le naufrage de la *Virginie* a lieu le 29 septembre 1759), cette chronologie se double d'un système temporel radicalement différent. Sur l'île, tant que Robinson s'efforce à la maîtrise de son environnement, il entretient un décompte rigoureux du temps qui passe, et en retire d'ailleurs un fort sentiment de puissance : « […] il avait le sentiment orgueilleux que le temps ne glissait plus malgré lui dans un abîme obscur, mais qu'il

se trouvait désormais régularisé, maîtrisé, bref domestiqué lui aussi » (p. 68). Ce sentiment participe de l'illusion de maîtrise de Robinson sur son île, ce que ne
manque pas de souligner le narrateur avec ironie : « Le
temps était suspendu. […] Ainsi donc la toute-puissance
de Robinson sur l'île — fille de son absolue solitude
— allait jusqu'à une maîtrise du temps ! » (p. 89-90). À
l'inverse, Vendredi habite l'instant présent et se refuse à
toute comptabilité du temps qui passe : « Ignorant toute
notion de passé et de futur, il vivait enfermé dans l'instant présent » (p. 178). Dans le récit, ce mode de vie
auquel Vendredi initie Robinson est montré comme une
forme de sagesse supérieure, laquelle aura pour effet
miraculeux de préserver Robinson du vieillissement.

Entre le naufrage de Robinson et l'arrivée du *Whitebird*
s'écoulent, comme le lecteur l'apprend au chapitre 11,
plus de vingt-huit années. Or, lors de la rencontre avec
les marins du *Whitebird*, Robinson ne semble pas avoir
vieilli et ceux-ci ne peuvent imaginer que son séjour sur
l'île a duré plus de quelques mois. « En vérité il était plus
jeune aujourd'hui que le jeune homme pieux et avare
qui s'était embarqué sur la *Virginie* » (p. 229). Cela participe de la métamorphose spirituelle de Robinson : en
abandonnant son ancienne personnalité et le décompte
terrestre du temps, en devenant l'adepte d'un culte
voué au soleil, il a cessé de vieillir. « Il n'était pas jeune
d'une jeunesse biologique, putrescible et portant en
elle comme un élan vers la décrépitude. Il était d'une
jeunesse minérale, divine, solaire » (p. 229-230).

Le roman se clôt sur un lever de soleil qui anéantit la
visite des marins, génératrice d'angoisse et de perturba-
tion pour le nouveau Robinson : « L'éternité, en reprenant possession de lui, effaçait ce laps de temps sinistre
et dérisoire » (p. 237). Aux antipodes du réalisme, le

traitement du temps manifeste concrètement la portée symbolique de l'évolution spirituelle de Robinson.

3. *Du « sauvage » au maître spirituel*

Celle-ci s'accomplit grâce à l'intervention d'un maître : le personnage de Vendredi subit, du point de vue de Robinson, une évolution considérable. Dans la première partie du roman, en effet, celui-ci considère Vendredi non sans mépris, témoignant ainsi des préjugés racistes que l'auteur entend dénoncer : « Un sauvage n'est pas un être humain à part entière » (p. 138). Le roman manifeste du reste une profonde ironie à l'égard des conceptions de Robinson quant à la hiérarchie des races : « un homme blanc et barbu, hérissé d'armes, vêtu de peaux de biques, la tête couverte d'un bonnet de fourrure et farcie par trois millénaires de civilisation occidentale » (p. 134).

Robinson légitime d'abord l'autorité absolue qu'il exerce sur Vendredi par le fait qu'il lui a sauvé la vie et par sa propre supériorité : « Certes, je le bats, mais comment ne comprendrait-il pas que c'est pour son bien ? » (p. 144). À partir du chapitre 9, cette relation s'inverse : Vendredi fait exploser tout ce qu'avait mis en place Robinson, puis sauve la vie de celui-ci, le contraignant à renoncer à son ancien système de valeurs. De là, Robinson conclut à une altérité radicale de son ancien serviteur : « Moins qu'une volonté libre et lucide [...] Vendredi était une *nature* dont découlaient des actes » (p. 175). « Il semblait que l'Araucan appartînt à un autre règne » (p. 176).

Devenu le maître spirituel de son ancien propriétaire, Vendredi l'initie à une vie en accord avec un culte dionysiaque, c'est-à-dire lié aux valeurs du dieu grec Dionysos. C'est ainsi qu'on peut comprendre certaines étapes de l'initiation que Vendredi fait subir à Robinson. La transformation du bouc Andoar en instrument de musique, la comédie que se jouent les deux compagnons, à travers les jeux de rôles, destinée à symboliser leur relation, et surtout l'initiation à une harmonie avec la nature sont autant de motifs caractéristiques du culte dionysiaque.

Le roman réhabilite donc Vendredi après avoir dénoncé les préjugés racistes de Robinson. Devenu un maître spirituel après avoir été un « bon sauvage », Vendredi échappe-t-il pour autant aux stéréotypes attachés à l'homme noir ? Cela vaut la peine d'être discuté comme le rapporte Tournier dans un entretien accordé au *Français dans le monde* (n° 336, novembre-décembre 2004) :

> Au Gabon, au Sénégal, et au sud de l'Inde dans les pays Tamoul, j'ai remarqué d'une manière générale l'hostilité des enfants noirs envers Vendredi. L'un m'a dit « Monsieur, vous êtes raciste […] vous avez deux personnages, l'un qui est fort, intelligent, travailleur, méthodique, c'est un blanc, l'autre qui est un rigolo qui ne sait faire que de la musique et des bêtises. Et c'est un noir. »

4. *La sexualité*

Au cours du roman, la sexualité de Robinson connaît différents stades : d'abord du côté de la régression, Robinson se réfugie dans l'alvéole au cœur de l'île comme un enfant dans le ventre de sa mère. Mais il en est détourné par les modifications que cet accouplement symbolique produit sur l'île : « Enceinte de moi-même, Speranza ne pouvait plus produire, comme le flux menstruel se tarit chez la future mère » (p. 108).

Robinson adopte ensuite la « voie végétale » en s'accouplant avec un quillai. Une piqûre d'araignée met fin à ces pratiques. Enfin, Robinson connaît l'amour avec la terre de Speranza, qu'il féconde littéralement. De cet amour naîtront les mandragores, filles de Robinson et de Speranza. Le lien qui unit Robinson à son île est ainsi symbolisé par la naissance d'enfants végétaux. Cet amour a le double effet d'humaniser Speranza et de faire avancer Robinson dans la voie de l'abandon de son humanité : « [...] il constata que sa barbe en poussant au cours de la nuit avait commencé à prendre racine dans la terre » (p. 129).

La conversion de Robinson aux valeurs dionysiaques l'amène à adopter encore une autre sexualité : « S'il fallait nécessairement traduire en termes humains ce coït solaire, c'est sous les espèces féminines, et comme l'épouse du ciel qu'il conviendrait de me définir » (p. 213). La sexualité de Robinson manifeste donc tout au long du récit les étapes de sa transformation psychique, et son rapprochement progressif de la nature et des éléments.

L'écrivain
à sa table de travail

Un roman palimpseste

« LE PASSAGE DE LA PHILOSOPHIE AU ROMAN m'a été fourni par le mythe », écrit Michel Tournier à propos de *Vendredi ou Les limbes du Pacifique* dans *Le Vent Paraclet*. Pour un roman inspiré d'un fait divers, survenu au XVIIIᵉ siècle, l'affirmation a de quoi surprendre. Néanmoins, le texte présente bien certains aspects caractéristiques du mythe.

1.

D'Adam à Robinson

R écit généralement anonyme, relatant des faits imaginaires, transmis par la tradition, et mettant en scène des êtres qui représentent symboliquement des forces physiques, des généralités d'ordre philosophique, métaphysique ou social, les mythes traitent toujours des questions qui se posent dans les sociétés qui les véhiculent. Ils ont un lien direct avec la structure religieuse et sociale d'une époque. Les mythes se déroulent en outre dans un temps primordial et lointain, un temps hors de l'Histoire, un âge d'or, déconnecté de toute chronologie.

1. *Le jardin d'Éden*

Certes, l'histoire de Robinson est loin d'être anonyme, et elle se déroule au XVIIIᵉ siècle, sur un îlot de l'océan Pacifique. Certains aspects de ce récit, cependant, lui confèrent une dimension mythique. En effet, sur Speranza, en quittant le monde civilisé, Robinson se coupe également de toute chronologie rationnelle. Il semble avoir effectué une sorte de remontée aux premiers âges de l'humanité. Il se vit comme « Adam prenant possession du Jardin » (p. 56). Le navire qu'il fabrique, l'*Évasion*, est explicitement comparé à l'Arche de Noé (p. 27). Enfin, Robinson ressemble au « premier homme sous l'Arbre de la Connaissance, quand toute la terre était molle et humide encore après le retrait des eaux » (p. 31). En d'autres termes, les Limbes du Pacifique auraient à voir avec le jardin d'Éden, l'origine du monde avant la chute dans le péché selon la cosmogonie chrétienne, et l'histoire de Robinson Crusoé n'en serait qu'une réécriture.

En outre, l'île en elle-même est déjà un lieu mythique. Le Moyen Âge chrétien considérait que le jardin d'Éden n'avait pu disparaître de notre monde ; aussi s'efforçait-il d'inscrire sur les cartes ce lieu idéal. L'hypothèse que le paradis était une île s'accordait avec l'idée qu'il se trouvait au-delà du monde habité, situé dans la partie septentrionale du globe, à son tour entourée par l'océan. Le symbole de l'île exprimait également la dimension foncièrement « autre » de l'Éden, différent du monde ordinaire.

Certes, la plupart des lecteurs connaissent le jardin d'Éden, de même que le personnage de Daniel Defoe. En les réunissant au sein de *Vendredi*, Michel Tournier suggère une parenté dont nul jusqu'ici ne s'était peut-être avisé : Robinson Crusoé comme avatar d'Adam.

Dès lors, Michel Tournier s'inscrit dans une tradition de réécriture de textes plus anciens. « Un mythe est une histoire que tout le monde connaît déjà », écrit-il dans *Le Vent Paraclet* — et qui n'a jamais fini de dire ce qu'elle a à dire, pourrait-on ajouter.

2. *Le jeu des réécritures*

L'unique texte sauvé du naufrage par Robinson est la Bible. Dans la première partie du roman, il utilise ce texte comme guide spirituel, le plus souvent à tort, comme se plaît à le signaler le narrateur. Ainsi la lecture du chapitre relatif à l'arche de Noé donne-t-elle à Robinson l'espoir de bâtir un navire pour échapper à l'île (p. 27), cet espoir sera déçu. Robinson cherche dans l'Ancien Testament des réponses que celui-ci se révèle impuissant à donner. Le roman propose également une plaisante relecture du Cantique des cantiques (p. 126) : dans la comparaison entre une femme et une terre, les deux termes y sont inversés. L'intertextualité — qui consiste à exhiber des références et parfois à les détourner — inscrivant le texte dans une continuité avec les œuvres du passé, fait partie des jeux littéraires auxquels s'adonne l'auteur de *Vendredi*. Ce goût de la réécriture s'exprime pleinement dans la métaphore du *Log-book* : Robinson écrit sur un livre aux pages délavées… De même que Michel Tournier écrit à partir de l'histoire d'un autre ! En réécrivant le roman de Daniel Defoe, il lui fait cependant subir un certain nombre de modifications importantes.

2.

De Robinson à Vendredi

1. *Glissement de titre*

Le *Robinson Crusoé* de Defoe a pour titre exact : « La
Vie et les Aventures étranges et surprenantes de Robinson Crusoé, marin natif de York, qui vécut vingt-huit ans
tout seul sur une île déserte de la côte de l'Amérique
près de l'embouchure du fleuve Orénoque, après avoir
été jeté à la côte au cours d'un naufrage dont il fut le
seul survivant et ce qui lui advint quand il fut mystérieusement délivré par des pirates. »

Celui de Tournier s'intitule : *Vendredi ou Les limbes du
Pacifique*. Tout en inscrivant son texte dans une continuité par rapport au texte initial auquel il se réfère,
Tournier opère un déplacement sensible de plusieurs
éléments. Le lieu du naufrage, il est vrai, n'est plus le
même : alors que Defoe avait situé son roman dans les
Caraïbes, Tournier le replace là où s'était installé le
marin Selkirk du fait divers.

Quant au terme « limbes », il évoque autre chose que
l'île concrète et précisément localisée de Defoe. Les limbes étant dans la tradition catholique, le lieu de séjour
des jeunes enfants, morts sans avoir été baptisés, et au
sens large, un état incertain, indécis.

> Tous ceux qui m'ont connu, tous sans exception me
> croient mort. […] Cela seul suffit — non certes à me
> tuer — mais à me repousser aux confins de la vie, dans
> un lieu suspendu entre ciel et enfers, dans les limbes,
> en somme… (p. 122).

Dès lors, les « Limbes du Pacifique » ont une valeur
plus vaste, voire plus abstraite ; en désignant avant tout

un ailleurs, un endroit hors monde, elles préparent un glissement vers la dimension symbolique du roman.

Mais la différence la plus importante réside dans l'inversion que Tournier fait subir au titre de Defoe : il remplace un personnage éponyme par un autre, ce qui fait subir une profonde transformation à l'histoire. En effet, il signifie par là l'importance accordée cette fois à Vendredi, le sauvage, au détriment du civilisé Robinson. C'est donc bien à une relecture de l'histoire de Defoe que Tournier nous convie dès le titre.

2. *Une inversion des valeurs*

Ce déplacement d'un personnage éponyme à l'autre illustre d'autre part la transformation que Michel Tournier fait subir au récit initial. Alors que, dans le texte de Defoe, Robinson est un être civilisé et Vendredi un sauvage ; alors que la civilisation se veut un idéal qu'il s'agit de regagner ou, dans le pire des cas, de recréer ; alors que Robinson est un maître et Vendredi un serviteur… dans le roman de Michel Tournier ces paradigmes s'inversent. Si au début du texte, comme le personnage de Defoe, Robinson tente de résister à la solitude en reproduisant sur son île des fragments de la civilisation d'où il vient, dans la seconde moitié du roman il comprend son erreur et s'ajuste à la vie naturelle. Vendredi, le « sauvage », joue au contraire le rôle d'éducateur. Ce faisant, Tournier substitue les valeurs de la vie sauvage à celles de la civilisation capitaliste et colonisatrice qui fondent le roman de Defoe. Si Robinson tente bien d'imposer à l'île puis à Vendredi l'autorité et le fonctionnement de l'homme blanc, avec l'explosion des barils de poudre, Vendredi fait voler en éclats ce système et la hiérarchie raciste qu'il sous-entendait.

Deux choses me paraissaient extrêmement choquantes dans le *Robinson* de Defoe. D'abord Vendredi est réduit, à néant [...]. La vérité sort de la bouche de Robinson parce que celui-ci est blanc, occidental, anglais et chrétien. Mon propos était de faire un roman où Vendredi jouerait un rôle important et même, à la fin, primordial. Et donc ce roman s'appellerait non pas Robinson mais Vendredi. Une seconde chose m'a paru déplorable dans le roman de Defoe : tout est rétroactif. Robinson sur son île n'a qu'une idée : reconstituer l'Angleterre perdue avec les moyens du bord [...]. J'ai voulu dans mon roman que Robinson s'aperçoive de l'absurdité de son propos et que ce sentiment ronge sa construction de l'intérieur. Et qu'ensuite Vendredi surgisse pour tout anéantir. Sur la table rase, on peut inventer un nouveau langage, une religion nouvelle, des arts nouveaux, des jeux nouveaux, un érotisme nouveau. Voilà pourquoi, dans mon roman, Vendredi joue un rôle essentiel : il ouvre l'avenir (*Le Magazine littéraire*, n° 226).

3. *Des fins diamétralement opposées*

La comparaison des dénouements met en évidence les différences fondamentales entre les deux auteurs. Chez Defoe, Robinson, grâce à son goût du travail, son esprit d'entreprise et sa raison méthodique, a colonisé et mis en valeur la nature inhospitalière. Ayant recueilli Vendredi, il se considère avec satisfaction comme le souverain d'un royaume qui reproduit en miniature l'Angleterre et sa monarchie tempérée. Pourtant, la perspective du retour lui fait abandonner toutes ces richesses sans aucune hésitation. Son départ lui apparaît comme une délivrance, son séjour sur l'île n'a été qu'un long exil. S'il emporte quelques souvenirs assez dérisoires —, son bonnet de peau de chèvre, son parasol et un perroquet —, il n'omet pas de se munir de l'argent récupéré du naufrage, prouvant ainsi qu'il n'a rien perdu de son sens pratique et qu'il se réinsère sans aucune difficulté dans la société marchande dont il est issu. En fait, Robinson n'a pas changé : son séjour forcé dans la solitude lui a simplement permis de manifester toutes ses qualités de courage et d'organisation.

À l'inverse, le Robinson de Michel Tournier évolue constamment. S'il rejoint, dans la première partie du roman, le Robinson initial dans son exaltation du travail organisé et de la rigueur morale, il a dû auparavant surmonter plusieurs tentatives de « régression ». Surtout il connaît par la suite une métamorphose radicale, sous l'influence de Vendredi, qui débouche sur une décision finale diamétralement opposée. Après vingt-huit années passées dans son île, Robinson, au lieu de rentrer en Europe et de réintégrer la société « civilisée », choisit de finir ses jours à Speranza, et demande aux navigateurs du *Whitebird* de ne pas dévoiler l'existence de son île. Ce Robinson a perdu tout instinct de propriété : avant sa métamorphose, il aurait souffert de voir son île pillée et saccagée, alors que désormais il observe cela avec un certain détachement. Quand les marins du *Whitebird* s'emparent de ses pièces d'or avec une avidité exubérante, il ne lui vient même pas à l'esprit que cet or lui appartient.

Enfin, il se sent indifférent à l'esprit de conquête et d'aventure qui anime le commandant : il écoute d'une oreille distraite celui-ci lui parler de la guerre contre les insurgés américains, pour laquelle il ne manifeste aucune curiosité. L'enthousiasme du second pour les profits du commerce triangulaire, ou pour les dernières améliorations techniques dans la navigation, ne l'intéresse pas davantage, même s'il reconnaît, au fond de lui-même, les traces de ces états d'esprit :

> Et Robinson savait qu'il avait été semblable à eux, mû
> par les mêmes ressorts — la cupidité, l'orgueil, la vio-
> lence —, qu'il était encore des leurs par toute une part
> de lui-même. Mais en même temps il les voyait avec le
> détachement intéressé d'un entomologiste (p. 222).

Fondamentalement, ce qui achève de le détacher de
ces hommes, c'est la conscience qu'il a de « l'irrémédiable *relativité* des fins qu'il les voyait tous poursuivre fiévreusement » (p. 227). Ces fins les projettent toujours
vers l'avenir, vers les plaisirs qu'ils envisagent et qui, une
fois assouvis, les relancent sans cesse dans une quête
effrénée. La sagesse acquise par Robinson lors de son
séjour lui suggère au contraire que ce qu'il a trouvé est
une forme supérieure de bonheur.

En réécrivant le texte de Defoe, Tournier en modifie
donc radicalement la perspective. De l'éloge de la civilisation marchande, on passe à celui d'un détachement
plutôt inspiré par le bouddhisme, et d'une vie en harmonie avec la nature.

3.

Postérités

1. *La réécriture comme principe créatif*

Quelques années après la parution de *Vendredi ou Les
limbes du Pacifique*, non content d'avoir réécrit le roman
de Defoe, Michel Tournier réécrit son propre texte.
Il crée ce faisant une nouvelle version de son propre
roman, destinée cette fois à la jeunesse : c'est *Vendredi ou
la vie sauvage* (*Le Français dans le monde*, 2004) :

J'ai réécrit *Vendredi ou Les limbes du Pacifique* parce que ce roman était trop gras, trop lourd, trop philosophique. Le poète sicilien Lanza del Vasto a écrit deux vers sublimes qui résument tout : « Au fond de chaque chose un poisson nage. / Poisson, de peur que tu ne sortes nu, / Je te jetterai mon manteau d'images. » J'ai traduit ces vers ainsi : « Au fond de chaque chose il y a une vérité métaphysique. / Vérité métaphysique, de peur que tu ne sortes nue, / Je te jetterai une histoire. » Voilà : mon manteau d'images, c'est l'histoire que j'invente. Dans le cas de *Vendredi ou Les limbes du Pacifique*, le manteau d'images n'avait pas joué son rôle : on voyait à travers. Donc, je l'ai réécrit. Mieux. Ça a donné *Vendredi ou la vie sauvage*.

Dans le cas du *Vendredi* de Michel Tournier, la réécriture semble ainsi être un procédé d'écriture en soi, qui pourrait presque se poursuivre à l'infini. Une troisième fois, en effet, Michel Tournier revient à l'histoire de Robinson. Dans *Le Coq de bruyère*, recueil de nouvelles publié en 1978, on peut lire la « Fin de Robinson ». Le lecteur y découvre un Robinson vieilli, âgé, revenu à la civilisation et devenu alcoolique… En ce sens, Michel Tournier manifeste de façon particulièrement frappante le caractère inépuisable de ce personnage, que nombre d'auteurs ne cessent d'interroger.

2. *La robinsonnade*

Depuis sa création, en effet, *Robinson* connaît un tel succès qu'il a même donné son nom à une catégorie de récit : la « robinsonnade ». Celle-ci désigne avec plus ou moins de précision une expérience de vie en solitaire et dans la nature sauvage. Dès sa parution, le roman de Daniel Defoe lance même la mode des récits de naufragés, qui se poursuit encore aujourd'hui. En hommage au roman de Defoe et à son modèle, l'île chilienne Mas a

Tierra, située dans l'archipel Juan Fernández, a d'ailleurs été rebaptisée en 1966 « île Robinson Crusoé ».

Depuis le XVIIIᵉ siècle, un nombre toujours croissant de romans et de films s'est emparé de ce motif, tantôt l'appliquant à des enfants (*Paul et Virginie* de Bernardin de Saint-Pierre, *Deux ans de vacances* de Jules Verne, *L'Île au trésor* de Robert Louis Stevenson, *Sa Majesté des Mouches* de William Golding), tantôt à un voyageur bien défini (*Le Robinson suisse* de Johann David Wyss, *Le Robinson des demoiselles* de Mme Woillez), tantôt l'adaptant aux conditions de la modernité : ainsi le film *Seul au monde* (*Cast Away* de Robert Zemeckis, 2000) reprend-il le motif de Robinson en le transposant à un cadre de la *Federal Express*, victime d'un accident d'avion…

Chacun de ces récits est l'occasion pour leur auteur de s'approprier le motif du naufragé sur une île déserte et d'y associer les peurs, les rêves ou les réflexions propres à son époque. Si les héros de *Paul et Virginie* trouvent un Éden préservé dans la nature accueillante, loin de la méchanceté des hommes, ceux de *Sa Majesté des mouches* recréent bien vite une société humaine des plus conflictuelles. La plupart de ces récits, néanmoins, ont en commun d'explorer la difficulté qu'il y a pour l'homme à vivre seul, d'analyser ce que l'individu doit à la société et de faire l'éloge de héros réussissant à surmonter des épreuves inhumaines pour rentrer dans le giron d'une société humaine.

Liste non exhaustive de quelques « robinsonnades » :

1787 Jacques-Henri BERNARDIN DE SAINT-PIERRE, *Paul et Virginie*, « Folio classique » n° 4064.

1812 Johann David WYSS, *Le Robinson suisse*, Casterman, « Les classiques bleus ».

1835 James Fenimore COOPER, *Le Robinson du Pacifique*.

1878 Jules VERNE, *Deux ans de vacances*, Le Livre de poche.

1895 Emilio SALGARI, *Robinsons italiens*, Tallandier.

1896 H. G. WELLS, *L'Île du docteur Moreau*, « Folio » n° 2917.

1921 Jean GIRAUDOUX, *Suzanne et le Pacifique*, Le Livre de poche.

1948 Jules SUPERVIELLE, *Robinson*, comédie en trois actes, Gallimard.

1950 Paul VALÉRY, « Robinson : Le Robinson oisif, pensif, pourvu ; Robinson », Histoires brisées, *La Jeune Parque et poèmes en prose*, « Poésie / Gallimard ».

1954 William GOLDING, *Sa Majesté des Mouches*, « Folio » n° 1480.

1988 J. M. COETZEE, *Foe*, Éd. du Seuil.

Film

2000 *Seul au monde* (*Cast Away*), un film de Robert ZEMECKIS, avec Tom Hanks.

Bibliographie

Arlette BOULOUMIÉ, *Michel Tournier : Le Roman mythologique*, suivi de *Questions à Michel Tournier*, José Corti, 1988.

Groupement de textes

Le bon sauvage, ou l'Occident à la recherche d'un Éden perdu

« TANT QUE LES HOMMES se contentèrent de leurs cabanes rustiques, tant qu'ils se bornèrent à coudre leurs habits de peaux avec des épines ou des arêtes, à se parer de plumes et de coquillages, à se peindre le corps de diverses couleurs, à perfectionner ou à embellir leurs arcs et leurs flèches, à tailler avec des pierres tranchantes quelques canots de pêcheurs ou quelques grossiers instruments de musique, en un mot tant qu'ils ne s'appliquèrent qu'à des ouvrages qu'un seul pouvait faire, et à des arts qui n'avaient pas besoin du concours de plusieurs mains, ils vécurent libres, sains, bons et heureux », écrit Jean-Jacques Rousseau dans le *Discours sur l'origine et les fondements de l'inégalité parmi les hommes* (1755).

Inspirés par les nombreux récits de voyages d'Amerigo Vespucci, Christophe Colomb, Fernand de Magellan, et Vasco de Gama des XVᵉ, XVIᵉ et XVIIᵉ siècles, les écrivains de l'Humanisme et des Lumières rendent compte de modèles d'hommes et de sociétés radicalement différents de ce qui s'est développé en Occident. Leurs écrits posent tout d'abord la question de la nature humaine, et du rôle de la société dans son évolution. Mais la comparaison de leur monde avec celui des indigènes tahitiens, brésiliens ou canadiens les conduit fréquemment aussi à faire le procès de l'Europe et des Européens. Ceux-ci, imbus d'eux-mêmes et de leurs valeurs, persuadés de la supériorité de leurs sociétés, se donnent pour mission de civiliser les territoires qu'ils découvrent de l'autre côté de l'Atlantique.

Cette critique s'accompagne d'une description bien souvent idéalisée des habitants du Nouveau Monde, conçu comme pur, vierge et bienheureux. Mais cette image n'est la plupart du temps qu'une représentation déformée de la réalité. Le mythe du « bon sauvage », idéalisation de l'homme vivant en contact étroit avec la nature, traduit en réalité une quête de nouvelles valeurs et la mise en cause d'une société mue par un idéal de progrès. Incarnation d'un âge d'or de l'humanité, le bon sauvage illustre à la fois la culpabilité d'un Occident colonisateur et sa nostalgie profonde pour un Éden d'avant la chute.

Comme l'écrit Jean-Jacques Rousseau dans le *Discours sur l'origine et les fondements de l'inégalité parmi les hommes*, l'étude des peuples proches de l'état de nature renvoie les hommes d'Occident à eux-mêmes, en les aidant à démêler « ce qu'il y a d'originaire et d'artificiel dans la nature actuelle de l'homme et à bien connaître un état qui n'existe plus, qui peut-être n'a point existé, qui probablement n'existera jamais, et dont il est pourtant nécessaire d'avoir des notions justes pour bien juger de notre état présent ».

Le débat d'idées autour de la figure du bon sauvage concerne finalement plus l'Europe que toute autre contrée. Tahiti, les Indes ou l'Amérique ne sont peut-être pas tant une figure de l'ailleurs, de l'autre, qu'une image idéalisée de soi, d'une Europe qui n'aurait pas trahi ses valeurs, ni renié son authenticité.

Bartolomé de LAS CASAS (1470-1566)

Très brève relation de la destruction des Indes
(1542)

(trad. de Fanchita Gonzalez-Batlle, La Découverte)

Au XVIᵉ siècle, soixante ans après la découverte de l'Amérique par Christophe Colomb, un religieux dominicain nommé Bartolomé de Las Casas dénonce les atrocités commises à Cuba, aux Antilles, mais aussi au Mexique par les Occidentaux. S'insurgeant contre le cynisme des conquérants, il se fait le défenseur des Indiens. Destiné au pouvoir espagnol, son réquisitoire contre la colonisation n'évitera ni l'extermination des Indiens ni l'importation d'esclaves d'Afrique.

Tous ces peuples universels et innombrables, de toutes sortes, Dieu les a créés extrêmement simples, sans méchanceté ni duplicité, très obéissants et très fidèles à leurs seigneurs naturels et aux chrétiens qu'ils servent ; les plus humbles, les plus patients, les plus pacifiques et tranquilles qui soient au monde ; sans rancune et sans tapage, ni violents ni querelleurs, sans rancœur, sans haine, sans désir de vengeance. Ce sont aussi des gens de conformation délicate, fluette et fragile, qui supportent difficilement les travaux et meurent très facilement de n'importe quelle maladie. Les fils de princes et de seigneurs de chez nous, élevés dans l'aisance et la vie douce, ne sont pas plus fragiles qu'eux, et même pas plus fragiles que les Indiens de familles paysannes. Ce sont aussi des gens très pauvres, qui possèdent fort peu et qui ne veulent pas posséder de biens temporels ; c'est pourquoi ils ne sont ni orgueilleux, ni ambitieux, ni cupides. Leur nourriture n'est ni plus abondante, ni meilleure, ni moins pauvre que celle des Saints Pères dans le désert. Ils vont en général tout nus, ne couvrant que leurs parties honteuses ; ils se couvrent tout au plus d'une couverture de coton d'une aune et demie à deux aunes carrées. Leurs lits sont des nattes et, au mieux, ils dorment dans des sortes de filets suspendus qu'ils appellent hamacs dans la langue de l'île espagnole. Ils ont l'entendement clair, sain et vif. Ils sont très capables et dociles pour toute bonne doctrine, et très aptes à recevoir notre sainte foi catholique et à acquérir des mœurs vertueuses. Dieu n'a pas créé au monde de peuple où il y ait moins d'obstacles à cela.

Et dès qu'ils commencent à entendre parler des choses de la foi, ils insistent tellement pour les connaître et exercer les sacrements de l'Église et le culte divin qu'en vérité les religieux doivent être dotés par Dieu d'une signalée patience pour les supporter. Finalement, j'ai entendu souvent, depuis plusieurs années, beaucoup d'Espagnols qui n'étaient pas des religieux, dire qu'ils ne pouvaient nier la bonté visible de ces gens. Ils auraient été certainement les plus heureux du monde si seulement ils avaient connu Dieu. C'est chez ces tendres brebis, ainsi dotées par leur créateur de tant de qualités, que les Espagnols, dès qu'ils les ont connues, sont entrés comme des loups, des tigres et des lions très cruels affamés depuis plusieurs jours. Depuis quarante ans, et aujourd'hui encore, ils ne font que les mettre en pièces, les tuer, les inquiéter, les affliger, les tourmenter et les détruire par des cruautés étranges, nouvelles, variées, jamais vues, ni lues, ni entendues. J'en dirai quelques-unes plus loin ; elles ont été telles que sur les trois millions de naturels de l'île espagnole que nous avons vus il n'y en a même plus deux cents aujourd'hui.

Michel de MONTAIGNE (1533-1592)
« Des cannibales »
Essais (1580-1595)
(« Folio classique » n° 289)

Relatant une rencontre entre le roi Charles IX et trois « barbares », cet extrait s'efforce de démontrer la relativité des jugements. Renversant la perspective habituelle des Occidentaux sur les peuples étrangers, Montaigne donne à voir le regard que portent les étrangers sur les Européens. Ce faisant, il déplace la question de l'ethnocentrisme de façon à servir la thèse au cœur de la délibération des Essais, *celle de la relativité des jugements.*

Trois d'entre eux, ignorant combien coûtera un jour à leur repos et à leur bonheur la connaissance des corruptions de deçà, et que de ce commerce naîtra leur ruine, comme je présuppose qu'elle soit déjà avancée, bien misérables de s'être laissé piper au désir de la nouvelleté et avoir quitté la douceur de leur ciel pour venir voir le nôtre, furent à Rouen, du temps que le feu roi Charles neuvième y était. Le Roi parla à eux longtemps ; on leur fit voir notre façon, notre pompe, la forme d'une belle ville. Après cela, quelqu'un en demanda leur avis, et voulut savoir d'eux ce qu'ils y avaient trouvé de plus admirable ; ils répondirent trois choses, d'où j'ai perdu la troisième, et en suis bien marri ; mais j'en ai encore deux en mémoire. Ils dirent qu'ils trouvaient en premier lieu fort étrange que tant de grands hommes, portant barbe, forts et armés, qui étaient autour du Roi (il est vraisemblable qu'ils parlaient des Suisses de sa garde), se soumissent à obéir à un enfant, et qu'on ne choisisse plutôt quelqu'un d'entre eux pour commander ; secondement (ils ont une façon de leur langage telle qu'ils nomment les hommes moitié les uns des autres) qu'ils avaient aperçu qu'il y avait parmi nous des hommes pleins et gorgés de toutes sortes de commodités, et que leurs moitiés étaient mendiants à leurs portes, décharnés de faim et de pauvreté ; et trouvaient étrange comme ces moitiés ici nécessiteuses pouvaient souffrir une telle injustice, qu'ils ne prissent les autres à la gorge, ou missent le feu à leurs maisons.

Je parlai à l'un d'eux fort longtemps ; mais j'avais un truchement qui me suivait si mal et qui était si empêché à recevoir mes imaginations par sa bêtise, que je n'en pus tirer guère de plaisir.

Sur ce que je lui demandai quel fruit il recevait de la supériorité qu'il avait parmi les siens (car c'était un capitaine, et nos matelots le nommaient roi), il me dit que c'était marcher le premier à la guerre ; de combien d'hommes il était suivi, il me montra une espace de lieu, pour signifier que c'était autant qu'il en pourrait en une telle espace, ce pouvait être quatre ou cinq mille hommes ; si, hors la guerre, toute son autorité était expirée, il dit qu'il lui en restait cela que, quand il visitait les villages qui dépendaient de lui, on lui dressait des sentiers au travers des haies de leurs bois, par où il pût passer bien à l'aise.

Tout cela ne va pas trop mal : mais quoi, ils ne portent point de hauts-de-chausses !

Jean-Jacques ROUSSEAU (1712-1778)

Discours sur l'origine et les fondements de l'inégalité parmi les hommes (1755)

(« Folioplus philosophie » n° 82)

Publié en 1755 en réponse à un sujet de l'académie de Dijon intitulé « Quelle est l'origine de l'inégalité parmi les hommes et si elle est autorisée par la loi naturelle ? », le Discours sur l'origine et les fondements de l'inégalité parmi les hommes *comporte un éloge de l'état de nature et une critique de la société humaine. Rousseau fustige les inégalités politiques ou sociales en démontrant que leur cause n'est pas celle de la nature.*

En dépouillant cet être, ainsi constitué, de tous les dons surnaturels qu'il a pu recevoir, et de toutes les facultés artificielles qu'il n'a pu acquérir que par de longs progrès ; en le considérant, en un mot, tel qu'il a dû sortir des mains de la nature, je vois un animal moins fort que les uns, moins agile que les autres, mais, à tout prendre, organisé le plus avantageusement de tous. Je le vois se rassasiant sous un chêne, se désaltérant au premier ruisseau, trouvant son lit au pied du même arbre qui lui a fourni son repas, et voilà ses besoins satisfaits.

La terre abandonnée à sa fertilité naturelle, et couverte de forêts immenses que la cognée ne mutila jamais, offre à chaque pas des magasins et des retraites aux animaux de toute espèce. Les hommes dispersés parmi eux observent, imitent leur industrie, et s'élèvent ainsi jusqu'à l'instinct des bêtes, avec cet avantage que chaque espèce n'a que le sien propre, et que l'homme n'en ayant peut-être aucun qui lui appartienne, se les approprie tous, se nourrit également de la plupart des aliments divers que les autres animaux se partagent, et trouve par conséquent sa subsistance plus aisément que ne peut faire aucun d'eux.

Accoutumés dès l'enfance aux intempéries de l'air, et à la rigueur des saisons, exercés à la fatigue, et forcés de défendre nus et sans armes leur vie et leur proie contre les autres bêtes féroces, ou de leur échapper à la course, les hommes se forment un tempérament robuste et presque inaltérable. Les enfants, apportant au monde l'excellente constitution de leurs pères, et la fortifiant par les mêmes exercices qui l'ont produite, acquièrent ainsi toute la vigueur dont l'espèce humaine est capable. La nature en use précisément avec eux comme la loi de Sparte avec les enfants des citoyens ; elle rend forts et robustes ceux qui sont bien constitués et fait périr tous les autres; différente en cela de nos sociétés, où l'État, en rendant les enfants onéreux aux pères, les tue indistinctement avant leur naissance.

Le corps de l'homme sauvage étant le seul instrument qu'il connaisse, il l'emploie à divers usages, dont, par le défaut d'exercice, les nôtres sont incapables, et c'est notre industrie qui nous ôte la force et l'agilité que la nécessité l'oblige d'acquérir. S'il avait eu une hache, son poignet romprait-il de si fortes branches ? S'il avait eu une fronde, lancerait-il de la main une pierre avec tant de raideur ? S'il avait eu une échelle, grimperait-il si légèrement sur un arbre ? S'il avait eu un cheval, serait-il si vite à la course ? Laissez à l'homme civilisé le temps de rassembler toutes ses machines autour de lui, on ne peut douter qu'il ne surmonte facilement l'homme sauvage ; mais si vous voulez voir un combat plus inégal encore, mettez-les nus et désarmés vis-à-vis l'un de l'autre, et vous reconnaîtrez bientôt quel est l'avantage d'avoir sans cesse toutes ses forces à sa disposition, d'être toujours prêt à tout événement, et de se porter, pour ainsi dire, toujours tout entier avec soi.

Louis-Antoine de BOUGAINVILLE (1729-1811)

Voyage autour du monde (1771-1772)

(« Folio classique » n° 1385)

Esprit curieux marqué par la pensée philosophique du siècle des Lumières, Bougainville s'interroge sur les sociétés qu'il a rencontrées lors de son périple. À travers la description de la société qu'il découvre à Tahiti, Bougainville contribue à accréditer l'idée d'un état de nature édénique.

Chaque jour nos gens se promenaient dans le pays sans arme, seuls ou par petites bandes. On les invitait à entrer dans les maisons, on leur y donnait à manger ; mais ce n'est pas à une collation légère que se borne ici la civilité des maîtres de maisons ; ils leur offraient des jeunes filles ; la case se remplissait à l'instant d'une foule curieuse d'hommes et de femmes qui faisaient un cercle autour de l'hôte et de la jeune victime du devoir hospitalier ; la terre se jonchait de feuillages et de fleurs, et des musiciens chantaient aux accords de la flûte un hymne de jouissance. Vénus est ici la déesse de l'hospitalité, son culte n'y admet point de mystères, et chaque jouissance est une fête pour la nation. Ils étaient surpris de l'embarras qu'on témoignait ; nos mœurs ont proscrit cette publicité. Toutefois je ne garantirais pas qu'aucun n'ait vaincu sa répugnance et ne se soit conformé aux usages du pays. J'ai plusieurs fois été me promener dans l'intérieur. Je me croyais transporté dans le jardin d'Éden : nous parcourions une plaine de gazon, couverte de beaux arbres fruitiers et coupée de petites rivières qui entretiennent une fraîcheur délicieuse, sans aucun des inconvénients qu'entraîne l'humidité. Un peuple nombreux y jouit des trésors que la nature verse à pleines mains sur lui. Nous trouvions des troupes d'hommes et de femmes assis à l'ombre des vergers ; tous nous saluaient avec amitié ; ceux que nous rencontrions dans les chemins se rangeaient à côté pour nous laisser passer ; partout nous voyions régner l'hospitalité, le repos, une joie douce et toutes les apparences du bonheur.

Denis DIDEROT (1713-1784)

Supplément au voyage de Bougainville (1796)

(« La bibliothèque Gallimard » n° 104)

Écrit vers 1771 et édité pour la première fois en 1796 à titre posthume, le Supplément au voyage de Bougainville *est une réponse à certaines idées exprimées par ce dernier dans le journal de son* Voyage autour du monde. *L'extrait ci-dessous met en scène un vieillard tahitien qui s'adresse à son peuple puis à Bougainville.*

« […] Pleurez, malheureux Tahitiens ! pleurez ; mais que ce soit de l'arrivée, et non du départ de ces hommes ambitieux et méchants : un jour, vous les connaîtrez mieux. Un jour, ils reviendront, le morceau de bois que vous voyez attaché à la ceinture de celui-ci, dans une main, et le fer qui pend au côté de celui-là, dans l'autre, vous enchaîner, vous égorger, ou vous assujettir à leurs extravagances et à leurs vices ; un jour vous servirez sous eux, aussi corrompus, aussi vils, aussi malheureux qu'eux. Mais je me console ; je touche à la fin de ma carrière ; et la calamité que je vous annonce, je ne la verrai point. Ô Tahitiens ! mes amis ! vous auriez un moyen d'échapper à un funeste avenir ; mais j'aimerais mieux mourir que de vous en donner le conseil. Qu'ils s'éloignent, et qu'ils vivent. »
Puis s'adressant à Bougainville, il ajouta : « Et toi, chef des brigands qui t'obéissent, écarte promptement ton

vaisseau de notre rive : nous sommes innocents, nous sommes heureux ; et tu ne peux que nuire à notre bonheur. Nous suivons le pur instinct de la nature ; et tu as tenté d'effacer de nos âmes son caractère. Ici tout est à tous ; et tu nous as prêché je ne sais quelle distinction du tien et du mien. Nos filles et nos femmes nous sont communes ; tu as partagé ce privilège avec nous ; et tu es venu allumer en elles des fureurs inconnues. Elles sont devenues folles dans tes bras ; tu es devenu féroce entre les leurs. Elles ont commencé à se haïr ; vous vous êtes égorgés pour elles ; et elles nous sont revenues teintes de votre sang. Nous sommes libres ; et voilà que tu as enfoui dans notre terre le titre de notre futur esclavage. Tu n'es ni un dieu, ni un démon : qui es-tu donc, pour faire des esclaves ? Orou ! toi qui entends la langue de ces hommes-là, dis-nous à tous, comme tu me l'as dit à moi, ce qu'ils ont écrit sur cette lame de métal : Ce pays est à nous. Ce pays est à toi ! et pourquoi ? parce que tu y as mis le pied ? Si un Tahitien débarquait un jour sur vos côtes, et qu'il gravât sur une de vos pierres ou sur l'écorce d'un de vos arbres : Ce pays appartient aux habitants de Tahiti, qu'en penserais-tu ?… Tu n'es pas esclave : tu souffrirais la mort plutôt que de l'être, et tu veux nous asservir ! Tu crois donc que le Tahitien ne sait pas défendre sa liberté et mourir ? Celui dont tu veux t'emparer comme de la brute, le Tahitien est ton frère. Vous êtes deux enfants de la nature ; quel droit as-tu sur lui qu'il n'ait pas sur toi ? Tu es venu ; nous sommes-nous jetés sur ta personne ? avons-nous pillé ton vaisseau ? t'avons-nous saisi et exposé aux flèches de nos ennemis ? t'avons-nous associé dans nos champs au travail de nos animaux ? Nous avons respecté notre image en toi.

« Laisse-nous nos mœurs ; elles sont plus sages et honnêtes que les tiennes ; nous ne voulons plus troquer ce que tu appelles notre ignorance contre tes inutiles lumières. Tout ce qui nous est nécessaire et bon, nous le possédons. Sommes-nous dignes de mépris, parce que nous n'avons pas su nous faire des besoins superflus ? Lorsque nous avons faim, nous avons de quoi manger ; lorsque nous avons froid, nous avons de quoi nous vêtir. Tu es entré dans nos cabanes, qu'y manque-t-il, à ton avis ? Poursuis jusqu'où tu voudras ce que tu appelles les commodités de la vie ; mais permets à des êtres sensés de s'arrêter, lorsqu'ils n'auraient à obtenir, de la continuité de leurs pénibles efforts, que des biens imaginaires. Si tu nous persuades de franchir l'étroite limite du besoin, quand finirons-nous de travailler ? Quand jouirons-nous ? Nous avons rendu la somme de nos fatigues annuelles et journalières la moindre qu'il était possible, parce que rien ne nous paraît préférable au repos. Va dans ta contrée t'agiter, te tourmenter tant que tu voudras ; laisse-nous reposer : ne nous entête ni de tes besoins factices, ni de tes vertus chimériques. »

Chronologie

Michel Tournier et son temps

1.

Une jeunesse studieuse

Né en 1924 dans une famille d'universitaires germanistes, Michel Tournier est initié très tôt à la culture allemande. Celle-ci influera considérablement sur son œuvre. « En vérité, l'Allemagne continue à me valoir — comme du temps de mon enfance, de ma jeunesse, de mon âge mûr — des tristesses et des joies, des blessures et des fleurs, des pertes irréparables et des richesses immenses », écrira-t-il plus tard dans *Le Bonheur en Allemagne*. De même, la religion chrétienne dans laquelle il est élevé exerce sur lui une influence qui se retrouvera dans ses œuvres. Sa mère emmène chaque année les quatre enfants du foyer passer leurs vacances à Fribourg-en-Brisgau, où le jeune Michel Tournier assiste, d'année en année, à la montée du nazisme. Il fait ses études à Saint-Germain-en-Laye, puis au lycée Pasteur de Neuilly-sur-Seine, où il est le condisciple de l'écrivain Roger Nimier. La lecture des œuvres de Gaston Bachelard (1884-1962) le décide à opter pour des études de philosophie. Pendant la guerre, la famille Tournier quitte Saint-Germain-en-Laye pour se réfugier en Bourgogne. En 1944, au moment où les Allemands raflent les hommes de son village et les déportent au camp de Buchenwald, Michel Tournier est absent. Il échappe ainsi de justesse à la déportation.

Après la guerre, il poursuit ses études à la Sorbonne et apprend la philosophie allemande à l'université de Tübingen. Il étudie également l'ethnologie sous la direction de Claude Lévi-Strauss au musée de l'Homme. Il souhaite enseigner la philosophie au lycée, mais échoue au concours de l'agrégation. Durement marqué par cet échec, il renonce à l'enseignement et commence à mener une vie de bohème.

1929	Une grave crise économique secoue les États-Unis et l'Europe, faisant des milliers de chômeurs.
1933	Hitler devient chancelier du Reich en Allemagne.
1939-1945	La Seconde Guerre mondiale ravage l'Europe, causant des millions de morts.

2.

L'entrée dans les milieux intellectuels

Installé sur l'île Saint-Louis, il effectue des traductions pour les éditions Plon. En parallèle, il anime l'émission *L'Heure de la culture française* à Radio-France. En 1954, il travaille dans la publicité pour Europe 1. Il collabore également de façon occasionnelle à des journaux comme *Le Monde* et *Le Figaro*. Il devient directeur des services littéraires des éditions Plon et poursuit en outre son activité de journaliste à la télévision, où il est chargé de l'émission *Chambre noire* (Michel Tournier, « Et la création photographique ») :

> Tout a changé en 1960 quand s'est créée la deuxième chaîne de télévision française. J'y ai produit une émission mensuelle sur la photographie sous le titre *Chambre noire*. Cela a duré jusqu'en 1965 et nous avons fait 50 émissions. J'en ai gardé une expérience et une culture photographique exceptionnelles. C'est qu'il y avait alors nombre de monstres sacrés qui m'accueillirent, et plusieurs jours durant m'initièrent aux secrets de leur art. [...] La photographie est-elle créatrice ou n'est-ce que la reproduction mécanique d'une image ? Somme toute les faits sont donnés au photographe, il n'a qu'à les fixer sur le papier avec son appareil... La fréquentation des « grands » de la photographie va à l'encontre de cette affirmation naïve. La constatation est simple et brutale : ce qu'ils « voient », personne d'autre ne pouvait le voir. Et donc l'image est leur création.

Michel Tournier participe, avec Lucien Clergue, à la création des Rencontres photographiques d'Arles.

En 1958, Michel Tournier rédige une première version du *Roi des Aulnes*, intitulée *Les Plaisirs et les Pleurs d'Olivier Cromone*. Insatisfait du résultat, il décide de ne pas envoyer ce travail à un éditeur. Il entame la rédaction de *Vendredi ou Les limbes du Pacifique* en 1962. Le roman, publié cinq ans plus tard, fait beaucoup parler de lui. Il obtient le Grand Prix du roman de l'Académie française. En 1970, *Le Roi des Aulnes*, qui mêle le mythe de l'ogre et l'image de l'Allemagne nazie, obtient le prix Goncourt à l'unanimité. La même année, Michel Tournier devient membre de l'académie Goncourt, élu au septième couvert, succédant ainsi à Philippe Hériat.

1950   De nombreuses colonies réclament leur indé-
       pendance à la puissance coloniale occupante.

1954-1962   Guerre d'Algérie.

1968   Une révolte ouvrière et étudiante secoue la
       France.

3.

Pour les jeunes et les moins jeunes

En 1971, il publie *Vendredi ou la vie sauvage*, version
remaniée de *Vendredi ou Les limbes du Pacifique* chez
Flammarion. Il ne l'écrit pas à l'intention des enfants
mais considère que pouvoir être lu par des enfants est
un critère de qualité. Le livre devient un classique sco-
laire. Il s'est vendu à ce jour à sept millions d'exemplaires et a été traduit en une quarantaine de langues.

Se définissant comme un « contrebandier de la philosophie », cherchant à faire passer Platon (428-347
av. J.-C.), Aristote (384-322 av. J.-C.), Baruch Spinoza
(1632-1677) et Emmanuel Kant (1724-1804) dans des
histoires et des contes, il juge la valeur de ses œuvres en
fonction inverse de l'âge de ses lecteurs. Il passe ainsi
parfois pour un auteur de livres destinés aux enfants,
mais s'en défend. « Je n'écris pas pour les enfants, j'écris
avec un idéal de brièveté, de limpidité et de proximité
du concret. Lorsque je réussis à approcher cet idéal
– ce qui est hélas rare – ce que j'écris est si bon que les
enfants aussi peuvent me lire. » Il considère ses contes
« Pierrot ou les secrets de la nuit » et « Amandines ou
les deux jardins » comme ses meilleures œuvres, parce
qu'elles sont d'inspiration métaphysique et passionnent
des enfants de six ans.

En 1975, il publie son troisième roman, *Les Météores*, qui raconte la vie de deux jumeaux, Jean et Paul. Par la suite, il publiera une quinzaine de titres, parmi lesquels *Le Coq de bruyère, Le Médianoche amoureux,* ou *La Goutte d'or…*

4.

Un auteur artisan

Michel Tournier refuse les visions romantiques du statut d'auteur.

> J'écris pour être lu. Je suis un artisan qui fabrique des livres comme un cordonnier fabrique des chaussures ou comme un menuisier fabrique des meubles. Je veux dire par là que j'ai absolument besoin d'un client. Je ne fais pas cela par plaisir.
>
> Si je n'avais pas de lecteurs, croyez-moi, je n'écrirais pas. Je lirais. Je rejette totalement le discours du type: « Écrire est un besoin… Je m'exprime… » Moi, je n'ai aucun besoin de m'exprimer. Et dans mes romans, je n'exprime pas du Tournier, je fais du roman. J'aurais honte d'exprimer du Tournier…

Bien qu'il ait écrit *Le Vent Paraclet* et *Journal extime*, deux œuvres dans lesquelles il évoque sa formation intellectuelle et quelques éléments autobiographiques, il établit une distinction nette entre les auteurs qui parlent d'eux et ceux qui, comme lui, préfèrent laisser libre cours à leur imagination. Alors que la seconde moitié du XXᵉ siècle est marquée par le déploiement de l'intime dans la littérature, avec le développement du récit et de l'autofiction, Michel Tournier se déclare incapable d'écrire dans cette veine (*Lire*, octobre 1996) :

Je ne suis pas du tout un intimiste. Je suis un cerveau branché sur le monde extérieur, un observateur, élève de Zola et de Daudet, qui voyage avec des jumelles. Quand Nourissier perd un manuscrit, il en fait un roman. Moi je pourrais perdre tout ce qu'on veut, une maison, mes amis, je n'écrirais jamais rien sur le sujet. Ma vie privée ne m'inspire pas. Elle n'est pas inintéressante, mais je n'en tire aucun suc littéraire. Ce qu'il me faut, c'est Moïse !

Pour lui, il est possible de diviser la littérature en deux catégories : ceux qui racontent leur vie et ceux qui inventent des romans (*Lire*, 2006) :

Pour les premiers, ça donne des résultats immenses : les *Confessions* de Rousseau ou les *Mémoires d'outre-tombe* de Chateaubriand. Mais Rousseau et Chateaubriand sont de très mauvais romanciers. Ils ont essayé : c'est nul ! Pour les vrais romanciers comme Balzac, Stendhal ou Flaubert, croyez-vous qu'ils se soient servis de leur vie privée ? Ils s'en foutent ! Ça ne les intéresse absolument pas. Ce qu'ils veulent, c'est inventer une histoire, pas raconter leur vie. J'ajouterai qu'il y a une troisième catégorie, hybride : le roman autobiographique. Je n'aime pas. J'ai essayé, avec *Le Vent Paraclet* : ce livre est mon canard boiteux.

5.

La définition d'un lecteur idéal

Enfin, Michel Tournier définit lui-même le lecteur qu'il désire comme un véritable coauteur de l'œuvre (*Lire*, août 2006) :

Une question très intéressante inaugure deux chefs-d'œuvre de la littérature française, *Le Rouge et le Noir* de Stendhal et *La Fortune de Gaspard* de la comtesse de Ségur. Ces deux livres s'ouvrent sur une scène quasiment similaire : au sein d'une famille de paysans ou de bûcherons se trouve un enfant d'une intelligence exceptionnelle et qui lit. Lorsqu'il le surprend à lire, c'est-à-dire à ne rien faire, le père lui flanque une raclée. Est-ce que l'homme qui lit est un fainéant ? Ou est-ce un créateur ? Je réponds : c'est un créateur. Personnellement, je donne la moitié de mon roman à mon lecteur. J'entends qu'il écrive l'autre moitié dans sa tête en le lisant.

Aujourd'hui, l'écrivain vit à Choisel, en vallée de Chevreuse, dans un ancien presbytère et fait partie du comité de lecture des éditions Gallimard. Considéré comme un auteur classique, Michel Tournier est lu par tous les publics, dans tous les pays. Il a reçu la médaille Goethe en 1993 et est docteur *honoris causa* de l'université de Londres depuis 1997.

Bibliographie de Michel Tournier
Romans

Vendredi ou Les limbes du Pacifique, Gallimard, 1967.

Le Roi des Aulnes, Gallimard, 1970 ; repris en « Folio » n° 656.

Vendredi ou la vie sauvage, Flammarion, 1971 ; repris en « Folioplus classiques » n°44.

Les Météores, Gallimard, 1975 ; repris en « Folio » n° 905.

Gaspard, Melchior et Balthazar, Gallimard, 1980 ; repris en « Folio » n° 1415.

Les Rois Mages, Gallimard, 1983 ; repris dans « La bibliothèque Gallimard » n° 106.

Gilles et Jeanne, Gallimard, 1983 ; repris en « Folio » n° 1707.

La *Goutte d'or*, Gallimard, 1985 ; repris en « Folio » n° 1908.

Éléazar ou la source et le buisson, Gallimard, 1996 ; repris en « Folio » n° 3074.

Journal extime, La Musardine, 2002.

Contes et nouvelles

Le Coq de bruyère, Gallimard, 1978 ; repris en « Folio » n° 1229.

Le Médianoche amoureux, Gallimard ; 1989, repris en « Folio » n° 2290.

Essais

Le Vent Paraclet, Gallimard, 1977 ; repris en « Folio » n° 1138.

Des clefs et des serrures : images et proses, Hachette, 1979.

Le Vol du Vampire, Mercure de France, 1981 ; repris en « Folio » n° 258.

Petites Proses, Gallimard, 1986 ; repris en « Folio » n° 1768.

Le Crépuscule des masques. Photos et photographes, Hoëbeke, 1992.

Le Miroir des idées, Mercure de France, 1994 ; repris en « Folio » n° 2882.

Le Pied de la lettre, Mercure de France, 1994 ; repris en « Folio » n° 2881.

Le Tabor et le Sinaï, Gallimard, 1994 ; repris en « Folio » n° 2250.

Célébrations, Mercure de France, 1999.

Éléments pour une fiche de lecture

Regarder la photographie

- Selon vous, pourquoi cette photo d'Herbert List peut être comparée à l'œuvre de Michel Tournier ? Quelles sont les thématiques communes ?
- La photographie est-elle spontanée ou résulte-t-elle d'un travail de composition ? Qu'a voulu dire l'artiste ? Pourquoi placer un poisson, seul dans un bocal, au-dessus de la mer ?
- Le titre de la photographie vous semble-t-il pertinent ? Pourquoi, selon vous, est-il purement descriptif ?

La préface

- Après avoir lu l'ensemble du texte, montrez en quoi les prédictions du capitaine sont annonciatrices du destin de Robinson, à quelles étapes se réfère chaque arcane.
- Quel type de lecture du texte cette correspondance contribue-t-elle à créer ?

Chapitre 2

- p. 39 à 42 : quels sont les éléments qui signalent que le navire n'appartient pas au réel ?

- Que peut signifier cette vision en ce qui concerne Robinson ?
- De quoi est-elle le symbole du point de vue du récit ?

Chapitre 3

- Le *Log-book* : analysez l'intérêt pour le lecteur de l'insertion de ce journal intime de Robinson.
- « Ma victoire, c'est l'ordre moral que je dois imposer à Speranza contre son ordre naturel qui n'est que l'autre nom du désordre absolu » (p. 50). À quelle pensée philosophique en vogue au XVIIIᵉ siècle cette conception s'oppose-t-elle ? De quel courant d'idées pouvez-vous en revanche la rapprocher ?
- « Ma solitude n'attaque pas que l'intelligibilité des choses. Elle mine jusqu'au fondement même de leur existence » (p. 54). Que signifie cette réflexion de Robinson ? À quel problème philosophique se rattache-t-elle ?
- « Je veux, j'exige que tout autour de moi soit dorénavant mesuré, prouvé, certifié, mathématique, rationnel » (p. 65) : de quelle conception du monde ces quelques lignes sont-elles à la fois l'exemple et la critique ?

Chapitre 4

- Analysez la charte de l'île de Speranza, et montrez l'ironie du narrateur à l'égard de la tentative de réglementation de son personnage (p. 69).
- Quel rapport pouvez-vous retracer entre l'arrêt du temps et l'autre île que Robinson croit découvrir (p. 90) ?

Chapitre 5

- De quoi l'immersion dans la grotte est-elle le symbole ?
- Avec quel autre passage du récit pouvez-vous la mettre en parallèle ?
- Que signifie cette évolution ?

Chapitre 7

- « C'étaient trois pirogues à balancier cette fois […] trois millénaires de civilisation occidentale » (p. 132-134) : procédez à un commentaire composé de ce texte, au cours duquel vous analyserez notamment la parodie du récit d'aventures.
- « Vendredi a appris assez d'anglais […] que lui mâche son maître » (p. 138-140). Analysez la transformation de Vendredi, montrez les relations de ce personnage avec le mythe du bon sauvage, faites ressortir l'ironie du narrateur : à qui et à quoi s'adresse-t-elle ?

Chapitre 9

- Relevez et analysez les différentes étapes qui marquent, dans ce chapitre, l'échec de Robinson à « domestiquer » Vendredi.
- p. 178-179 : de quoi la transformation physique de Robinson est-elle le symbole ?

Chapitre 10

- « Andoar, c'était moi » (p. 211). Quelles relations pouvez-vous établir entre la métamorphose d'Andoar et celle de Robinson ?

Chapitre 11

• En quoi la rencontre avec les marins est-elle représentative de l'évolution de Robinson ?

Chapitre 12

• Analysez les différences entre la fin de ce récit et celle de l'histoire de Defoe.
• « L'île qui s'étendait à leurs pieds [...] dimanche des enfants » (p. 237-238) : analysez comment se clôt le récit, quel sens donner au lever du soleil et à l'arrivée d'un nouveau personnage.

L'intertextualité

• Après vous être documenté sur Jonas, vous analyserez les points communs entre ce personnage biblique et les personnages du roman de Michel Tournier.

Collège

La Bible (textes choisis) (49)

Fabliaux (textes choisis) (37)

Jean ANOUILH, *Le Bal des voleurs* (113)

Henri BARBUSSE, *Le Feu* (91)

CHRÉTIEN DE TROYES, *Le Chevalier au Lion* (2)

COLETTE, *Dialogues de bêtes* (36)

Pierre CORNEILLE, *Le Cid* (13)

Gustave FLAUBERT, *Trois contes* (6)

Wilhelm et Jacob GRIMM, *Contes* (textes choisis) (72)

HOMÈRE, *Odyssée* (18)

Victor HUGO, *Claude Gueux* suivi de *La Chute* (15)

Thierry JONQUET, *La Vie de ma mère !* (106)

Joseph KESSEL, *Le Lion* (30)

Jean de LA FONTAINE, *Fables* (34)

J.M.G. LE CLÉZIO, *Mondo et autres histoires* (67)

Gaston LEROUX, *Le Mystère de la chambre jaune* (4)

Guy de MAUPASSANT, *12 contes réalistes* (42)

Guy de MAUPASSANT, *Boule de suif* (103)

MOLIÈRE, *L'Avare* (41)

MOLIÈRE, *Le Médecin malgré lui* (20)

MOLIÈRE, *Les Fourberies de Scapin* (3)

MOLIÈRE, *Trois courtes pièces* (26)

George ORWELL, *La Ferme des animaux* (94)

Daniel PENNAC, *La Fée carabine* (102)

Louis PERGAUD, *La Guerre des boutons* (65)

Charles PERRAULT, *Contes de ma Mère l'Oye* (9)

Jacques PRÉVERT, *Paroles* (29)

Jules RENARD, *Poil de Carotte* (66)

John STEINBECK, *Des souris et des hommes* (47)

Composition Interligne
Impression Novoprint
à Barcelone, le 17 août 2012
Dépôt légal : août 2012
1ᵉʳ dépôt legal : août 2008

ISBN 978-2-07-035788-8/Imprimé en Espagne

247922